W0213942

acabus

Tobias Bachmann

Despina Jones

und die Fälle der okkulten Bibliothek

Roman

acabus

Bachmann, Tobias: Despina Jones und die Fälle der okkulten Bibliothek. Hamburg, acabus Verlag 2020

1. Auflage
ISBN: 978-3-86282-779-4

Dieses Buch ist auch als eBook erhältlich und kann über den Handel oder den Verlag bezogen werden.
ePub-eBook: ISBN 978-3-86282-780-0
PDF-eBook: ISBN 978-3-86282-782-4

Lektorat: Lea Oussalah, Luca Deeken, acabus Verlag
Satz: Lea Oussalah, acabus Verlag
Cover: © Annelie Lamers, acabus Verlag
Covermotiv: © paseven/stock.adobe.com und © okalinichenko/stock.adobe.com

Bibliografische Information der Deutschen Nationalbibliothek:
Die Deutsche Nationalbibliothek verzeichnet diese Publikation in der Deutschen Nationalbibliografie; detaillierte bibliografische Daten sind im Internet über http://dnb.d-nb.de abrufbar.

Der acabus Verlag ist ein Imprint der Bedey Media GmbH,
Hermannstal 119k, 22119 Hamburg.

---

http://www.acabus-verlag.de
Gedruckt in Europa

Für Eric Hantsch.

Prolog

Auf den ersten Blick wirkte *All Hallows by the Tower* viel unscheinbarer, als die Kirche in Wirklichkeit war. Die mächtige Schneedecke, die sich wie ein Leichentuch über London ausgebreitet hatte, konnte diesen Eindruck nicht schmälern.

Rauchend stand der Mann im Schneetreiben und starrte auf den Kirchbau, der auf das siebte Jahrhundert zurückging. Inmitten der City gelegen wirkte die anglikanische Kirche wie ein Fremdkörper zwischen dem *Tower of London* und *Tower Place*, einem wahrhaft pompösen Bürokomplex mit gläsernen Fassaden. Doch hier arbeitete gerade niemand. Es war Sonntag.

»Am siebten Tage aber sollst du ruhen«, murmelte der Mann, der seinen Mantelkragen aufgestellt hatte und nun zielsicheren Schrittes auf die Kirche zuging. Die Nacht brach gerade an, und die bereits untergehende Sonne spendete nur noch wenig Licht. Dennoch haftete sich der Blick des Mannes kurzzeitig an der Infotafel fest, die man nahe der Außenfassade angebracht hatte, um die spärlichen Informationen über Gottesdienstzeiten und andere Programme der Gemeinde zu lesen. Dann trat er auf das Eingangsportal zu, öffnete es und flüchtete hinein, Schnee und Kälte hinter sich lassend.

In der Kirche brannten nur wenige Kerzen, sodass das vorhandene Licht nicht ausreichte, um die Kunstwerke zu fotografieren: den *John Croke Altar* etwa, der gleichsam ein Grab war, der prächtig geschnitzte Deckel des Taufbrunnens oder das sogenannte *Tate Panel*, ein geflügeltes Tetraptychon. All das sah man im Schein der Kerzen nur schemenhaft. Skulpturen warfen dunkle Schatten über die Bodenfliesen und schienen ihn überwältigen zu wollen.

Eine Frau, die gebetet hatte, ging an ihm vorbei auf die große Pforte zu, die in den Schnee, in die Kälte hinausführte, und nickte ihm verabschiedend zu. Nun war er völlig allein, und die gespenstische Art der Kirche drückte den Gläubigen nieder, auf den Boden. Er bekreuzigte sich und begann zu beten.

»Meine Seele preist die Größe des Herrn, und mein Geist jubelt über Gott, den Retter.« Es war das *Magnificat*, das er zitierte. Hier wurde er unterbrochen, denn er hörte plötzlich Schritte hinter sich. Die Frau von eben? Der Priester? Neugierig drehte er sich um, doch da war niemand.

»Herr, gib ihnen die ewige Ruhe, und das ewige Licht leuchte ihnen«, fuhr er fort und zitierte nun das *Requiem*, ein Teilstück der katholischen Totenmesse. Und weil er sich sicher war, dass er sich allein in der Kirche befand, erschrak er bis aufs Mark, als mit einem Mal die Orgel zu spielen anfing. Die monotonen Töne und Disharmonien, die diese von sich gab, wirkten an diesem Ort bizarr. Ob ein Orgelschüler zu so fortgeschrittener Stunde noch Unterricht bekam?

Der Mann stand auf. Trotz all der Dissonanzen schreckte er nicht davor zurück, dem so plötzlich einsetzenden Spiel auf den Grund zu gehen. Die Orgel befand sich im hinteren Kirchenschiff, und man musste eine Treppe zu ihr hinaufgehen. Doch als er endlich bei ihr war, war sein Entsetzen groß, da niemand an ihr saß und das Instrument von selbst spielte. Er dachte an einen Mechanismus, wie bei einem Harmonium, und um sich selbst diese Erklärung zu beweisen, suchte er nach einem Knopf oder Schalthebel, mit dem man die Geräuschkulisse stoppen konnte. Was ihn zusätzlich irritierte, war, dass die von Geisterhand gespielten Melodien keine ihm vertrauten Kirchenlieder waren.

Plötzlich beendete er seine hektische Suche. Seine Aufmerksamkeit wurde auf eine Tür gelenkt, die sich in einer kleinen

Nische neben der Orgel befand. Er wusste nicht, warum, aber die Tür zog ihn wie magisch an. Kurz bevor er sie öffnete, hörte er ein obszönes Lachen hinter sich.

»Will mir hier jemand einen Streich spielen?«, fragte er laut gegen das wütende Gekeife der Orgel und wandte sich um, sah aber wieder niemanden. Er blickte zum Altar und erkannte im Schatten eines Gegenlichtes das riesige Kreuz.

Befand sich daran nicht eine aus Holz gefertigte Jesus-Statuette? In seiner Vorstellung hatte das geschnitzte Gesicht des hölzernen Jesu etwas Grinsendes, das ihm nicht gefiel. War er es, der gelacht hatte? Dabei war er sich nicht einmal sicher, überhaupt eine Jesusfigur gesehen zu haben. Oder war es eines der geschnitzten Motive auf dem Deckel des Taufbeckens? Wie auch immer. Er könnte das später überprüfen. Stattdessen, und um dem Lärmen der wütenden Orgel zu entkommen, öffnete er die Tür. Es war der Zugang zum Glockenturm, den er soeben betreten hatte. Behäbig stieg er Stufe um Stufe eine steile Wendeltreppe empor. Als er hinter sich Schritte vernahm, drehte er sich nicht um, sondern lief immer weiter. *Die letzten Male war dort auch nichts*, dachte er.

Das Lärmen der Orgel ließ er bald unter sich zurück. Stattdessen konzentrierte er sich auf die Schrecken, die dort oben möglicherweise auf ihn lauern mochten. Oder eine unschlagbare Aussicht über ein winterliches London.

Dennoch wurden die Schritte hinter ihm zunehmend schneller, wie er festzustellen meinte, sodass auch er sein Tempo beschleunigte. Unmittelbar stolperte er, lief aber gleichzeitig halb kriechend weiter und rappelte sich in derselben Bewegung wieder auf.

Welche Scheußlichkeiten richten den Blick auf mich?, dachte er. Sein Herz raste, und er hörte seinen eigenen keuchenden Atem.

Oben angekommen fand er sich neben einer großen Glocke wieder. Ein eindrucksvolles Eisengebilde, in dessen Inneren eine lechzende Zunge aus Metall darauf wartete, dass sich der stählerne Mantel in Bewegung setzte. Mit harten Schlägen gegen die innere Wand würde die Stahlzunge dem Eisenkorpus schmerzerfüllte Klänge entlocken.

»Verliere ich den Verstand?«, dachte der Mann laut, als seine Vorstellung vom Glockeninneren mit einem Mal wahr wurde. Ächzend setzte sich die Glocke in Bewegung, und mit einem Mal wurden die ohrenbetäubenden Schwingungen durch seine gesamte Welt getragen. Auf die Lautstärke nicht vorbereitet, drangen die zwölf Glockenschläge in seine Ohren: hämmernd, stoßend, brutal schreiend, so lange, bis er nichts mehr hören konnte außer einem schrillen Tinnitus. Er war nahezu taub, noch ehe der zwölfte Glockenschlag erklungen war.

Der Mann, der vor wenigen Minuten erst die Kirche betreten hatte, um sich an ihr zu ergötzen, begann zu schreien, konnte jedoch seine eigenen sich krampfhaft überschlagenden Schreie nicht hören. Und schließlich, als hätte er noch nicht genug, sah er, wie das Götzenbild Jesu, das vor Kurzem noch an dem Kreuz über dem Altar gehangen hatte, auf ihn zukam. Das Grinsen hatte sich zu einem Lachen gewandelt, und das Kreuz, an dem er vorhin noch fest angenagelt gewesen war, trug er nun über seine Schulter wie seinerzeit beim Marsch zur Kreuzigung.

Dumpf spürte der Mann seine Füße, als er die Stufen hinuntereilte. Fast schlitterte er, und er bemerkte den Spreißel, den er sich am Geländer durch den Handschuh hindurch tief in die Haut seiner rechten Hand rammte.

Völlig taub war er durch das Schlagen der Glocke jedoch nicht geworden. Er vernahm ein Poltern hinter sich, spürte es wohl eher, wandte sich um und erkannte das Kruzifix des hölzernen Jesu, das – sich überschlagend – die Stufen hinabdonnerte. Panisch schrie der Mann auf und hatte endlich die Tür erreicht, doch sie war verschlossen. Er lief weiter, tiefer hinab, in den unterirdischen Bereich der Kirche. In die Katakomben und geheimen Untiefen des Kirchenschiffs. Verfolgt von Jesus, wie er meinte.

Was für eine Hölle ist die Hölle?, dachte er sich, als er die Krypta erreichte, eine unterirdische Kapelle, die dem Heiligen Franz von Assisi geweiht war. Hinter einem Gitter erblickte er das benachbarte Oratorium der Heiligen Klara. Auch erkannte er die *Lamp of Maintenance*, ein Symbol der Frauenbewegung *Toc H*, wie er wusste. Er wusste so viel, aber nicht, warum sich die Lampe nun entzündete. Er begriff auch nicht, warum der hölzerne Jesus auf ihn zukam und sich grinsend seiner annahm. Er spürte Schmerzen und sah die gesunde Röte seines Blutes, das dort austrat, wo die Nägel ihn durchbohrten.

Kurz bevor er starb, machte sich Gleichgültigkeit in ihm breit, begriff er doch nicht einmal mehr, wer er war. Und alsbald grinste er selbst … dem Angesicht des Todes gütig entgegen.

1. Kapitel

Die Bücher, die Barbarossa North in das Regal einsortiere, waren ein Vermögen wert. Umso bedauerlicher war es, dass es wohl lange dauern würde, bis er einen geeigneten Käufer dafür finden würde. Die Sammler wurden älter, hatten weniger Geld, starben nach und nach. Dies hatte einerseits den Vorteil, dass er selbst viele Sammlungsauflösungen zu einem Spottpreis erwerben konnte, aber auch den Nachteil, dass er viel zu lange auf den so erworbenen Schätzen sitzen blieb. Die Erfahrung hatte ihn gelehrt, dennoch gelassen zu bleiben und abzuwarten. Er wusste, dass jedes Buch seine Leser fand, so wie jeder antike Schatz darauf wartete, von einem neugierigen Geist mit dem richtigen Hang zur Sammelleidenschaft entdeckt zu werden.

Dann gab es aber auch noch Bücher, die eine wahre Odyssee hinter sich hatten und die einfach nicht den Zielhafen erreichen wollten, sodass sich Barbarossa North bei manch seltenem Exemplar dachte, dass vielleicht seine Bibliothek für okkulte Fälle der wahre Zielhafen dieser Exponate war. Sie waren unverkäuflich von Haus aus, weil keiner sie haben wollte oder hier bei ihm danach suchte. Jemand anderes würde vielleicht von Ladenhütern sprechen. Uninteressante Staubfänger, die den Platz für andere Bücher nahmen, doch er sah das anders. Es waren nichts weiter als Schätze, die darauf warteten, entdeckt zu werden.

Immerhin liefen die Geschäfte besser, seit Tori ihm diese Internetseite gebastelt hatte. Regelmäßig pflegte sie nun seine Bücherlisten ein, die er nach wie vor handschriftlich erstellte. Seine Nichte sprach von Onlinekatalogen und Marketingstrategien. Sie betreute seine Stammkunden durch regelmäßige

Newsletter und nahm Bestellungen per Email entgegen. North kannte sich mit alldem nicht aus, aber er war froh, dass Tori ihm unter die Arme griff, auch wenn sich seine Arbeit seitdem erschwert hatte, da er nun weitaus mehr Bestellungen bearbeiten musste als je zuvor. Was weiterhin ausblieb, war die Laufkundschaft. Nur selten verirrte sich ein Kunde persönlich in seine Räumlichkeiten. Aber wer wollte es den Leuten verübeln? Sein Geschäft sah von außen nicht wirklich attraktiv aus. Es lag in einer Straße mit zwei anderen Antiquariaten, und sie alle hatten letztlich die gleichen Probleme wie Barbarossa North. Für die meisten jungen Leute waren alte, gebrauchte Bücher eine schwere Last, die man lieber loswurde, sobald man die Werke digital eingepflegt, aufbereitet und gespeichert hatte. Selbst Tori las fast ausnahmslos auf ihrem modernen E-Reader, eine Art elektronisches Buch, womit sich Barbarossa alleine berufsbedingt nicht auseinandersetzen wollte. Seine andere Nichte, Despina, war da schon anders. Sie mochte die alten Sachen aus seinem Laden, egal wie staubig sie waren. Dieser Hang konnte durchaus mit ihrer besonderen Gabe zusammenhängen, die …

Barbarossas Gedankengänge wurden vom Läuten des Telefons unterbrochen. Es erinnerte ihn an eine weitere Form der Bestellmöglichkeit in der Bibliothek für okkulte Fälle – es hieß tatsächlich so, da sich Barbarossa North vor allem auf okkulte Werke spezialisiert hatte, aber auch wegen Despina und ihrem Team, das neben seiner Wenigkeit aus Tori und Jean bestand.

Er hatte seinen Verkaufstresen erreicht. Ein alter Mahagonischreibtisch, auf dem sich verschiedene Bücher aus unterschiedlichen Gründen stapelten, und nahm den Hörer vom Apparat.

»Die Bibliothek für okkulte Fälle, Sie sprechen mit Barbarossa North. Was kann ich für Sie tun?«

»Hallo Doc«, meldete sich eine rauchige Stimme.

North zog die Luft scharf zwischen den Zähnen ein. Auf der ganzen Welt gab es nur vier Leute, die ihn Doc nannten: Seine beiden Nichten, Tori und Despina, nebst deren Freundin Jean, und dann gab es da noch eine Person, die sich selbst der Priester nannte, eine zweifelhafte Gestalt, der er noch nie persönlich begegnet war, und er hoffte, dass das auch so blieb.

»Hey Doc, hat es Ihnen die Sprache verschlagen?«, fragte die Person am anderen Ende der Leitung.

»Was wollen Sie?«

Der Priester lachte. Es war das hohle Lachen eines Besessenen.

»Ich kann auch wieder auflegen«, drohte Barbarossa.

»Wollen Sie etwa keine Geschäfte machen?«

»Im besten Fall nicht«, erwiderte North, kam aber nicht umhin festzustellen, dass der Priester auch zu jenen Sammlern gehörte, die dazu bereit waren, Unsummen für das richtige Buch zu zahlen.

»Sind Sie unzufrieden mit mir als Kunde?«

»Ich bin mit Ihrer Art unzufrieden, Priester. Ich mag dieses drohende Gebaren nicht. Sagen Sie mir einfach, was Sie wollen und ich sage Ihnen, dass ich es nicht habe.«

»Woher wollen Sie wissen, dass Sie das Buch, das ich suche, nicht haben? Ich habe doch noch gar nicht meinen Wunsch geäußert.«

»Dann sagen Sie schon.«

»Ich weiß, dass Sie es haben.«

Barbarossa seufzte. Dieses verschwörerische Gehabe stank bis zum Himmel. »Was denn nun? Von welchem Buch sprechen Sie?«

»Die *Cruciforma*!«, sagte der Priester nun.

Woher weiß er das?, schoss es Barbarossa durch den Kopf. Er hatte es erst vor wenigen Tagen bekommen. Besagtes Buch lag noch hinten in seinem Arbeitszimmer, wo er die Bücher genau unter die Lupe nahm, sie teilweise restaurierte, vor allem aber säuberte und mit einer Lupe auf Schäden hin überprüfte.

»Sie sagen ja gar nichts mehr, Doc. Hat es Ihnen die Sprache verschlagen?«

»Ich habe das Buch nicht.«

»Sie lügen, Doc. Und ich habe Ihnen schon zu früheren Gelegenheiten gesagt, dass Sie ein schlechter Lügner sind.«

»Sie können mir ruhig glauben, Priester. Es ist nicht in meinem Besitz.«

»Dann sorgen Sie gefälligst dafür, dass Sie es für mich auftreiben. Ich biete Ihnen 20.000 für die Originalausgabe. Für Abschriften und Nachdrucke entsprechend weniger. Und behaupten Sie nicht, Sie bräuchten das Geld nicht. Die Grundsteuer in Ihrer Straße ist gestiegen, und ich weiß, dass die Bibliothek einiger dringender Reparaturen bedarf.«

»Was für Reparaturen meinen Sie?«

Im selben Moment tat es einen mächtigen Schlag, und Barbarossa hörte zersplitterndes Glas. Als er aufblickte, sah er, dass ein Motorradfahrer mit seinem Helm voran durch das Schaufenster gestürzt war. Die Maschine war zum Glück draußen geblieben.

Eine schreckliche Ahnung beschlich den Bibliothekar: »Waren Sie das, Priester? Haben Sie das veranlasst, Sie Dreckschwein?«

»20.000«, wiederholte der Priester. »Ich gebe Ihnen eine Woche.« Dann war die Verbindung unterbrochen.

Er legte den Hörer auf und trat an das Schaufenster heran, um sich den Schaden anzusehen. »Geht es Ihnen gut?«, hörte er sich fragen und starrte auf den Motorradfahrer, der sich zwischen Glassplittern und ausgestellten Büchern schmerzhaft hin und her wandt. Schnee wehte ins Innere seines Geschäftes.

Barbarossa registrierte die Menschen, die sich aufgebracht von außen näherten, um den Unfall zu bestaunen. Manche versuchten zu helfen, die meisten gafften mittels ihrer Smartphones.

Die Tür wurde aufgerissen. »Geht es dir gut? Ist etwas passiert?« Die besorgte Stimme gehörte zu einer hochgewachsenen, schlanken Frau mit dunklen Haaren und Kurven betonendem Lederoutfit.

»Despina«, sagte er und konnte die Verzweiflung in seiner Stimme nicht verbergen, »schön, dich zu sehen, aber … du siehst ja, was hier los ist.«

»Wie ist das passiert?« Sie trat an den Motorradfahrer heran, der reichlich verstört dreinblickte. Despina half ihm, den Verschluss des Helms zu lösen.

»Ich … ich bin mir nicht sicher.« Er hob den Helm von seinem Kopf und zum Vorschein kam ein blonder Mittdreißiger, dessen Augen so blau waren wie Kafkas gefrorenes Meer in uns. »Die Bremsen haben plötzlich blockiert, und … nun ja, ich denke mit dem Schnee habe ich mich wohl etwas verschätzt.«

»Bei so einem Wetter ist es töricht, mit dem Motorrad unterwegs zu sein«, ereiferte sich Barbarossa North, der langsam erst registrierte, dass er die komplette Ausstellungsscheibe seines Geschäftes erneuern würde müssen. *Was das wieder kostet*, stöhnte er innerlich, hielt sich aber zurück.

»Haben Sie keine Spikes an Ihren Reifen?«, fragte Despina.

Der Mann schüttelte den Kopf. »Die sind in der Stadt verboten. Zerstören den Straßenbelag.«

»Sie haben mein Schaufenster zerstört!«, wetterte Barbarossa und fügte gedanklich hinzu: *Sie oder der Priester.*

»Ich werde natürlich für den Schaden aufkommen.«

»Davon ist auszugehen!« Barbarossa North begann damit, die ausgestellten Bücher aus der Auslage vor dem nun hereinwehenden Schnee zu retten.

»Vielleicht kann Ihre Versicherung ja helfen«, hörte er Despina, die versuchte, den Mann zu beruhigen. »Möchten Sie einen Tee?«

Vermutlich auch noch genau ihr Typ, überlegte Barbarossa, *sie wird doch jetzt nicht mit ihm zu flirten anfangen?*

»Gerne, danke.«

Der Antiquar richtete sich mit dem Bücherstapel auf. »Ja, und beim Tee kann er seine Daten aufschreiben. Seinen Ausweis kopieren wir uns am besten, und seine Versicherung darf er gerne über den Geschäftsanschluss anrufen!«

»Ich regle das, Onkel North. Kümmer du dich um dein Schaufenster. Mit einem großen Pappkarton könnte man das doch provisorisch zubekommen.«

Barbarossa North seufzte schwer. »Ich werde den Glaser anrufen. Der muss doch für solche Notfälle ausgerüstet sein.« Missmutig starrte er auf die zerstörte Scheibe und wurde der Menschentraube gewahr, die sich davor gebildet hatte. »Na los, Leute. Geht weiter. Alles ist gut!«, rief er nach draußen. Einige besonders dreiste Passanten schossen Fotos mit ihren Handys. Barbarossa ging dazu über, sie wie Hühner zu verscheuchen.

Während sich Despina um den Motorradfahrer kümmerte, beeilte er sich, seine ausgestellten Bücher ins Trockene zu bringen. Erst vor vier Tagen hatte er das Schaufenster neu dekoriert und sich dabei gedacht, dass dafür eigentlich seine Mädchen zuständig sein sollten. Doch Tori hatte nur ihre Computer im Kopf, und gemeinsam mit Despina hatte sie tatsächlich Besseres zu tun.

Und Jean? Was war mit ihr? Er hatte sie schon einige Tage nicht mehr gesehen. Er blickte zum Verkaufstresen, wo Despina dem Motorradfahrer einen Sitz angeboten hatte, und rief: »Wo ist eigentlich Jean, wenn man sie mal braucht?«

»Die war doch eine Woche mit ihrer neuen Freundin in der Karibik«, antwortete Despina prompt. »Du hast ihr doch den Reiseführer besorgt.«

»Stimmt«, rief er und murmelte leise und mehr zu sich: »Habe ich vergessen. Ich werde wohl langsam alt.« Tatsächlich würde er dieses Jahr 68 werden. Wenn die Mädchen nicht wären, hätte er das Geschäft längst zugemacht und wäre selbst in die Karibik gereist. Aber sie brauchten ihn. Ohne ihn lief hier gar nichts!

Die Ausstellungsstücke waren nun alle in Sicherheit gebracht. Er krempelte die Ärmel seines Hemdes nach unten und rückte seinen Pullunder zurecht. Die Kälte drang in das Geschäft hinein wie ein unwillkommener Geist.

»Angriff ist die beste Verteidigung, sagt man doch«, murrte er und verließ den Laden, um sich den Schaden von außen zu betrachten. Dies vertrieb auch die letzten Gaffer, die sich sogleich zerstreuten.

Von außen betrachtet war sein Laden ein renovierungsbedürftiges Schmuckstück. Renovierungsbedürftig natürlich wegen des Fensters – ein Schmuckstück war es gleichwohl, da die Fassade historisch bedeutsam war und zum klassischen Antlitz Londons gehörte. In unmittelbarer Nähe des Britischen Museums in der Museum Street gelegen, galt das Geschäft als Londons ältester unabhängiger okkulter Buchladen im literarischen Herzen der Hauptstadt. Zwar war das Geschäft nicht im Ansatz so reichlich frequentiert wie etwa die berühmten Buchhandlungen in der Charming Cross Road oder die liebevollen Antiquariate des Cecil Court, aber das kümmerte Barbarossa kaum.

Vor dem zerstörten Schaufenster lag die Maschine des Fahrers. Barbarossa fiel auf, dass er noch nicht mal seinen Namen wusste. Aber er war sich sicher, dass Despina bereits alles in Erfahrung gebracht hatte.

Die Maschine des Mannes war eine gut erhaltene *Honda CB 750 Four*, und so wie sie auf der Straße lag und den Spuren nach zu urteilen, die die Reifen im Schnee hinterlassen hatten, stimmte seine Geschichte. Die Räder hatten blockiert, er war ins Schleudern geraten, hatte die Kontrolle über seine Honda verloren und war in Barbarossas Schaufenster gekracht.

Aber weshalb hatten die Räder überhaupt blockiert? Neugierig ging der Antiquar neben der Maschine in die Knie und besah sich die Räder genauer. Dann entdeckte er es.

»Der Priester«, knurrte er mit zusammengebissenen Zähnen und ballte die rechte Hand zur Faust. Er blickte auf und die Straße entlang. Irgendwo musste jemand die Route des Motorrads verfolgt haben, um auf den Auslöser zu drücken. Aber Barbarossa konnte nichts und niemanden Verdächtigen erkennen. Stattdessen wirbelten die Schneeflocken zunehmend stärker, und ihm wurde kalt.

Er packte das Motorrad am Lenker, wuchtete es hoch und schob es in den Laden hinein. Dort saß Despina noch immer mit dem Mann in ein Gespräch vertieft. Sie blickte auf und sah ihn stirnrunzelnd an.

»Tori soll sich die Maschine anschauen«, sagte er. »Ich glaube, sie wurde manipuliert.«

»Deinem Blick nach zu urteilen, hast du einen Verdacht«, sagte Despina.

»Allerdings habe ich den.« Umständlich stellte er die Maschine auf ihren Ständer. »Ich hatte kurz vor dem Unfall einen Anruf vom Priester.«

Despina stockte kurz. Natürlich wusste auch sie, wer mit »der Priester« gemeint war, doch war es wohl besser, in Gegenwart des Fremden nicht allzu sehr ins Detail zu gehen. »Alles klar«, sagte Despina daher nur und wandte sich wieder an den Motorradfahrer. »Nachdem wir nun alle Formalitäten ausgetauscht haben: Meinen Sie, es wäre in Ordnung, uns Ihre Maschine für ein paar Tage zu überlassen? Wir möchten da etwas überprüfen lassen.«

Barbarossa wusste, dass sie das Wort »lassen« nur benutzt hatte, um keine Neugier bei dem Fremden zu erwecken.

»Wegen mir«, sagte er. »Aber wie komme ich nach Hause?«

»Wir rufen Ihnen ein Taxi«, beeilte sich Barbarossa zu sagen.

Glücklicherweise stellte der Mann keine weiteren neugierigen Fragen.

Wenig später saß er in einem Taxi und fuhr zurück in sein geregeltes Leben. Despina hatte sich um alles gekümmert, und weder der Motorradfahrer brauchte sich um etwas zu sorgen noch Barbarossa als Geschädigter.

Nun aber, da das Taxi fort war, sagte er: »Ich werde hier oben bleiben, um den Laden zu bewachen. Ein zertrümmertes Fenster langt mir für den Moment. Außerdem möchte ich nicht, dass jemand durch das Loch einsteigt und sich an den Büchern bedient.«

Despina nickte. »Das Motorrad …«, begann sie, doch er unterbrach sie hastig.

»… das nimmst du mit runter zu Tori. Sie soll sich dieses Gerät dort am Vorderrad genauer ansehen. Es bringt nichts, wenn dergleichen die Polizei übernimmt. Tori ist weitaus geschickter und vor allem effizienter in solchen Dingen.«

»Mir brauchst du das nicht erklären«, sagte Despina und lächelte.

»Ich weiß. Ich bin nur etwas aufgeregt«, entgegnete er und begann damit, Bücherstapel von links nach rechts zu tragen. Routine war es, was er nun am dringendsten brauchte.

Dennoch half er Despina dabei, das Motorrad vorsichtig die Treppenstufen hinunterzuschieben. Zum Glück war es dank der Bremsen möglich, die schwere Maschine ohne größere Blessuren nach unten zu befördern.

Kaum waren sie unten, hörte er, wie oben abermals das Telefon klingelte. Er nickte seiner Nichte zu und ging wieder hinauf zu seinem Schreibtisch, auf dem der Apparat schrill schellte. Es war ein altes Modell. Schwarz und schwer, mit Wählscheibe und überhaupt nicht WLAN-tauglich.

Er hob den schweren Hörer ab und meldete sich wie eh und je: »Die Bibliothek für okkulte Fälle, Barbarossa North am Apparat, was kann ich für Sie tun?«

»Hilfe!«, keuchte eine männliche Stimme aus dem Hörer. »Bitte, ich brauche Ihre Hilfe!«

* * *

Despina hatte schon viele Dinge durch die Stockwerke des Gebäudes in der Museum Street 49a geschleppt. Meist Barbarossas Bücherkisten oder auch neues Zubehör für Toris komplizierte Computeranlagen, die sie im Keller eingerichtet hatte. Aber noch nie war ein Motorrad dabei gewesen – und die Maschine war schwerer, als sie aussah.

Mit dem Rücken stieß sie die Tür in die Zentrale auf, wie sie die Kellerräumlichkeiten der Bibliothek für okkulte Fälle nannten.

Sie wollte die Honda am Lenker gepackt durch die Türe ziehen, doch irgendwo verkeilte sich das Bike, und sie kam nicht weiter. Despina stöhnte verärgert auf.

»Operator«, rief sie Toris Spitznamen, »wir haben ein Problem!« Sie zerrte weiter an der Maschine, schaffte es aber nicht, das Ding durch die Tür hindurchzubekommen.

Wo blieb Tori nur? Doc hatte doch gesagt, dass sie da sei. Daran gab es auch keinerlei Zweifel. Tori war *immer* da.

Sie schielte auf ihr Armgelenk, wo die Armbanduhr mit dem GPS-Sender und der abhörsicheren Verbindung einen vertrauten Kommunikationsweg darstellte, um Tori zu kontaktieren. Normalerweise reagierte sie prompt, wenn man sich über den Communicator meldete, wie Tori das Ding getauft hatte. Sie hatte ihn selbst entwickelt.

»Tori!«, rief Despina stattdessen über ihre Schulter, erhielt jedoch keinerlei Reaktion.

Sie ließ das Motorrad stehen und lief den Flur entlang, an dessen Ende sich Toris Operator-Raum befand. Die Glastür war nur angelehnt. »Tori? Bist du auf dem Klo?«, rief Despina und betrat den kargen Raum. Neben einer Wand mit einer Unzahl Bildschirmen und einem Schreibtisch voller Chipsresten, leeren Getränkedosen und Geräten, deren Dioden blinkten und leuchteten und von denen Despina nicht die geringste Ahnung hatte, welche Funktion sie erfüllten, war nur noch ein Hightech-Stuhl in dem Raum zu sehen. Letzteren verließ Tori eigentlich nur, um sich mit Chips und Energydrinks zu versorgen, oder tatsächlich mal aufs Klo zu gehen.

Alles sah aus wie immer. Nur Tori fehlte. »Das gibts doch nicht«, murmelte sie, holte tief Luft und rief: »Tori – Operator – Jones! Wo zur Hölle bist du?«

»Du sagst doch selbst immer, man soll nicht schlecht von der Hölle reden.« Toris Stimme klang verschlafen und kam von unter dem Tisch hervor.

Despina blickte darunter. »Tori?« Ihre Halbschwester lag zusammengekauert unter dem Tisch und guckte ihr blinzelnd entgegen. »Was machst du denn unterm Tisch?«

»Schlafen. Was denkst du denn?« Sie wälzte sich herum und kroch dann auf allen vieren rückwärts unter dem Tisch hervor.

»Auf dem blanken Boden?«

»Auch mein Körper benötigt manchmal Schlaf«, sagte Tori, wuchtete sich in ihren Stuhl und streckte sich. Sie war etwas fülliger, aber sie selbst störte das kaum – zumindest behauptete sie das anderen gegenüber.

»Aber: Hast du denn kein Bett?«

Ihre Schwester strich sich durch ihr bunt gefärbtes Haar. »Doch, aber das steht zu Hause und nicht hier.«

»Wann warst du denn das letzte Mal zu Hause?«

Tori schürzte die Lippen. »Welcher Tag ist heute?«

Despina verdrehte die Augen. »Na schön. Musst du wissen. Und jetzt steh auf, es gibt Arbeit für dich.«

»Was denn?« Sie griff nach einer der Energy-Dosen, überprüfte mit einem Schütteln, ob noch etwas darin war, und trank.

»Kennst du dich mit Motorrädern aus?«

»Ein bisschen.« Scheppernd stellte sie die Dose auf dem Tisch ab. »Was willst du wissen?«

»Ich möchte, dass du dir eine *Honda CB 750 Four K2* anschaust.«

Unverzüglich betätigte Tori die Entertaste ihrer Tastatur, woraufhin die Bildschirmwand aus dem Schlummermodus erwachte. Die Monitore zeigten unterschiedlichste Arbeitsflächen: Diagramme, Bilder von Überwachungskameras, die Grundrisskizze eines Gebäudes – Despina erkannte darin Toris Recherchen ihres letzten Falles –, außerdem einen Internetbrowser, auf dem mehrere Chatfenster geöffnet waren.

Tori wechselte zu einer Suchmaske und begann zu tippen. »Was für eine Maschine sagtest du?«

Despina grinste. »Du brauchst deine Suchmaschine nicht zu fragen. Ich habe das Motorrad gleich mitgebracht.«

»Wie, du hast es mitgebracht?«

»Komm mit. Du musst mir nur helfen, es durch die Tür zu bekommen.«

Tori folgte Despina den Flur entlang zum in der Tür verkeilten Motorrad. Als Tori es sah, stutzte sie zunächst, begann dann aber zu kichern. »Und du hast die ganze Maschine die Treppe alleine hinuntergeschleppt?«

»Glaube mir, Tori, ich bin noch zu ganz anderen Dingen fähig.«

»Das weiß ich, Pina.«

»Nenn mich nicht so. Du weißt, ich hasse das!«

»Ja ja.« Tori hob beschwichtigend die Hände. »Also, dann wollen wir mal.«

Sie schoben die Maschine zunächst zurück durch die Tür. Sie mussten eine andere Position erreichen und den Lenker so anwinkeln, dass er mitsamt des Vorderrads hindurchpasste. Nach etlichen Malen des vergeblichen Hin- und Herrückens, Ziehens und Schiebens, schafften sie es schließlich gemeinsam, die Honda in den Kellerflur zu manövrieren. »Okay, das wäre geschafft«, sagte Tori. »Und nun? Was mach ich mit dem Ding hier unten?«

»Die Maschine ist oben ins Schaufenster gekracht. Der Motorradfahrer sagt, die Räder hätten ohne ersichtlichen Grund blockiert. Ich glaube ihm. Der arme Kerl war selbst bis aufs Äußerste schockiert über seinen Unfall.«

»Wer fährt denn bitteschön bei so einem Wetter Motorrad?«

»Auch das habe ich ihn gefragt, und er hat mir eine sehr lange Geschichte aufgetischt, in der es um seine Frau oder Exfrau ging und um eine Geliebte, die beide nichts voneinander wissen, und um uneheliche Kinder und dass er unter erheblichem Termindruck stand.«

»Ach du liebe Güte. Ich verstehe Leute nicht, die sich so etwas freiwillig antun.«

»Ist doch nicht unser Problem«, antwortete Despina. »Auf jeden Fall hatte Barbarossa kurz zuvor ein unliebsames Telefonat mit dem Priester, das eine Manipulation der Maschine erklären könnte.«

»Durch den Priester?« Toris Augenbrauen wanderten erstaunt ihrem Haaransatz entgegen. »Ich dachte, der interessiert sich nur für okkulte Bücher.«

»Es ist bisher nur ein Verdacht, aber Barbarossa möchte es überprüft haben. Hier am Vorderrad befindet sich ein kleines Kästchen. Doc meinte, du könntest herausfinden, was das ist, und seine Vermutung im schlimmsten Fall bestätigen.«

»Und im günstigsten Fall?«

Despina zuckte mit den Schultern. »Im günstigsten Fall ist es ein Gerät, das die Profilstärke der Reifen während der Fahrt misst oder sowas.«

»Das kannst du bei dem Modell vergessen. Die Maschine stammt aus den siebziger Jahren.«

Despina sagte nichts, sondern starrte Tori nur mit einem Blick an, der sagen sollte, dass sie dergleichen nicht wissen wollte.

Tori grinste gekünstelt. »Na schön. Das dauert aber etwas. Schieb mir die Maschine in den Operationssaal.«

Der Operationssaal war letztlich nichts weiter als ein Besprechungszimmer mit der Möglichkeit, Datenmaterial auf eine große Wand zu projizieren. Darüber hinaus gab es nur einen runden Konferenztisch mit einer Stiege Stühle darum herum.

Neben den beiden Räumen, einer kleinen Küche, einem Heizungsraum und einem Badezimmer beherbergte der Keller noch ein weiteres Zimmer, das einzig und alleine Despina zur Verfügung stand: das Legat – ein Raum für die Aschen der Verstorbenen, die dort in Urnen in einer Art Schrein aufbewahrt wurden wie in einem Tempel. Despina wusste, dass Tori ihre Gabe als makaber empfand und alleine deshalb das Legat nach Möglichkeit mied. Barbarossa und Jean hingegen respektierten die Urnen, die Despina in diesem Raum verwahrte. Hier ruhte die Asche jener Menschen, die ihr zeitlebens viel bedeutet hatten. Im Legat war sie ungestört und fand die Zeit für wichtige Gespräche, die nur sie dank ihrer besonderen Gabe führen konnte: Unterredungen mit den Toten, die mitunter sehr persönlicher Natur waren.

»Sag mal, haben wir Kaffee da?«, fragte Despina, als sie Tori in die Küche gefolgt war.

»Ich bin ja schon dabei, welchen aufzusetzen«, antwortete ihre Halbschwester. »Wenn es dir zu lange dauert, kannst du ja 'ne Dose Energy von mir haben.«

»Danke, aber ich steh nicht so auf Kaugummigeschmack.«

Tori blickte sie entgeistert an. »Ich weiß ja nicht, was du so unter Kaugummigeschmack verstehst, aber ich mag es. Das Zeug schmeckt tausendmal besser als euer bitterer Kaffee, den du und Jean die ganze Zeit über in euch reinschüttet. Da ist mir Docs schwarzer Tee ja noch lieber als dieser ekelhafte Kaffeegeschmack. Pfui.« Sie verzog das Gesicht, was ziemlich komisch aussah und Despina zum Lachen brachte.

»Ja, lach du nur über mich. Ich weiß, dass das Zeug ungesund ist und dick macht. Aber es gibt mir den Frischekick, den ich brauche und von dem ihr alle profitiert, spätestens dann, wenn ihr mal wieder eure Passwörter vergessen habt.«

»Ist ja gut, Tori. Du darfst das Zeug ja trinken, wie du lustig bist.«

»Ich bin überhaupt nicht lustig.«

»Doch, das bist du.«

Im selben Moment wurde die Tür aufgerissen, und ein hektisch dreinblickender Barbarossa North stand vor ihnen und keuchte: »Jetzt mal Spaß beiseite, Mädels. Es gibt Arbeit.«

»Oh, falls du das Motorrad meinst«, begann Tori, »das haben wir gerade …«

»Das Motorrad kann warten. Wir haben einen Toten in der Kirche *All Hallows by the Tower.*«

2. Kapitel

Der Kirchturm der *All Hallows by the Tower*-Kirche spiegelte sich in der Glasfassade des gegenüberliegenden Gebäudes am Tower Place, in dessen Parkhaus Despina ihren Wagen abgestellt hatte.

Despina verspürte Kirchen gegenüber stets eine besondere Ehrfurcht, die mit dem Alter der heiligen Gemäuer stieg. *All Hallows by the Tower* war die älteste Kirche der Stadt und ließ sich bis ins siebte Jahrhundert zurückdatieren. Selbstredend, dass das Gebäude eine bewegende Geschichte hinter sich hatte. Eine Geschichte mit vielen Toten.

Sie umrundete das altehrwürdige Kirchenschiff und erreichte die belebte Byward Street, die weiter vorne in Tower Hill mündete. Dort tummelten sich die Touristen, die trotz der Kälte in Scharen zum *Tower of London* pilgerten. Auf der anderen Straßenseite öffnete soeben der Pizza-Express, und weiter hinten gab es eine Starbucks-Filiale.

Despina wandte sich nach rechts und stapfte durch den Schnee bis zum Eingang der Kirche, unter dessen Rundbogenportal ein Mann im schwarzen Mantel wartete, der deutlich zu der Beschreibung passte, die Doc ihr gegeben hatte. Sie öffnete soeben den Mund, um sich dem jungen Gottesmann vorzustellen, als eine ihr wohlbekannte Stimme von der anderen Straßenseite ihren Namen rief.

Der Mann hob pikiert die Augenbrauen, und Despina wandte sich um und sah Jean auf der anderen Straßenseite, die wie ein kleines Kind vor Freude hüpfte und ihr zuwinkte. Dabei lachte sie schrill und führte Bewegungen aus, um die Autos zum Halten zu bewegen, damit sie die Straße überqueren konnte.

»Ein paar Meter nach links und Ihre Freundin könnte die Fußgängerampel verwenden, Ms Jones.« Der Mann, der in dem Eingangsportal der Kirche gewartet hatte, war an sie herangetreten. »Sie sind doch Ms Jones von der Bibliothek?«

Despina lächelte und reichte ihm die Hand. »So ist es.«

»Es freut mich sehr«, sagte der Mann, während sie ihre Hände schüttelten. »Ich bin Pater Victor.«

»Sie sind recht jung für einen Priester«, sagte sie, erhielt als Antwort jedoch nur ein mildes Lächeln.

Gleichzeitig hupten die Fahrzeuge, da Despinas bessere Hälfte die Straßenseite wechselte. »Das ist meine Kollegin Jeanette Dark.«

Im gleichen Moment tauchte sie wie gerufen neben den beiden auf. »Hi Süße!« Sie küsste Despina auf die Wange, und die dachte bei sich, dass der Pfarrer Glück hatte, nicht Jeans übliche Willkommensgebaren erleben zu müssen.

»Und Sie sind … ?«, fragte Pater Victor.

»Jean.« Sie hielt dem Mann die Hand entgegen. »Despina und ich, wir …«

»Ja, ja. Nun denn, es ist etwas frisch hier draußen. Bitte folgen Sie mir doch ins Innere unserer Kirche«, unterbrach der Pastor Jean ungeduldig.

Jean machte eine verlegene Geste, schmunzelte aber dabei, und Despina war froh, dass sie hier war. Gerne hätte sie Jean gefragt, wie es im Urlaub war und wie es ihr ging – ihrem Verhalten nach zu urteilen, vortrefflich – aber im Beisein des Priesters kamen ihr derlei weltliche Gespräche falsch vor, und so verschob sie dergleichen auf später.

»Die Kirche ist sehr archaisch«, sagte sie daher, als sie das Innere der heiligen Hallen betreten hatten. Es roch nach Weihrauch und vergangener Zeit.

»Die Krypta, in die wir nun gehen werden, entstammt dem siebten Jahrhundert. Man hat aber auch ein Bodenstück in römischer Mosaikbauweise freilegen können, das auf das späte zweite Jahrhundert datiert werden konnte. Man geht davon aus, dass es einmal Teil eines Wohnhauses war.«

Despina hob die Augenbrauen. Sie wusste, wenn sie sich anstrengte, könnte sie die wahren historischen Hintergründe herausfinden, doch lag ihr Interesse eher an den persönlichen Schicksalen der Toten.

Sie folgten dem Pastor durch die Kirche, der sie an den berühmten Intarsien des Gotteshauses vorbeiführte und nicht umhinkam, seine Besucher auf etliche Details und Kunstgegenstände hinzuweisen. Neben dem Zugang zum sogenannten *Queen Mother Centre 2000*, der mit dem Besuch der Königin zu tun hatte, führten altertümliche Treppenstufen hinab in die unterirdischen Teile des Kirchenschiffs. Mit jedem Schritt spürte Despina das Alter und die Schwere der Historie. Fast schon meinte sie, die Stimmen der Vergangenheit zu hören, wie Flüstern aus weiter Ferne.

»Die Krypta ist eine Kapelle aus dem Jahre 1280 und dem Heiligen Franz von Assisi geweiht. Dreihundert Jahre lang war sie nicht zugänglich, heißt es, bevor sie 1925 wieder entdeckt wurde. Der ursprüngliche Eingang war vom Chor oben durch die Stufen in der Westwand. Im fünfzehnten Jahrhundert war es wohl eine Kapelle die nur von Nonnen und Frauen betreten werden durfte.« Er sah Jean mit einem seltsamen Blick an, als er das sagte. »Die Kapelle ist durch ein schmales Fenster mit dem benachbarten Oratorium von St. Clare verbunden, in dem sich hinter einem Gitter die sogenannte *Lamp of Maintenance* befindet.«

Jean blickte Despina an, zuckte mit den Schultern und lief weiter. Je tiefer sie gelangten, desto dunkler wurde es. Es war kühl, aber nicht so kalt wie draußen im winterlichen London.

»Es gibt noch eine weitaus beeindruckendere Gewölbekapelle, die dem 14. Jahrhundert entstammt. Im dortigen Altar wurden

Steine verarbeitet, die aus der Templer-Kirche der Athlit-Festung in Israel stammen. Darüber hinaus dient die Kapelle als Aufbewahrungsort etlicher Urnen-Boxen, in denen sich die eingeäscherten Überreste geschätzter Gemeindemitglieder befinden.«

»Ist ja fast wie bei dir zu Hause im Legat«, raunte Jean Despina zu, doch sie erhielt als Antwort nur ihren berühmten Blick, der zum Schweigen ermahnte.

Der Priester blieb nun in dem Gewölbe stehen und sagte: »Worauf ich hinaus will, ist: Es haben sich schon viele Unglücke in diesen Gemäuern ereignet, aber das hier ist eine einzige Katastrophe.« Dann erst gab er den Blick frei auf den Eingang der Franz-von-Assisi-Krypta.

Ehrfürchtigen Schrittes durchmaß Despina den schmalen Gewölbegang und betrat die unterirdische Kapelle, die gerade mal so groß war, dass eine Handvoll Betender nebst einem Prediger darin Platz fanden.

Der Tote saß in Christus-Pose auf dem an der Wand stehenden Altar, der mit einer weißen Decke abgedeckt war. Die Arme des Toten waren zu beiden Seiten hin ausgestreckt und oberhalb des Kopfes mit Nägeln an die Wand fixiert. Rechts und links davon brannten die Kerzen auf ihrem Lüster, schräg darunter zu beiden Seiten des Altars standen Marienstatuen auf hölzernen Ständern.

Despina trat näher heran, aber nicht zu nah. Sie wollte noch keinen Kontakt zu dem Toten aufbauen, dessen Körper mit Ausnahme weißer Shorts unbekleidet war. Er mochte um die 60 Jahre alt sein und trug sein leicht gewelltes, aber bereits ergrautes Haar schulterlang.

»Wer ist der Tote?«, fragte Despina.

»Das weiß ich nicht«, gab der Pfarrer Auskunft.

»Sie haben ihn noch nie zuvor gesehen?«

»Nein.«

»Und Sie haben ihn so, wie er hier zur Schau gestellt ist, gefunden?«

»Gefunden hat ihn unsere Putzkraft, Mrs Cathrin.«

»Wir müssen mit ihr sprechen.«

»Natürlich. Sie befindet sich oben bei der Orgel und …«

»Erledigst du das, Jean?«

»Logisch. Soll ich den Pfarrer gleich mitnehmen, damit du … ?«

»Eins noch, Pater Victor.« Despina wandte sich von dem Toten ab und blickte dem Priester ins Gesicht. »Weshalb haben Sie sich an die Bibliothek gewandt und nicht die Polizei gerufen?«

»Nun«, er nestelte nervös mit seinen Händen herum, »die Sache ist die, dass die Gemeinde sehr erpicht darauf ist, dass nichts hiervon an die Öffentlichkeit gerät. Sie müssen wissen, wir hatten erst kürzlich einen recht unschönen Missbrauchsskandal, und …«

»Meinen Sie, dass der mit diesem Mord hier in Zusammenhang stehen könnte?«

Pater Victor schürzte die Lippen und schüttelte den Kopf. »Das kann ich mir nicht vorstellen«, sagte er. »Ich sehe überhaupt keinen Zusammenhang zur Gemeinde. Weder kann ich sagen, wer der Tote ist, für dessen Seele ich bereits gebetet habe, noch, warum man ihm das angetan hat. Und wieso ausgerechnet hier?«

»Wir werden das herausfinden«, sagte Despina.

»Die Kleidung des Toten«, warf Jean ein, »wo ist sie?«

»Ich weiß es nicht«, antwortete der Priester.

Jean seufzte. »Bringen Sie mich zu der Putzfrau, bitte.« Und an Despina gewandt: »Bist du so weit?«

Sie nickte. »Klar. Bitte sorge dafür, dass keiner hier hinunterkommt.«

»Dafür bin ich doch da, Süße.« Sie zwinkerte ihr zu und verließ mit Pater Victor, der unablässig redete, die Krypta.

Despina wartete, bis sie die Stimmen im Treppenschacht verhallen hörte, und wandte sich erst dann wieder dem Toten zu.

»Na schön«, murmelte sie. Sie atmete tief ein und aus und schritt dann regelrecht ehrfürchtig auf den Leichnam zu. Sie sah das Blut, das aus den Wunden in seinen Händen geflossen und das bereits an der Wand und auf dem weißen Altartuch eingetrocknet war. Auf dem Kopf hatte man ihn mit einer Dornenkrone gequält. Sie bemerkte seine dehydrierten Lippen und fand einen Schwamm mit einem Strohhalm auf dem Boden unter einer der Sitzbänke.

»Wie Jesus«, sagte sie. »Einzig die Wunde durch die heilige Lanze fehlt.« Sie rief sich ein Bildnis des Hauptmanns Longinus vor Augen, das so oft gemalt wurde und ihn zeigte, wie er die heilige Lanze in den Brustkorb oder die Flanke Jesu trieb, um zu überprüfen, ob er bereits tot war. Der Lanze selbst sagte man eine mächtige Wirkung nach. Dank des Blutes Christi mache sie den Träger der Lanze unsterblich, so dass bereits im Mittelalter heftige Auseinandersetzungen und Intrigen um den Besitz der Lanze ausgefochten wurden. Sie zogen sich bis ins dritte Reich, da selbst Hitler an der Reliquie interessiert war, die seit 1946 in der Schatzkammer der Wiener Hofburg verwahrt wurde, soweit Despina recht informiert war.

Ihr Wissen in historischen Belangen war umfassend. Nicht, weil sie so viel las oder weil Tori regelmäßig für sie recherchierte, sondern weil die Toten ihr all die Geschichten erzählten – und sie taten es gerne, da es sonst kaum jemanden gab, der die Fähigkeit dazu hatte zuzuhören. Despina wusste: Nach dem Tod ist es einsam.

Sie sagte: »Bereiten wir der Einsamkeit ein Ende«, und legte ihre linke Hand auf die Stirn des Toten und ihre Rechte auf dessen Brust.

Der Erstkontakt war stets für beide Seiten verwirrend: Zwei Bewusstseine trafen sich wie in einer Art paramythologischen Wolke, die für die Beteiligten zwar sichtbar war, in Wirklichkeit aber gar nicht existierte. Blitze zuckten am imaginären Himmel, und Donner grollte obendrein. Für Außenstehende war dergleichen nicht hörbar, doch für Despina war der Lärm des Donners ohrenbetäubend. Die Blitze blendeten sie, weswegen sie ihre Augen verschlossen hielt, und die Wolken rochen nach Ozon.

Diese intensive Form war tatsächlich und zum Glück nur bei einer Erstbegegnung zu verspüren, was mit Sicherheit auch daran lag, dass der Tote noch nicht allzu lange tot war und sie den Leichnam mit ihren baren Händen berühren konnte. Nahm sie Kontakt zu einem Toten an dessen Grab auf, war der Erstkontakt zwar ebenso intensiv, aber in sich sanfter. Diesmal jedoch kam die Erst-Berührung einer einzigen elektrischen Entladung gleich.

Und erst als die Wolken sich langsam lichteten, war Despina so weit, dass sie mit dem Toten sprechen konnte.

Die Irritation des Toten war spürbar. Es begann immer mit der Irritation darüber, dass da plötzlich jemand war, der Kontakt aufnahm. Als Toter – das wusste Despina aus anderen Gesprächen – spürte man die Präsenz einer Gegenwart, die sonst nicht da war. Oft folgte der Irritation ein Seufzen der Wehmut, bevor die Konversation begann. Hier jedoch war es anders. Der gewohnten Irritation folgte ein ungewohnt herzliches Lachen.

»Du scheinst glücklich zu sein«, sagte Despina daher.

»Glücklich – ja«, gluckste die Stimme des Toten in ihrem Kopf.

»Bist du froh darüber, das Leben hinter dir gelassen zu haben?« Oder war er sich darüber noch nicht im Klaren?, überlegte sie weiter.

»Ich werde wieder auferstehen«, lautete die kichernde Antwort.

»So? Wie soll das möglich sein? Tote stehen in den seltensten Fällen wieder auf. Das passiert nur im Film. Bei Zombies etwa.«

»Nein. Bei mir ist es anders. So wie es schon einmal geschehen ist.«

»Wie es schon einmal geschehen ist? Erklär mir das, bitte.«

»Du solltest die Legende kennen.«

»Welche Legende?«

»Die des wiederauferstandenen Christengottes.«

»Hältst du dich etwa für Jesus?«

»Ich halte mich nicht nur für ihn: Es ist kein geringerer als Jesus Christus, mit dem du sprichst.«

Despina öffnete die Augen und besah sich den toten Körper des Mannes, den man gekreuzigt hatte wie sein religiöses Vorbild. »Jesus starb vor gut 2.000 Jahren.«

»Und stand wieder auf, bevor er am dritten Tag gen Himmel fuhr. So wird es wieder geschehen.«

»Aber du kannst nicht Jesus sein.«

»Wieso nicht?«

»Dein Körper befindet sich in einer Krypta in London. Du wurdest umgebracht. Zwar hat man dich nach Christi Vorbild gekreuzigt, aber das alleine heißt noch lange nicht, dass du Jesus Christus bist. Von der Möglichkeit einer Auferstehung brauchen wir gar nicht erst zu sprechen.«

»Ah, ich verstehe. Du willst mich auf die Probe stellen. Bist du ein gesandter Engel meines Vaters?«

»Nein, ich bin kein Engel. Man nennt mich Despina Jones. Ich bin ein Mensch und besitze die Gabe, mit den Toten sprechen zu können. Ich nutze diese Gabe, um Verbrechen aufzuklären, aber auch um den Toten einen Dienst zu erfüllen, indem ich etwa Botschaften an Hinterbliebene überbringe oder umgekehrt etwas ausrichte – vor allem aber, indem ich ihnen zuhöre.«

»Das sind wahrlich seltene Fähigkeiten. Und weswegen sprichst du dann mit mir?«

»Mit dir spreche ich, weil an dir ein Verbrechen verübt wurde. Du wurdest umgebracht, und ich möchte wissen, wer das getan hat. Außerdem würde es mir helfen zu wissen, wer du wirklich bist.«

»Ich bin Jesus Christus«, beharrte der Tote auf seiner Meinung. »Und ich werde wiederauferstehen!«

Na, das kann ja heiter werden, dachte Despina und überlegte krampfhaft, wie sie Jesus klarmachen konnte, dass er eben nicht der war, für den er sich hielt. Vielleicht war er zu Lebzeiten bereits in psychiatrischer Behandlung, weil er sich für Jesus gehalten hatte? Dergleichen gab es doch öfter. Wenn man eine psychiatrische Einrichtung besucht, sitzt dort Gott Vater neben Napoleon.

»Also gut, Jesus. Dann erkläre mir doch bitte, was du in der Kirche *All Hallows by the Tower* zu suchen hattest«, versuchte es Despina nun.

»Weswegen betritt man ein Gotteshaus, mein Kind? Um mit Gott zu sprechen, natürlich. Auf geweihtem Boden ist man Gott näher, und mir war wohl nach einem Gebet zumute.«

»Du sprichst so, als wüsstest du es nicht genau, als seist du dir nicht sicher.«

»Bin ich mir auch nicht«, gestand Jesus sich ein. »Ich kann mich daran erinnern, auf dem Glockenturm gewesen zu sein. Aber was ich dort oben wollte, das weiß ich nicht mehr. Die Orgel spielte eigenartige Musik.«

»Hast du irgendwen gesehen? Bist du jemandem begegnet?«

»Mir hat sich das Bild einer Jesusfigur eingeprägt. Eine gekreuzigte Statue mit lächelndem Gesicht. So wie ich.«

»Du redest wirr.«

»Der wirre Geist birgt Weisheit in sich.«

Despina seufzte. »Wer hat dich gekreuzigt?«

»Jesus.«

»Und wer bist du?«

»Jesus.«

»Wie soll ich das verstehen?«

»Bittet, so wird euch gegeben; suchet, so werdet ihr finden; klopfet an, so wird euch aufgetan.« Der vermeintliche Jesus kicherte wieder.

»Und worum soll ich bitten? Nach wem soll ich suchen? Und an welche Tür soll ich bitteschön klopfen?«

»An Gottes Tür natürlich. Er ist es, nach dem du suchen und den du um Weisheit und Erkenntnis bitten sollst.«

Na toll, dachte sie und sagte: »Ich werde dich jetzt verlassen. Aber ich werde wiederkommen, um mit dir zu sprechen. Vielleicht fällt dir ja noch etwas ein. Vielleicht finde ich etwas heraus, das deinem Gedächtnis auf die Sprünge hilft. Wir werden sehen.«

»Was wird mit meinem Körper geschehen? Man muss mich in eine Grabkammer bringen.«

»Ich werde dergleichen veranlassen«, versprach Despina. »Vertrau mir.« Dann löste sie die Verbindung, indem sie ihre Hände vom Korpus des Leichnams hob. Noch spürte sie das Kribbeln in den Fingern, und fast war ihr, als könnte sie die unsichtbaren Wolkenstränge wie zähe Fäden zwischen dem Leichnam und ihren Händen sehen. Nach und nach rissen sie, und die Stimme des Toten und seine Präsenz in ihrem Verstand verblassten zunehmend, je mehr sie sich von ihm löste.

Es gab besonders intensive Verbindungen, da waren jene imaginären Wolkenstränge fester und schwerer zu durchtrennen. Doch der Tote, der sich für Jesus hielt, kämpfte nicht so sehr darum, in der Welt der Lebenden verankert zu bleiben. Er schien vollkommen losgelöst von allem zu sein. Regelrecht überirdisch kam er ihr vor, und das zum Teil absurde Gespräch hallte mit vielen Fragezeichen in ihr nach, als Despina die Krypta verließ, um nach Jean und Pater Victor zu suchen.

Sie fand die beiden auf der Empore der Kirchenorgel – ein imposant anzusehendes, mächtiges Instrument mit riesig erscheinenden Pfeifen und drei Manualen, die zum Bespielen einluden. Auf der Sitzbank, die für den Organisten bestimmt war, saß eine Frau, die sich ihr als Cat vorstellte und bei der es sich um die besagte Putzfrau handelte, wie Jean sie unverzüglich aufklärte. »Eigentlich heißt sie Mary Cathrin«, erklärte Jean.

Despina schätzte Cats Alter auf etwa 40 Jahre, wobei sie älter aussah. *Womöglich ein Drogenproblem*, überlegte sie und betrachtete die eingeschüchtert wirkende Frau, die abwechselnd zu Pater Victor und Jean blickte. »Kann ich nun gehen?«

»Halten Sie sich zu unserer Verfügung«, sagte Jean. »Unsere Karte haben Sie, falls Ihnen noch etwas einfallen sollte.«

»Und es kommt auch ganz sicher keine Polizei?« Despina hätte gerne gefragt, was der Frau solche Angst bereitete, wollte aber keine Fragen stellen, die Jean mit großer Wahrscheinlichkeit bereits gestellt hatte.

»Fürs Erste nicht«, beeilte sich da der Priester zu sagen. »Machen Sie sich keine Sorgen. Alles ist gut. Gehen Sie nun nach Hause, Cat.«

»Aber ich bin noch nicht fertig.«

»Für heute ist es sauber genug.«

Cat nickte und erhob sich vorsichtig. »Gut, dann gehe ich jetzt.«

»Eine Frage noch«, sagte Despina nun.

»Ja?«, sagte sie leise und wandte sich vorsichtig um.

Der Spitzname passte, dachte Despina. Ein ängstliches, scheues Kätzchen. »Gehört die Reinigung des Glockenturms auch zu Ihren Aufgaben?«

»Nur einmal im Monat muss ich die unteren Stiegen fegen. Das sei ausreichend, wurde mir gesagt. Ganz oben war ich noch nie.«

»Und gestern? Waren Sie da im Glockenturm?«

Cat schüttelte den Kopf. »Nein. Gestern habe ich gar nicht geputzt. Ich war nur zum Gebet hier.«

Despina nickte und lächelte freundlich. »Ich danke Ihnen.«

Sowohl der Priester als auch Jean sahen Despina fragend an.

»Eine schöne Orgel ist das«, sagte sie, anstatt ihre offenen Fragen zu beantworten.

»Das ist wohl wahr«, ereiferte sich Pater Victor sogleich. »Sie wurde 1957 von *Harrison and Harrison Ltd.* erbaut und enthält eine Silberpfeife, die der verstorbenen Queen Mary gewidmet ist.«

»1957 erst? Ich dachte, die Kirche wäre eine der ältesten der Stadt?«, sagte Jean.

»Das ist richtig, aber es gibt viele Kriegsschäden zu bedauern. Die alte Orgel wurde 1940 bei einem Luftangriff vollständig zerstört.« Pater Victor schaute betroffen in die Runde. »Aber es gibt ganz berühmte Tonaufnahmen von Albert Schweitzer, der Bach spielen konnte wie kein anderer.«

»*Der* Albert Schweitzer?«, fragte Jean ungläubig.

»Natürlich. Dr. Ludwig Philipp Albert Schweitzer.«

»Man nannte ihn auch den Urwaldarzt«, ergänzte Despina. »1952 erhielt er den Friedensnobelpreis. Aber er war nicht nur Arzt, sondern auch Organist. Seine Interpretationen der Musik Johann Sebastian Bachs gelten noch heute als stilbildend.«

»Was du schon wieder weißt.« Jean bedachte Despina mit einem Blick der sagte, dass sie es nicht übertreiben sollte. »Sag uns lieber, was du herausgefunden hast beziehungsweise, was du mit deiner Frage über den Glockenturm wolltest.«

»Auf dem Glockenturm muss irgendetwas passiert sein«, sagte sie und ersparte sich längere Erklärungen, die bei Pater Victor nur zu unnötigen Fragen geführt hätten. »Wir sollten dort nach Spuren suchen.«

»Aber wieso denn ausgerechnet auf dem Glockenturm?«, wollte der Priester wissen.

Jean lächelte den Mann an. »Zeigen Sie uns bitte den Weg dorthin?«

»Aber natürlich. Hier entlang, bitte.« Er ging voran, und während er sie zum Turmeingang führte, ließen Jean und Despina sich ein wenig zurückfallen.

»Diese Putzfrau wirkt nicht ganz sauber«, raunte Jean ihr zu.

»Der Tote auch nicht«, antwortete sie.

»Wieso?«

»Hält sich für Jesus und spinnt total. So ein Gespräch wie heute hatte ich noch nie.«

Jean runzelte die Stirn. »Und nach was suchen wir im Glockenturm?«

»Nach Spuren eines Kampfes oder etwas in der Art.«

»Okay«, sagte Jean und wollte zu einer weiteren Frage ansetzen, als Pater Victor auch schon stehenblieb, da sie den Zugang zum Turm erreicht hatten.

»Der ursprüngliche Turm wurde 1650 durch eine Explosion zum Einsturz gebracht. Damals lagerte man große Mengen Schießpulver an diesem Ort. Im Jahre 1666 aber, gelang es keinem Geringeren als Samuel Pepys …«

»Entschuldigen Sie bitte«, unterbrach Jean den Gottesmann. »Wir sind hier, um einen Mordfall aufzuklären. Die Geschichte ihrer Kirche ist zwar sehr interessant, aber Ihre Ausführungen halten uns letztlich nur von unserer Arbeit ab. Wenn Sie uns nun bitte entschuldigen würden?«

Der Unterkiefer Pater Victors war wortwörtlich heruntergeklappt, als Jean ihm ihre Meinung gegeigt hatte. Mit offenstehendem Mund sah er ihr zu, wie sie die Tür zum Glockenturm passierte.

Despina trat mit ihrem bezauberndsten Lächeln an den Priester heran und sagte: »Mich hätten Ihre Ausführungen über den großen Brand von London sehr interessiert. Aber vielleicht holen wir das tatsächlich besser ein andermal nach. Ich danke Ihnen dennoch.«

»Ja, aber …«

»Wir brauchen Sie hier nun nicht mehr. Im Turm suchen wir nur noch nach einigen Spuren, und danach verschwinden wir wieder. Sie sollten sich währenddessen Gedanken machen, wie Sie mit dem Leichnam verfahren wollen. Es bleibt Ihnen überlassen, ob Sie die Polizei holen wollen oder auf anderweitige Mittel zurückgreifen werden.«

»Welche denn? Ist dergleichen nicht in Ihrem Service inkludiert?«

»Tut mir leid. Die Bibliothek für okkulte Fälle ist rein auf die Ermittlungsarbeit spezialisiert. Aber ich kann Ihnen auch einen Kontakt vermitteln, falls Sie den Leichnam im wörtlichen Sinne beseitigen wollen, weise Sie aber darauf hin, dass dergleichen illegal ist und strafrechtliche Konsequenzen nach sich ziehen kann.«

»Was empfehlen Sie mir?« Der Pater war jetzt sichtlich nervös.

»Ich empfehle immer die Polizei. Wir arbeiten in Teilen mit Scotland Yard zusammen.«

»Das heißt, ich kann denen auch mitteilen, dass ich Sie eingeschaltet habe?«

»Das sollten Sie sogar. Wir müssen ja ebenso unsere Berichte verfassen und die Arbeit dokumentieren, alleine für den Fall, dass wir etwas Brisantes herausfinden, über das die Behörden informiert werden müssen.«

»Ist das bei einer Leiche denn nicht der Fall?«

»Doch – jedoch haben wir ein besonderes Abkommen, in dem festgeschrieben steht, dass wir von dieser Mitteilungspflicht enthoben sind, sofern nicht Gefahr in Verzug ist. Das im Detail zu erklären, führt an dieser Stelle jedoch zu weit.« Sie wollte den Priester nicht darüber aufklären, dass sie mit den Toten sprechen konnte und sie tatsächlich vor vielen Jahren ein entsprechendes Abkommen mit der Leitung vom Yard unterzeichnet hatten, da man im Rahmen einer umfassenden Konferenz darin übereingekommen war, dass auch Verstorbene Anspruch auf eine gewisse Form der Diskretion haben. Despina war auch eine entschiedene Obduktionsgegnerin, obgleich sie wusste, dass diese mitunter sehr aufschlussreich sein konnten. In erster Linie aber bezeichnete sie sich als Sprecherin für die Toten, und mit der Verschwiegenheitsklausel hatte sie gegenüber den Behörden etwas erreicht, das in dieser Form einmalig war.

»Manchmal reicht es schon, mit der Meldung ein paar Tage zu warten«, sagte sie daher und dachte an den Wunsch des toten Jesu in der Krypta. »Vielleicht ist es ausreichend, ihn zunächst in einer Art Grabkammer aufzubahren.«

»In einer Grabkammer? In was für einer Grabkammer denn?«

Despina zuckte mit den Schultern und schürzte die Lippen. »Ich weiß nicht. Hat man dergleichen nicht mit Jesus getan?«

»Nun, so einen Ort gibt es im Gewölbe der Kirche schon, aber …«

»Ich kann mir gut vorstellen, dass das im Sinne des Kreuzigungsopfers wäre. Dort kann er natürlich nicht für immer bleiben. Maximal drei Tage.«

»Jesus lag auch nur drei Tage in der Grabkammer, bis er …«

»Na sehen Sie, das passt doch wunderbar«, ereiferte sich Despina, wünschte Pater Victor noch einen schönen Tag und folgte Jean in den Kirchturm.

3. Kapitel

Es war erst später Nachmittag, aber die Bibliothek für okkulte Fälle war bereits geschlossen. Vor allem hatte das praktische Gründe: Barbarossa hatte zwar den Glaser bestellt, und der hatte, nachdem er Maß genommen hatte, das zerstörte Schaufenster notdürftig mit Holzplatten dicht gemacht, doch bis die Scheiben angefertigt und eingesetzt waren, würden ein paar Tage vergehen. Immerhin heulte der Wind nun nicht mehr durch die Regale und fegte darüber hinaus nicht fortwährend Schnee in den Laden.

Bis der Glaser so weit war, würde Barbarossa sein Geschäft geschlossen halten. Das bedeutete natürlich nicht, dass die geheime Abteilung im Keller der Bibliothek ruhte. Im Gegenteil: Despina, Tori, Jean und Doc hatten sich im Operationssaal zusammengefunden, futterten Kekse und trugen bei Tee, Kaffee und Energydrinks ihre bisherigen Ermittlungsergebnisse zusammen.

Tori hatte den Laptop vor sich stehen und fertigte eine elektronische Akte an, auf die alle Teammitglieder gleichermaßen Zugriff hatten.

Jean rührte mit einem Löffel quietschend Zucker in ihren Kaffee und resümierte: »Diese Putzfrau kommt mir seltsam vor.«

»Dir kommt immer alles seltsam vor.« Despina grinste sie schelmisch an, doch Jean verdrehte die Augen.

»Nun mal der Reihe nach.« Wie immer war es Doc, der versuchte, Ordnung und Struktur unter seinen Mädels walten zu lassen. Und wie immer gelang es ihm kaum.

»Habt ihr die Nägel nach Spuren untersucht?«, wollte Tori wissen. »Was waren das für Nägel, und wo kommen sie her? Wer hat sie wann wo gekauft und …«

»Die Nägel stammen vom Glockenturm der Kirche«, unterbrach Jean sie.

»Wie?«

»Der Tote hat mir erzählt, im Glockenturm gewesen zu sein, weswegen wir ihn uns näher angesehen haben«, erklärte Despina. »Tatsächlich konnten wir auf den Treppenstufen der höheren Etagen Spuren im Staub finden, die auf einen Kampf schließen lassen. Wir haben eine alte Werkzeugkiste gefunden, mit den gleichen Nägeln wie jenen, mit denen man das Opfer in der Krypta über den Altar genagelt hat. Sehr alte, rostige Nägel, wohlgemerkt!«

»In dem Werkzeugkoffer befanden sich alle möglichen Werkzeuge: Schraubenzieher, Zangen und so Zeug«, ergänzte Jean. »Das Einzige, was man nicht darin finden konnte, war ein Hammer.«

»Und in der Krypta lag auch keiner?«

»Nirgends. Der Täter muss den Hammer mitgenommen haben.«

»Fingerabdrücke?«

»Zu viele bis gar keine«, erklärte Jean und seufzte. »Ich meine, in der Krypta hat man gar nicht erst suchen müssen, weil tagtäglich hunderte Gläubige und Touristen den Ort besuchen, und im Glockenturm fanden wir tatsächlich gar keine. Weder auf dem Treppengeländer noch auf der Werkzeugkiste. Ich hab dir die Bilder geschickt, Tori.«

»Ja, einen Moment.« Sie klickte mit der Maus herum, und die Bilder wurden an die Wand projiziert, so dass sie jeder sehen konnte. Sie liefen als Diashow ab.

Doc seufzte schwer. »Das heißt, wir haben nichts?«

»Wir haben einen verschwörerischen Priester, der den ganzen Fall am liebsten vertuschen möchte, damit ja kein schlechtes Licht auf seine Gemeinde fällt«, führte Jean auf, »und eine recht labil erscheinende Putzfrau, die mit ihrem Job vermutlich die Drogen ihres Bruders finanziert – vielleicht auch ihre eigenen. Sie kam mir reichlich krank vor. Irgendwas hat sie.«

»Was ist mit dem Opfer selbst, Despina?«, wollte Doc wissen.

Despina nahm einen Schluck Kaffee. »Wir wissen nichts über seine Identität. Er selbst hält sich für keinen geringeren als Jesus Christus und verhält sich auch so. Er freut sich auf seine Wiederauferstehung in drei Tagen.«

»Soll das ein Witz sein?«

»Leider nein, Doc. Der Kerl ist absolut irre. Ich hatte dergleichen noch nie. Ich habe schon überlegt, ob es eine Form von Schizophrenie ist, an der er bereits zu Lebzeiten gelitten und die sich nun bis in den Tod hinein gehalten hat. Das ist zwar ungewöhnlich und mit Sicherheit höchst selten, aber prinzipiell kann es schon sein, dass so was passiert.«

»Da fällt mir ein«, sagte Jean, »dass ich dem Gemeindepfarrer nicht glaube, wenn er behauptet, er kenne das Opfer nicht. Meiner Meinung nach wusste er nur zu gut, wer der Mann war.«

»Was macht dich da so sicher?«, fragte Barbarossa.

»Meine Menschenkenntnis. Der Pfarrer lügt entweder, oder er verheimlicht uns etwas.«

»Dann müsst ihr noch mal mit ihm sprechen. Nehmt ihn ins Kreuzverhör. Und du musst dir diesen toten Jesus noch mal vorknöpfen, Despina.« Und an Tori gewandt: »Was ist mit dem Motorrad?«

Tori blickte auf und zeigte mit dem Daumen hinter sich, an die Wand, wo die Maschine stand. »Meinst du das da?«

»Ja. Hast du dich damit bereits befassen können?«

»Es ist eine *Honda CB 750 Four K2*, die 1976 das erste Mal zugelassen wurde. Sie verfügt über 67 PS und einen Hubraum von 731 Kubik. Den Zustand würde ich als garagengepflegt und poliert bezeichnen. Alle sichtbaren Teile sind Originalbauteile, mit Ausnahme deines Kästchens, das tatsächlich ein fernzusteuernder Bremsmechanismus ist, der losgelöst von den eigentlichen Bremsen funktioniert. Das heißt, der Fahrer kann das Ding nicht selbst ausgelöst haben, es sei denn, er hätte selbst auf den Knopf der Fernbedienung gedrückt.«

»Die Maschine wurde also manipuliert?«

»Ja, und jemand hat dafür Sorge getragen, dass der Fahrer in dein Schaufenster kracht, Doc. Denn wenn man es geschickt anstellt, kann man alleine mittels der Bremse des Vorderrads das Motorrad in die richtige Richtung steuern.«

»Ein Zufall ist ausgeschlossen?«

»Ausschließen würde ich ihn nicht völlig, aber das wäre schon ein sehr unwahrscheinlicher Zufall.«

»Danke.«

»Wen hast du in Verdacht?«, wollte Jean wissen.

»Den Priester.« Barbarossa erzählte von dem Anruf heute Vormittag und wie sich alles mit dem Unfall gefügt hatte.

»Und wie hieß das Buch noch gleich, das er haben möchte?«

»Die *Cruciforma*.«

»Worum geht es da?«

»Um das Kreuz als Symbol und die Kreuzigung im Detail.«

Despina zog die Stirn kraus. »Ist das auch wieder nur ein Zufall?«

»Wie meinst du das?«

»Die Parallelen zu unserem Fall sind doch recht augenscheinlich, wie ich finde.«

»Kreuzigungen sind eh sehr beliebt momentan«, sagte Tori.

»Häh?«

»Na, Leute. Schaut ihr eigentlich keine Nachrichten? Lest ihr keine Zeitung? Habt ihr keine Newsapp auf euren Handys?«

»Du warst schon immer besser informiert als wir alle«, sagte Doc und konnte sich ein Lächeln nicht verkneifen.

»Na gut, die Meldung ist in den Medien auch nicht so breitgetreten worden, wie es aussieht. Auch hat man von Seiten des Yards wohl teilweise eine Nachrichtensperre verhängt, aber irgendetwas sickert ja immer durch.«

»Nun erzähl doch schon.« Jean zeigte sich wie so häufig von ihrer ungeduldigen Seite.

»Aktuell zieht eine Welle von Selbstkreuzigungen durch die Stadt.«

»Selbstkreuzigungen?«, riefen alle fast im Chor.

Für einen Moment herrschte fassungslose Stille, die Tori durchbrach, indem sie sagte: »Na, nun guckt mich nicht so entgeistert an. Ich kann ja auch nichts dafür.«

»Wie geht das denn allein technisch?«, fragte Jean. »Ich meine, mal vom Schmerz abgesehen, irgendwann hat man doch keine Hand mehr frei, um Hammer und Nagel halten zu können.«

»Soweit ich weiß, sind die Nagelkreuze so präpariert, dass die Spitze des Nagels nach vorne zeigt – man haut also seine Hand mit Kraft dagegen und den Nagel somit durch.«

Doc verzog schmerzerfüllt das Gesicht. »Wer macht denn sowas? Und vor allem, warum? Was ist das Motiv?«

Tori zuckte mit den Schultern. »Das weiß niemand. Es ist ja jetzt auch keine laute Form des Suizids, sofern man nicht vor Schmerzen schreit. Die meisten wurden erst entdeckt, als sie schon tot waren.«

»Dann könnte ich sie ja nach ihrem Motiv befragen«, sagte Despina. »Befinden sich die Leichen noch in der Pathologie?«

»Davon gehe ich aus.«

Barbarossa beugte sich vor. »Kann es möglich sein, dass unser Jesus in *All Hallows by the Tower* auch ein Selbstkreuziger war?«

»Unmöglich«, sagte Jean. »Die Nägel entsprechen nicht der von Tori beschriebenen Art.«

»Aber ein seltsamer Zufall ist das schon«, meinte Tori wiederum. »Der Priester, der das Buch *Cruciforma* haben möchte, der gekreuzigte Jesus in der Kirche und die Selbstkreuzigungen der letzten Tage. Was stimmt denn mit der Welt nicht?«

»Was wissen wir denn über das Wesen der Kreuzigung an sich? Wie sind sie entstanden? Welche Mythologie steckt dahinter?«

»Das haben wir gleich«, sprach Tori und tippte auf dem Laptop herum, um entsprechende Suchanfragen zu starten.

Jean schlürfte von ihrem Kaffee und sagte: »Vielleicht solltest du mal mit dem echten Jesus quatschen, Pina.«

»Mach ich gern, wenn du mir seine sterblichen Überreste bringst.«

»Sehr witzig.«

»Find ich auch.« Despina schenkte sich Kaffee nach. »Aber du hast recht, es gibt einige Tote, die ich danach befragen werde.«

»Nicht nötig«, rief Tori. »Guckt mal, hier steht: ›In der symbolischen und esoterischen Sprache versteht man unter der Kreuzigung den Verlust aller äußeren Dinge des Lebens, die keinerlei Wert für die Persönlichkeit selbst haben. Im Christentum symbolisiert das Kreuz zugleich den tiefsten Schmerz und das höchste Heil und war als Erkennungszeichen bereits im dritten Jahrhundert gebräuchlich. Bis in die Gegenwart hinein spricht man dem Kreuz geheime Kräfte zu und nutzt es unter anderem als Schutzmittel gegen böse Geister. Dabei dient es auch heidnischen Völkern zur Darstellung von Naturkräften.‹ Das steht im Internet auf einer Seite über Geheimsymbole.«

»Na, so geheim ist das dann ja nicht«, murmelte Doc missmutig und legte etwas auf den Tisch. Es war ein Buch. Die *Cruciforma*.

»Du hast es? Ich dachte, du hast es nicht und kannst es daher nicht verkaufen?«

Barbarossa grinste. »So hat jeder seine Aufgabe. Ich werde mich mit dem Buch hier beschäftigen. Du, Tori, suchst uns alles über diese Selbstmordkreuzigungsfälle heraus. Alles, was du finden kannst. Jeanette wird sich noch einmal mit dem Pfarrer von *All Hallows* auseinandersetzen, und Despina tut das, was sie immer tut: sich mit den Toten unterhalten.«

»Na schön«, sagte Despina und erhob sich. »Ich würde sagen, Jean, dass wir beide morgen früh zum Yard fahren, um uns über diese Kreuzigungsopfer zu informieren. Vielleicht lässt man mich ja mit den Toten sprechen, wenn ich meine Hilfe zusage.«

»Mich wundert eh, dass man nicht schon längst an dich herangetreten ist.«

»Wer weiß, wer den Fall bearbeitet«, warf Tori ein. »Ich selbst werde mich auf jeden Fall gleich an die Arbeit machen und uns ein Exposé über die Kreuzigung und Kreuzigungskulte zusammenstellen, damit wir gleich morgen wieder alle auf dem gleichen Stand sein werden und ihr beide bei Scotland Yard gut vorbereitet seid.«

»Gut. Dann gehst du noch mal zu dem Priester, Jean?«

»Ja, und die Putzfrau nehme ich mir vielleicht auch noch mal vor.«

»Mach das. Doc hat seine Abendlektüre bereits gefunden, wie mir scheint.« Sie blickte zu ihrem Onkel, der geistesabwesend und tief versunken in der *Cruciforma* blätterte.

»Und was wirst du tun?«

»Ich ziehe mich eine Weile ins Legat zurück und bespreche mich dort mit meinen Freunden. Wir sehen uns morgen. Sagen wir, gegen neun?«

***

Das Legat war nach Despinas Wünschen entworfen und eingerichtet worden. Der Raum verfügte über keinerlei Fenster, war dafür aber an ein kompliziertes Belüftungs- und Klimatisierungssystem angeschlossen, das dafür sorgte, dass das Legat über konstante Temperaturen und Luftfeuchtigkeitsbedingungen verfügte – gleich einem Humidor, in dem man Zigarren über Jahrzehnte hinweg ohne Qualitätsverluste lagern konnte.

Die drei mal zweieinhalb Meter beherbergten lediglich einen drehbaren Sessel, ein kreisrundes orientalisch wirkendes Tischlein und eine Schrankvitrine, in der sich Despinas Urnen aneinanderreihten. Zu jeder Urne gab es eine Schublade, die mit bestimmten Dingen befüllt war, die dem jeweils Eingeäscherten zu Lebzeiten gehört oder etwas bedeutet hatten.

Despina bezeichnete die Urnen als Freunde, und genau genommen waren sie das auch. Da wäre zum einen Gloria Winfield, mit der sie sich im Heim für Kinder mit besonderen Verhaltensweisen ein Zimmer geteilt hatte. Gloria hatte sich das Leben genommen, in einem Alter, in dem die wenigsten Teenager im Heim, die allesamt mit seelischen Narben belastet waren, mit ihrem Leben zurechtkamen. Da sie keine Angehörigen hatte, wäre sie anonym bestattet worden, doch Despina hatte es geschafft, die Urne mit Glorias Asche ausgehändigt zu bekommen. In den ersten Gesprächen zeigte sich Gloria zornig darüber und war wütend auf ihre Freundin. Inzwischen hatte sich dies aber gelegt, Gloria bereute ihren Suizid und war dankbar über jedes Wort, das Despina mit ihr wechselte. Sie sehnte sich so sehr nach dem Leben, dass es die Einsamkeit des Todes für sie bitterer machte, als sie ohnehin schon war.

Eine imposante Persönlichkeit ihrer verstorbenen Freunde stellte Ben Carter dar. Seine Asche hatte sie persönlich mit Schaufel und Besen aufgefegt und in eine Urne gegeben, nachdem er bei einem Bombenanschlag verbrannte. Ben war ein angesehener Polizeibeamter beim New Scotland Yard gewesen. Leider hatte er den letzten Fall vermurkst. Eine schreckliche Fehlentscheidung habe zu seinem eigenen Verbrennungstod geführt, hieß es in der Presse, und Despina hatte einiges zu tun gehabt, bis sein Ruf wiederhergestellt war. Bis es so weit gewesen war, hatte er im Jenseits in einer Art Dauerschleife festgehangen und in einer Art traumgleichen Zustand immer und immer wieder dasselbe wirre Abenteuer erlebt. Auch hiervon hatte Despina ihn therapieren können, und nun war er dankbarer Dauergast ihres Legats und hatte bei manchen Fällen unterstützend helfen können.

Aber in ihrem Legat waren nicht nur Tote, die sie zu Lebzeiten gekannt hatte. Es befanden sich auch Verstorbene darunter, die lange vor ihrer Zeit gelebt hatten; und die Geschichten, wie Despina an deren Asche gekommen war, waren zuweilen verworrener als die Lebensgeschichten der entsprechenden Persönlichkeiten selbst. Ihre Bekanntschaft hatte sich meist aus purem Zufall ergeben, doch waren die Toten so erfüllt von der spirituellen Begegnung mit Despina, dass sie regelrecht darum bettelten, regelmäßige Gespräche mit ihr führen zu dürfen. Viele ihrer toten Freunde besuchte sie auch an ihren Gräbern, doch gerade bei Verschiedenen, deren Überreste nicht in London oder Großbritannien vergraben waren, hatte Despina für eine – teils illegale – Überführung gesorgt.

So wird es niemand bemerkt haben, aber eines von Despinas bestgehüteten Geheimnissen war es, die Asche des berühmten Schriftstellers, Historikers und Philosophen Umberto Eco in ihrem Legat zu verwahren. Schon zu Lebzeiten hatte sie seine Bücher verschlungen und sich beim Lesen am unermesslichen Wissen dieses Mannes ergötzen können. Als er 2016 an einem Krebsleiden starb, machte sich Despina unverzüglich auf den Weg nach Mailand, um seine Überführung zu organisieren.

Natürlich hatte sie zuvor mit ihm gesprochen, und erst, als er begriffen hatte, welche Möglichkeiten des Schaffens und Wirkens ihm dadurch über den Tod hinaus angedeihen würden, stimmte er Despinas Plan zu, seinen Körper illegalerweise als Urnenasche nach London zu exportieren. Seitdem ruhte er hier und freute sich, sobald Despina mit ihm sprach. Er half, wo er nur konnte, und unterstützte Barbarossa North mit seinen okkulten Werken – ohne dass dieser davon wusste.

Zu guter Letzt gab es noch Freunde, zu denen sie Kontakt hatte, die bereits seit so langer Zeit tot waren, dass man nicht einmal ihre Asche hätte bergen können. Meist waren ihre Rückstände mit dem Boden, in dem sie bestattet wurden, verknüpft und an diesen gebunden. Manche waren aber auch nie bestattet worden, sondern verschüttet, und so gab es bestimmte Orte, die für Despina heilig waren und die sie in unregelmäßigen Abständen besuchte, um mit den dort Ruhenden zu sprechen – mit John Dee etwa, dessen Geist sie in Mortlake ausgemacht hatte und der sich seitdem in angeregtem Austausch mit ihr befand. Der Mathematiker, Astronom, Astrologe, Geograph und Mystiker war 1608 oder 1609 im Alter von 82 Jahren in Mortlake-Surrey verstorben. Sein genaues Todesjahr war ihm selbst nicht bekannt, da er seiner Aussage nach zu der Zeit mit wichtigeren Dingen zu tun hatte, als sich mit Jahreszeiten auseinanderzusetzen. Zwar existierten weder Sterberegister noch Grabstein, aber Dees und Despinas Freundschaft bedurfte dergleichen nicht. Ihnen langte eine alte Eiche, deren Wurzeln sich tief im Erdreich um einen lange vergessenen Wikingerschatz wanden, den nie mehr ein Mensch ausgraben würde, wie Dee meinte zu wissen.

Ihr größter Schatz aber war ihre Großmutter, die in ihrem Legat eine Sonderstellung einnahm. Nicht nur, dass sie denselben Namen trug – Despina war nach ihr benannt worden – sie war darüber hinaus eine hondurische Voodoo-Priesterin gewesen. Sie starb lange vor Despinas Geburt, und es war kein geringerer als Barbarossa North, der ihr die Urne zu ihrem 30. Geburtstag als Geschenk überreicht hatte.

Despina liebte ihre Großmutter und unterhielt sich sehr oft mit ihr, war sie doch wohl so eine Art Muttterersatz für sie, obwohl es die Mutter ihres Vaters war. Mit ihren eigenen Eltern hatte sie dahingegen noch nie ein Wort gewechselt. Despinas Vater stammte aus Honduras und ihre Mutter aus Großbritannien, so wie sie selbst. Ihre Kindheit hatte sie in einer Einrichtung für Kinder mit psychischen Auffälligkeiten verbracht. Ihr Onkel, Barbarossa North, hatte all die Jahre als ihr Vormund agiert, wobei er eigentlich nur die Obhut über Despinas Finanzen innehatte. Erst später nahm er sich ihrer an, half ihr dabei, ihre Gabe unter Kontrolle zu kriegen, sorgte dafür, dass sie ihre Halbschwester Tori kennen und auch lieben lernte, und gemeinsam bauten sie die Bibliothek für okkulte Fälle aus. Von ein paar wenigen Momenten abgesehen waren ihre Eltern nie Thema gewesen, und Despina wollte auch, dass dies so blieb. Wenn es einen wunden Punkt in ihrem Leben gab, dann diesen.

Ihre Großmutter indes konnte zu alledem nichts sagen. Sie wusste nicht, was ihre Eltern dazu getrieben hatte, sie ins Heim zu geben. Nun, man konnte die Toten lieben oder hassen – sie vermissen oder froh sein, dass sie fort waren. Für Despina stand lediglich fest, dass man die Freundschaft zu den Toten ebenso hegen und pflegen musste wie die lebendigen Kontakte der Gegenwart, die sie darüber leider nur zu oft vergaß.

Dennoch ließen all diese Kontakte Despina nicht vergessen, dass sie lebte und dieses Leben mitunter auch genießen konnte. Doch zum Genuss des Lebens – Despinas Leben – gehörten ihrer Meinung nach nicht zuletzt inspirierende Gespräche; und diese fand sie beinahe ausschließlich mit jenen, die ihr Leben bereits hinter sich gelassen hatten. Despina verfiel dann immer in so eine eigenartig melancholische Stimmung, die dazu beitrug, dass sie die Urne ihrer Großmutter aus der Vitrine nahm und sie auf den kreisrunden Tisch stellte.

Sie musste die Urne nicht einmal berühren, um mit ihrer Großmutter Kontakt aufzunehmen. Je öfter sie mit den Verstorbenen sprach, desto einfacher war es, sie gezielt und alleine mit der Kraft ihrer Gedanken anzusprechen. Sie musste nur an die entsprechende Person denken.

»Hallo!«, sagte sie nur.

»Despina, mein Kind«, sprach ihre Großmutter. »Schön, dass du da bist und mir einen Besuch abstattest.«

»Niemanden besuche ich lieber als dich, Oma.«

»Das freut mich.« Sie seufzte wohlig. »Gibt es einen bestimmten Anlass für deinen Besuch?«

»Um mit dir zu sprechen, brauche ich keinen Anlass.«

»Ich weiß, Liebes, aber ich spüre, dass dich etwas umtreibt.«

»Da hast du recht.« Despina legte ihre Stirn in Falten. »Ich frage mich gerade, wie viel man von seiner Persönlichkeit mit ins Jenseits nimmt. Bist du, so wie du mit mir sprichst, auch so gewesen, als du noch gelebt hast?«

»Ich wüsste nicht, wie ich sonst gewesen sein sollte.«

»Und meinst du, dass man, wenn man zu Lebzeiten an einer psychischen Erkrankung gelitten hat …, dass man die Symptome, die ja Teil der Persönlichkeit sein können, ebenso mit ins Totenreich nimmt?«

»Natürlich ist das möglich«, wusste ihre Großmutter. »Die Persönlichkeit ändert sich nicht. Sie bildet sich bereits im Mutterleib und hört auch mit dem Tod nicht auf.«

»Aber ein psychisches Krankheitsbild bildet sich doch nicht im Mutterleib.«

»Nein, aber die Veranlagung dazu sehr wohl.«

Despina blähte die Backen auf und lehnte sich in ihrem Sessel zurück.

»Ich werde dir eine Geschichte erzählen«, schlug Großmutter vor, von der Despina nicht nur ihren exotischen Vornamen geerbt hatte – in ihrem früheren Leben hieß sie einmal Maria Despina Flores –,sondern auch ihre Schönheit, wie sie anhand einiger weniger Fotografien wusste. »Mein einziges Kind, das später einmal dein Vater werden sollte, war noch Quark im Schaufenster, wie man so schön sagt, und ich war ein junges Ding und bildhübsch und trug das Gefühl in mir, der Mittelpunkt des Universums zu sein. Ich lebte in den Wolken und fühlte mich wie die Leichtigkeit des Seins. Die Männer, gleich welchen Alters, rannten mir scharenweise hinterher oder lagen mir zu Füßen; und ich genoss es, ihre Blicke auf mir zu spüren, wenn ich zur Siesta die Hauptstraße unseres kleinen Dorfes entlangschlenderte. Einer davon war Lupo, der sich damit rühmte, Enkelsohn eines der letzten spanischen Konquistadoren zu sein. Das sagte in erster Linie natürlich nicht sonderlich viel über den Burschen aus, erklärte mir aber im Nachhinein ein wenig seinen Eroberungsdrang.« Die Tote kicherte schelmisch.

»Du wirst mir jetzt aber keine intimen Details erzählen, oder?«

»Natürlich nicht, Liebes. Wo kämen wir denn da hin. Man genießt und schweigt. Und zu genießen gab es da einiges, worüber schweigen sich lohnt.« Wieder kicherte sie.

»Großmutter!«, mahnte Despina und schüttelte den Kopf, musste aber grinsen.

»Ein Schelm, wer schmutzig dabei denkt«, lachte die Frau, die im seligen Alter von 103 glücklich eingeschlafen war.

»Worauf willst du denn jetzt eigentlich hinaus?«

»Richtig, fahren wir fort: Dieser Lupo also war der Schwarm meiner schlaflosen Nächte. Heimlich trafen wir uns an geheimen Treffpunkten, nachdem wir uns wochenlang zuvor Liebesbriefe hin und hergeschrieben hatten, die wir an der Baumwurzel einer großen Palme nahe des Strandes in eine Schatulle sperrten und vergruben.«

»Meinst du, die Briefe gibt es noch?«

»Das denke ich nicht, Liebes. Das ist nun über hundert Jahre her, und die Schachtel war aus Holz und vermutlich nicht dafür geschaffen, Jahre und Gezeiten zu überdauern.«

»Vielleicht ergibt sich mir ja mal die Gelegenheit, und ich kann für dich nach den Briefen suchen.«

Großmutter schüttelte im Geiste ihren Kopf. »Das brauchst du nicht zu tun, Liebes. Es wäre der Mühe nicht wert, und ich hätte ja doch nichts davon, bin ich doch ebenso vergangen wie das Papier, auf das wir unsere Briefe schrieben.« Sie seufzte traurig und einen kurzen Moment lang spürte Despina die ihr so vertraute Bitterkeit, die viele Toten mit ausstrahlten, wenn ihnen bewusst wurde, dass ihr Leben vorbei war.

»Wie auch immer; ich möchte eigentlich auf etwas ganz anderes hinaus: Eines Tages – wir waren wieder zur gewohnten Zeit an unserem gewohnten Ort verabredet – kam Lupo nicht, sondern stattdessen sein Großvater, der Konquistador. Er war wütend auf mich, da ich seiner Meinung nach den Geist seines Enkels vergiften würde. Er drohte mir, mich eigenhändig umzubringen, würde ich mich jemals erneut mit Lupo sehen lassen.«

»Davon hast du dich aber doch nicht wirklich beeindrucken lassen, oder doch?«

»Na, was glaubst du? Er hatte mich auf jeden Fall gehörig eingeschüchtert. Also suchte ich Rat bei meiner Großmutter – also deiner Ururgroßmutter. Sie lebte außerhalb des Dorfes in den Wäldern oberhalb der Kakaoplantagen in einer Hütte. Sie war, so wie ich später, Voodoo-Priesterin. Bei ihr roch es ständig nach Blut, und überall lagen Hühnerbeine und Federn herum. Eigentlich war es von außen betrachtet ein ekelhafter Saustall, in dem meine Großmutter hauste, aber ich mochte es dort. Mir gefielen diese ganzen Voodoozeremonien, und Großmutter war es letztlich auch, die mich in den Zauber einweihte, die mich initiierte und zur Priesterin ausbildete. Zum damaligen Zeitpunkt aber war ich noch nicht reif. Ich mochte gerade mal 16 Jahre alt gewesen sein. Aber sie gab mir einige Zaubermittelchen an die Hand, wie ich mich dem boshaften Konquistador zur Wehr setzen konnte, nachdem sie mich ermahnt hatte, seine Drohung kaltherzig in den Wind zu schlagen; kannte sie den Mann doch wiederum aus ihren eigenen jungen Jahren.«

»Sag schon, was musstest du tun?«

»Ich vollführte einen Zauber, der sehr kompliziert war und von den Ingredienzien des Trunks, den ich zu brauen hatte, unverschämt ekelhaft. Die Details erspare ich dir an dieser Stelle lieber. Wichtig ist letztlich nur, dass der Zauber funktionierte. Er bewirkte, dass der Konquistador den Verstand verlor. Er rastete vollständig aus, brabbelte fortan nur noch unzusammenhängendes Kauderwelsch und wurde anderen Leuten gegenüber sehr aggressiv. Man brachte ihn in eine Irrenanstalt.«

»Großmutter!«, sagte Despina überrascht. »Hattest du das wirklich so perfide geplant?«

»Was?«

»Ich meine, war es tatsächlich dein Plan, dass er verrückt wird?«

»Aber nein! Um Himmels willen. So grausam wäre ich nie gewesen. Ein Beschwichtigungszauber hätte es werden sollen. Ganz harmlos eigentlich. Aber irgendetwas muss ich verkehrt gemacht haben.«

Despina atmete erleichtert auf.

»Aber wenigstens konnte er mir in der Irrenanstalt nicht mehr gefährlich werden«, fuhr sie fort.

»Verstehe. Und Lupo und dir stand er nicht mehr im Wege.«

»Leider nein. Lupo beantwortete meine Briefe nicht und kam auch nicht mehr zu unseren Treffen. Sein Großvater hatte ihn im Wahn erschlagen.«

»Hast du ihn im Totenreich wiedergefunden?«

»Natürlich. Du weißt doch selbst am besten: Wir sind alle hier.« Sie spürte das Lächeln ihrer Großmutter. Aber es war ein verbittertes Lächeln, denn Despina wusste auch, dass das Wiedersehen im Jenseits nicht dem entsprach, was Sterbliche sich so romantisch darunter ausmalten. Diesen Eindruck hatten ihr schon viele Verstorbene immer wieder und unabhängig voneinander bestätigt.

»Was hat deine Geschichte jetzt mit meiner Frage zu tun?«

»Darauf komme ich jetzt zu sprechen, meine Liebe. Denn nicht nur Lupo habe ich im Jenseits wiedergetroffen und mit ihm aufgearbeitet, was damals geschehen ist. Und das war gar nicht so einfach, denn auch Lupo war wütend auf mich.«

»Weshalb?«

»Weil er seinen Großvater geliebt hat. Sein Großvater jedoch hat den Wahn, den ich ihm mit dem Voodoozauber angehext hatte, mit ins Grab genommen. Auch ihn habe ich getroffen. Er ist noch immer verrückt. Geisteskrank. Völlig irre.«

»Du hast Schuldgefühle«, sagte Despina unvermittelt.

»Nein, nicht direkt. Die hatte ich vielleicht mal, aber Zeit heilt alle Wunden.«

»Nicht aber die Schuld. Das hast du selbst mal zu mir gesagt.«

»Du hast recht, Despina. Ich habe Schuldgefühle. Und ich werde sie immer haben und nie mehr loswerden. Bis in alle Ewigkeit.« Wieder seufzte sie.

»Das brauchst du nicht. Du hast es so ja nicht beabsichtigt.«

»Na ja. Das Ergebnis war nicht das gewünschte. Alles ist schiefgegangen. Einfach nur alles.«

»In deiner Situation erschien es dir dennoch als das Richtige. Hat dich deine Großmutter nicht gewarnt?«

»Du meinst, ob sie ihrer Aufklärungspflicht über Risiken und Nebenwirkungen nachgekommen ist?« Großmutter lachte verbittert auf. »Dergleichen gibt es beim Voodoo nicht.«

»Dennoch hast du seinerzeit aus der Überzeugung heraus gehandelt, das Richtige tun zu wollen. Und das ist es doch, was im Nachhinein zählt, auch wenn es schiefgegangen ist. Der Wille und die Intention dahinter. Alles hat sein Gutes. Und wenn es nur dazu gut war, dass du mir hier aus dem Jenseits heraus mit deiner Geschichte sehr geholfen hast.«

»Habe ich das denn?«

»Du hilfst mir immer, Großmutter!«

»Ich danke dir, Despina. Aber du musst nicht lügen, um mich glücklich zu machen. So etwas gibt es hier, auf der anderen Seite, ohnehin nicht. Gefühle wie Glück gibt es nur bei euch Lebenden.«

»Aber du kannst dich an Glück erinnern.«

»Natürlich. Aber das ist nicht dasselbe.«

»Aber mitunter genauso schön«, sagte Despina und spürte, wie ihre Großmutter im Jenseits lächelte. »Eine Frage habe ich noch, Großmutter.«

»Alle Fragen, die du willst, Pina.«

»Als Voodoo-Priesterin kennst du dich doch mit Zombies und dergleichen aus. Wie lange nach dem Tod ist es einer Seele möglich, mittels Voodoo oder anderer magischer Praktiken zurück in ihren vormaligen Körper zu gelangen? Ist das überhaupt möglich?«

»Natürlich ist dergleichen möglich. Es gibt ganze Bücher darüber. Du musst zunächst einmal mit dem Loa, der Welt der Geister, in Kontakt treten, indem man …«

»Großmutter!«, unterbrach Despina sie. »Ich möchte nicht wissen, wie das geht – noch nicht – vorerst genügt mir der Zeitraum, in dem das alles passieren muss.«

»Drei bis vier Tage maximal. Länger nicht. Das macht sich ja auch am Körper selbst bemerkbar.«

»Jesus benötigte auch nur drei Tage bis zur Auferstehung, oder?«

»Das erzählt zumindest die Bibel«, wusste Großmutter. »Ihn danach befragen kann ich nicht. Er ist hier auch nicht mehr als ein Gespenst, von dem es heißt, dass es mal da war. Ein Geist, an den sich keine der Seelen hier im Jenseits recht erinnern kann. Nun, manche hier verstecken sich und manch andere Seele war nie hier – ohne, dass ich erklären könnte, wieso und warum und wie das alles überhaupt funktioniert. Aber manche reisen auch weiter, heißt es.«

»Wohin?«

»Zu einem anderen, einem besseren Ort. Vielleicht zu Gott oder in die ewige Verdammnis oder doch in einen Garten Eden?«

»Das ist alles sehr vage.«

»Über solche Dinge wird hier auch nicht groß diskutiert, Despina. Hier wird überhaupt nicht viel gesprochen.«

»Großmutter: Glaubst du an eine Wiedergeburt? An Reinkarnation?«

»Glaubst du denn daran?«

»Ich weiß es noch nicht«, sagte Despina und begann damit, die Verbindung zu Maria Despina Flores zu lösen, »aber ich werde es herausfinden.«

4. Kapitel

Trevor Farkas lehnte sich in seinem Schreibtischstuhl zurück und raufte sich die Haare. Seit einigen Tagen schon hatte er sich in dem Kapitel, an dem er gerade schrieb, festgebissen und kam nicht weiter. In seinem neuen Buch sollte es um Kreuzigungen gehen. Inspiration hatte er durch die jüngsten Fälle von Selbstkreuzigung erhalten, die seit einigen Wochen in der Stadt passierten. Er hatte den Artikel in der Zeitung gelesen und schon hatten sich die Ideen in seinem Kopf überschlagen.

Die vergangene Samstagsausgabe der *Times* hatte wie folgt berichtet:

NEUES SELBSTKREUZIGUNGSOPFER GEFUNDEN

London – Wie die Presseabteilung von New Scotland Yard in ihrer jüngsten Erklärung mitteilt, wurde gestern ein neues Selbstkreuzigungsopfer gefunden. Damit wäre dies der vierte bekannte Fall in Folge, sodass man von einer kuriosen Selbstmordserie sprechen kann. Das Opfer, ein 35-jähriger Brite, war zwar Katholik, sei aber ersten Befragungen zufolge nicht sonderlich religiös gewesen. Es fällt schwer, einschätzen zu können, warum ausgerechnet er als kaum aktives Gemeindemitglied diese suizidale Variante gewählt habe, um seinem Leben ein Ende zu bereiten. Die vier Opfer haben mit Ausnahme der Tötungsart keinerlei Gemeinsamkeiten und standen zu Lebzeiten auch nicht miteinander in Verbindung. Sowohl Polizei als auch Angehörige stehen vor einem Rätsel. Der Mann hinterlässt eine Frau und zwei Kinder.

Trevor hatte nicht lange gezögert, den Computer hochgefahren und wie besessen angefangen zu schreiben. Die Charaktere formten sich quasi von selbst, und sein Ideenreichtum kannte keine Grenzen. Spätestens aber, als er über Motive und Technik nachdachte, geriet er mit der Handlung seines Romans ins Stocken. Er recherchierte über moderne Kreuzigungsrituale und erfuhr dadurch, dass es auf den Philippinen im Rahmen einer besonderen Zeremonie Fälle von Kreuzigungen gab. Alljährlich in der Karwoche ließen sich im Zuge organisierter Passionsspiele Gläubige an Kreuze nageln. Er erfuhr, dass die römisch-katholische Kirche diese Form der Buße und des Gedenkens an Christus zwar missbilligen würde, doch verboten sei diese besondere Form der Selbstkasteiung nicht.

Trevor hatte sich Videomaterial zukommen lassen, um besagte Rituale anzuschauen, doch bei den recht schockierenden Bildern war kein einziger Fall dabei, bei dem sich jemand selbst an ein Kreuz genagelt hätte. Alle teilnehmenden religiösen Fanatiker hatten Helfer, die die Aufgabe der Kreuzigung für sie übernahmen.

Dem entgegen standen die zum Teil als nicht religiös eingestuften Opfer Londons, die es Gott weiß wie schafften, sich selbst an ein Kreuz zu nageln, das sie zuvor aufbauten und eigenhändig aufstellten.

Leider hatte Trevor Farkas selbst auch nicht die geringste Idee, wie dergleichen zu schaffen war beziehungsweise, was die Leute zu dieser Tat treiben mochte, denn religiöser Fanatismus war es offensichtlich nicht.

»Schade eigentlich«, seufzte er, denn in seiner Geschichte ging es um ein religiös-fanatisches Dorf, das durch die strenge Hand eines regelrecht militanten Priesters ins Verderben geführt wurde, bis die Leute damit begannen, mittels jener mysteriösen Selbstkreuzigung zu fliehen.

Trevor Farkas schriftstellerische Ambitionen hielten sich gelinde gesagt in Grenzen. Eigentlich hatte er Philosophie studiert. Seit er seine wissenschaftliche Arbeit, eine Dissertation mit dem Titel *Die neue Ethik des Todes*, durch den Universitätsverlag veröffentlicht hatte und diese sich dank seines Professors relativ gut verkaufte, sah sich Trevor als Schriftsteller. Nun, Sachtexte zu verfassen, war eine Seite, einen packenden Roman zu schreiben, jedoch etwas ganz anderes. Dennoch hatte er es vollbracht, ganze vier Bücher unter seinem Namen in namhaften Genreverlagen herauszubringen. Horrorromane. Einen über Vampire, einen zweiten über paranormale Fähigkeiten, einen über den Teufel und ein vierter, der in dem Sinne kein Roman war, sondern ein Band mit drei längeren Erzählungen, wobei eine davon eine Art Sequel zu seinem paranormalen Thriller darstellte. Dabei war er stilistisch nicht sonderlich originell, und wie ihm sein aktuelles Projekt nun wieder vor Augen führte, war er auch nicht gerade mit Ideenreichtum gesegnet.

Mit seinen übersinnlichen Romanen verdiente er nicht gut. Seinen Lebensunterhalt bestritt der passionierte Horrorschriftsteller Trevor Farkas daher mittels eines eher autarken und vor allem zwielichtigen Geschäftszweiges, für den es noch nicht einmal eine Berufsbezeichnung gab: die Nekromantie.

Er besaß diese besondere Gabe, die ihn wohlhabend, aber nicht berühmt gemacht hatte und von der er wusste, dass sie nur wenige Menschen – wie Despina Jones etwa – besaßen: die Kunst, mit den Toten zu sprechen.

Sein Verhältnis zu Despina war ambivalent, zumal sie ihre Fähigkeit, die der seinen nicht unähnlich war, ausschließlich in den Dienst der Verbrechensaufklärung stellte, was Trevor nicht nachvollziehen konnte. Er agierte lieber als käufliches Medium, indem er den Kontakt zwischen Toten und Hinterbliebenen herstellte. Er suchte nach versteckten Geldanlagen und verloren geglaubten Testamenten. Wenn man so wollte, war Trevor Farkas ein Dieb, denn er beraubte die Toten, stahl sich die Ideen verstorbener Schriftsteller und entlockte den Beerdigten intimste Lebensbeichten, solange er sie nur zu Geld machen konnte.

Auf Despina war er aufmerksam geworden, als die Toten begannen, über sie zu sprechen. Zunächst kamen ihm ihre Äußerungen wie ein Hirngespinst vor. Er war immer der Meinung gewesen, er sei als Einziger mit dieser Gabe gesegnet. Und nun sollte es da noch eine andere Person geben? Noch dazu jemanden, den die Toten mit Wohlwollen empfingen. Seine häufigste Frage war daher, was er anders mache als Despina. »Worin liegt der Unterschied zwischen uns?«

Und eine der meist gegebenen Antworten, die unabhängig voneinander ausgesprochen wurden, war: »Es ist die Art und Weise, wie ihr uns berührt.«

»Ich berühre euch doch gar nicht.«

»Der Kontakt ist die Berührung. Der geistige Kontakt, der nötig ist, um mit uns zu sprechen. Bei dir ist dieser schneidend wie ein Schwert, an dessen Schneide noch das Blut der letzten Opfer haftet. Bei ihr indes sind es salbungsgleiche Berührungen. In ihre Arme bettet man sich gerne.«

Von da an gab es für Trevor kein Halten mehr. Er machte sich auf die Suche nach dieser anderen, deren Namen er zunächst in Erfahrung bringen musste. Als er dann aber auch noch herausfinden musste, dass sie in der gleichen Stadt lebte wie er, war er noch wütender auf sie, ohne sie überhaupt je kennengelernt zu haben. Doch dafür sorgte er alsbald.

Trevor lernte Despina passenderweise auf einem Friedhof kennen. Hinter einem besonders großen Grabstein hielt er sich versteckt und beobachtete die Frau, die neben einem Grab auf dem Boden kniete und ihre Hände kaum merklich in die Erde vergrub. Die Toten hatten ihm den Tipp gegeben, so dass er an dieser Stelle auf sie warten konnte. Nun sah er sie das erste Mal und musste sich auch noch eingestehen, dass Despina unglaublich gut aussah. Das ärgerte ihn gleich noch viel mehr, denn sie gefiel ihm, und das behagte ihm gar nicht. Mit Argwohn begegnete er der Tatsache, dass es da nun noch jemanden gab, der *seine* Fähigkeiten besaß.

Er kam sich nicht im Geringsten indiskret vor, als er das Gespräch zwischen Despina und dem Toten in seinem Grab belauschte.

»Wie können Sie sich da sicher sein?«, sagte Despina gerade. »Sie haben den Täter doch nicht gesehen. Sie haben mir selbst erklärt, dass sie ihm den Rücken zukehrten. Anderweitig hätte er Ihnen doch gar nicht mit dem Messer die Kehle aufschlitzen können.«

»Spürst du das?«, sagte der Tote, der offensichtlich Opfer eines Tötungsdeliktes war. Instinktiv versuchte Trevor, sich ein wenig zurückzuziehen, doch es gelang ihm nicht wirklich.

»Die Präsenz eines Dritten«, sagte Despina da auch schon. »Ganz deutlich und sehr nah. Wer mag das sein?«

»Es kann nur *er* sein.«

»Er?«

»Der andere«, sagte der Tote. »Der Nekromant!«

»Der, vor dem ihr euch alle so fürchtet?«

»Exakt. Er scheint mir ganz in der Nähe zu sein.«

Despina schaute sich suchend um, konnte aber nirgends jemanden ausmachen. »Was macht ihn für euch so furchteinflößend? Wie kann man sich im Tode vor etwas ängstigen?«

»Das sind berechtigte Fragen, die ich die aber in Gegenwart dieses Monsters nicht beantworten möchte«, antwortete der Tote verunsichert.

»Warum nicht?«

»Es könnte ihm zu noch mehr Macht über uns verhelfen.«

»Aber wie soll ich herausfinden, wer es ist, wenn ich von euch keine Informationen über das Medium erhalte?«, fragte sie nun fordernder.

»Es wird sich eine Gelegenheit finden, Despina. Zur rechten Zeit.«

»Was macht dich da so sicher?«

»Du gibst mir die Sicherheit, Despina.«

»Wieso ich?«

»Weil wir Toten uns darin einig sind. Und jetzt geh«, forderte er sie auf. »Geh, bevor der Teufel kommt, um dich zu holen.«

»Der Teufel?« Ein kühler Schauer hauchte über ihren Nacken.

»Der Nekromant. Das ist fast dasselbe.«

»Na schön. Auf bald«, sagte Despina und seufzte schwer. Ihr Seufzen glich dem der Toten und hallte noch lange Zeit in Trevors Bewusstsein nach.

Danach verging noch ein halbes Jahr, bis Trevor den Mut aufbrachte, Despina von Angesicht zu Angesicht gegenüberzutreten. Ja, es brauchte dazu Mut, aber nicht allein, weil sie über eine nahezu identische Gabe wie er verfügte, nein. Sie stand ja quasi auf der anderen Seite der Macht. Er unterstellte Despina die Fähigkeit, die Toten gegen ihn aufzubringen. Zwar wusste er selbst nicht, wo genau der Unterschied in ihren Fähigkeiten lag, aber die Aussagen auf dem Friedhof waren unmissverständlich gewesen. Die Toten fürchteten ihn und verehrten Despina dagegen wie eine Heilsbringerin.

Waren sie Feinde? Würde sie ihn jagen? Zur Sicherheit zog sich Trevor für gewisse Zeit aus dem nekrotischen Geschäftsfeld zurück, was natürlich nicht lange möglich war. Die Gabe holte einen immer ein.

Und als der Zeitpunkt gekommen war, da sich eine persönliche Begegnung nicht mehr vermeiden ließ, musste sich Trevor eingestehen, dass er Angst vor Despina hatte.

Die Begegnung fand auf einem Ärztekongress statt, zu dem man Trevor als Vortragenden eingeladen hatte. Das Thema des Symposiums lautete *Sterbehilfe – Lebensflucht oder Lösungsweg*, und es war Intention der Veranstalter, Wissenschaft und Ethik unter einen Hut zu bekommen. Praktizierende Ärzte und Professoren hielten ebenso Vorträge wie Priester, Philosophen und Politiker. Tatsächlich war es ein gewinnbringender Diskurs auf der einen, jedoch ein rein theoretischer auf der anderen Seite, da von den erläuterten Inhalten letztlich nichts in die Praxis umgesetzt wurde. Immerhin kamen die Leute miteinander ins Gespräch, und Trevor konnte einmal mehr einige Exemplare seines Sachbuchs verkaufen.

Eine Person, die das Buch sogar von ihm signiert haben wollte, war niemand anderes als Despina Jones. Ihr Namensschild wies sie als Fachbesucherin aus, doch enthielt sich das Schild der Branche, die üblicherweise auf den Karten, die man am Einlass ausgehändigt bekam, angegeben war.

Als Trevor sie kurzerhand danach befragte, antwortete sie ganz salopp: »Bücher.«

»Bücher?« Er hielt mit seinem Stift in der Hand und dem aufgeschlagenen Buch vor sich inne und blickte sie an.

»Ja, ich arbeite in einer Bibliothek.« Ihr Lächeln war bezaubernd.

»Und was machen Sie dann auf einem Kongress wie diesem?«

Despina legte den Kopf leicht schief. »Ihrem Vortrag beispielsweise zuhören. Wie kommen Sie eigentlich auf die These, die Toten hätten keine Lobby?«

»Sehen Sie das denn anders?«

»Natürlich. Die Lobby mag klein sein, aber es gibt sehr wohl Menschen, die sich für die Toten einsetzen.«

»Meinen Sie eine Art Ethikkommission?«

Despina schüttelte den Kopf. »Schon in Ordnung.« Sie schürzte ihre vollen Lippen, bevor sie sagte: »Signieren Sie jetzt endlich das Buch?«

Trevor, der ihrer Schönheit erlegen war, schüttelte irritiert den Kopf. »Natürlich, bitte verzeihen Sie. Für wen soll die Widmung sein?«

»Für Barbarossa North.«

»Ein ungewöhnlicher Name.«

»Das ist mein Onkel. Zugleich mein Chef in der Bibliothek.«

»Sie arbeiten für ihn?« Trevor versuchte, einen beiläufigen Plauderton beizubehalten. In Wirklichkeit aber hatte er bei dem Namen ihres Onkels kurzzeitig Schnappatmung bekommen. Nun endlich wusste er, mit wem er es hier wirklich zu tun hatte. Die Bibliothek für okkulte Fälle war ihm hinlänglich bekannt.

Die Schlange der Autogrammjäger hinter Despina wurde nicht kürzer, weswegen er die Signatur beendete und sich mit einem freundlichen »Vielen Dank« von ihr verabschiedete. Er reichte ihr das Buch und hielt es einen Moment fest, als Despina es an sich nehmen wollte. »Vielleicht haben Sie Lust, später gemeinsam mit mir etwas trinken zu gehen?«

Wieder schenkte sie ihm dieses umwerfende Lächeln, bei dem er deutlich ein Grübchen sehen konnte. Im selben Moment vibrierte sein Handy auf dem Tisch, und Despina sagte: »Ein andermal vielleicht.« Dann ging sie davon, und an ihre Stelle trat eine ältere Dame, die das Buch für ihre krebskranke Mutter signiert haben wollte.

Dieser erste persönliche Kontakt mit Despina ließ ihn verstört zurück. Es war, als habe er sich verliebt. Zugleich wusste er, dass diese Beziehung unter keinem guten Stern stehen würde, würde sie sich überhaupt ergeben. Schlussendlich aber gestand er sich ein, dass die Begegnung ihn gleichermaßen beruhigt hatte, denn er war sich sicher, dass sie nicht wusste, dass er der Nekromant war, den die Toten fürchteten.

Nichtsdestotrotz war er gespannt auf ihre nächste Begegnung, unter welchen Umständen diese auch immer stattfinden würde. Doch bis es so weit war, musste er sich um wichtigere Dinge kümmern. Sein neues Buch etwa. Und so sann er weiter über Selbstmordkreuzigungen nach, bis er schlussendlich resigniert aufgab. Stattdessen fasste er den Entschluss, sich wohl oder übel mit den suizidalen Kreuzigungsopfern in Verbindung zu setzen. Dazu würde er morgen einen Termin in der Pathologie brauchen.

Trevor blickte auf die Uhr. Es war bereits kurz vor Mitternacht. Jetzt brauchte er dort nicht mehr anrufen. Aber vielleicht würden sie ihm ja Zutritt gewähren. So voll war der Terminkalender des Leichenschauhauses schließlich nicht.

Er schloss die Textdatei, surfte noch rasch auf einigen Internetseiten umher, checkte ein letztes Mal sein E-Mail-Konto und schloss alsbald auch den Internetbrowser. Dann lehnte er sich zurück und betrachtete das Hintergrundbild seines Desktops. Er betrachtete es so lange, bis es an ihm war, wohlig zu seufzen. Das Bild zeigte ein Porträt von Despina Jones.

***

Endlich war der Tag zu Ende, dachte Despina, als sie die Ewart Road 3 in Londons Honor Oak Park erreichte und die Tür hinter sich ins Schloss fallen hörte. Im Flur streifte sie sich die Stiefel von den Füßen und hängte die Lederjacke an den Haken. Sie machte Licht in der Küche und war froh, dass sie die Heizung nicht abgedreht hatte. Draußen war es bitterkalt, aber in ihren eigenen vier Wänden wurde sie von angenehmen Temperaturen empfangen.

Neben dem Herd stand eine Flasche Rotwein, von der sie sich erst gestern ein Glas eingeschenkt, aber dann doch nicht getrunken hatte, da sie vorher eingeschlafen war. Heute würde sie es erneut versuchen. Der Tag hatte sie zwar auch erschöpft, aber heute Morgen war sie ausgeruht in den Tag gestartet, so dass sie sich noch nicht müde fühlte.

Mit dem Weinkelch in der Hand steuerte sie aufs Wohnzimmer zu. Sie stellte das Glas auf den Couchtisch ab und schaltete die Musikanlage ein, die unverzüglich damit begann, *Vangelis* zu spielen. Despina liebte Musik, konnte sich jedoch ausschließlich für instrumentale Stücke begeistern. Sie glaubte, dass das Übermaß an Gesprächen daran Schuld trug, dass sie keinerlei Gesang ertrug. All die unterschiedlichen Konversationen, egal ob mit toten oder lebenden Menschen, reichten für zwei Leben aus. Lange Zeit hatte sie daher in Ermangelung besserer Kenntnis ausschließlich klassische Musik gehört: *Bach*, *Beethoven*, *Schubert*, *Tschaikowski* – die Auswahl an gesangslosen Sinfonien und weiteren Werke war vielfältig.

Durch Jean geriet sie dann in Kontakt mit elektronischer Musik. Zwangsweise, denn Jean stand völlig auf Techno, House und versuchte, auch Despina dafür zu begeistern, indem sie sie auf die angesagtesten DJ- und Goa-Partys schleppte und mit ihr gemeinsam sogenannte Raves besuchte. Es dauerte eine Weile, bis Despina ihrer Freundin klarmachen konnte, dass das alles nicht ihre Welt war.

»Was hörst du denn zur Entspannung?«, wollte sie schließlich von Jean wissen. »All das elektronische Gestampfe. Da kann man doch nicht runterfahren«, sagte sie.

»Versuchs doch mal mit *Vangelis*. Der könnte dir gefallen.«

»Etwas arg kitschig, will ich meinen«, hatte sie zunächst widersprochen.

Jean hatte den Kopf schräg gelegt und gemeint: »Es gibt auch Alternativen: *Tangerine Dream*, *Klaus Schulze*, *Steve Roach*, *Jean Michel Jarre* und viele mehr.«

Und so kam es, dass Despina sich mit dieser sanften Form elektronischer Musik zu beschäftigen begann und gerade in *Vangelis*, aber auch in *Tangerine Dream* Interpreten fand, die ihr Bedürfnis nach abendlicher Berieselung mit nicht allzu hohem Anspruch völlig befriedigten.

Nun lief das Album *Chariots of Fire*, mit dem *Vangelis* seinerzeit sogar den Oscar für die beste Filmmusik gewonnen hatte. 1982 war das gewesen, doch die Musik hatte seitdem nichts von ihrer Originalität und Faszination verloren.

Gute Musik war stets zeitlos, befand Despina, und so ließ sie sich auf die Couch fallen und begann damit, sich ächzend und stöhnend aus dem engen Lederoutfit zu schälen. Ob sie zugenommen hatte?

Am besten war es, gar nicht erst über Gewichtsprobleme nachzudenken. Zumal sie sich eigentlich nicht beschweren durfte, hatte sie doch das besondere Glück, mit einem wohl proportionierten Körper geboren worden zu sein, mit Rundungen dort, wo sie hingehörten und einer schönen und pflegeleichten Haut noch dazu. Sie durfte sich wahrlich nicht beschweren. Dennoch musste sie sich eingestehen, ihre Figur in den letzten Wochen, vor allem über die Feiertage, sträflich vernachlässigt zu haben.

Dennoch war sie Single. Kein Kerl der Welt würde es mit einer wie ihr lange aushalten – was mit Sicherheit nicht an ihrem Aussehen lag. Und auch wenn Jean sie auf der Stelle heiraten würde, konnte sie der gleichgeschlechtlichen Liebe selbst nichts abgewinnen. Dennoch hatte sie sich an Jeans Annäherungsversuche gewöhnt, auch wenn sie diese glücklicherweise nur unternahm, wenn sie angetrunken war und sich nicht mehr ganz unter Kontrolle hatte.

Und selbst Tori fand, dass sie beide das perfekte Paar wären, doch Despina sah das anders. Sie liebte Jean, aber eben nur so, wie man eine beste Freundin liebt. Und so passierte es, dass Jean sich immerzu in unrühmliche Affären stürzte und Despina selbst sich manches Mal auf Abenteuer mit Typen einließ, die sie nach nur einer Nacht schnellstmöglich zu beenden wusste. Irgendwie kamen nur tote Männer mit ihr klar.

Über sich selbst schmunzelnd, schenkte sie sich frischen Wein ein und genoss den trockenen Rioja, der rubinrot in dem bauchigen Glas funkelte. Letztlich lag wie so oft in der Ironie der Aussage die Wahrheit verborgen: Die Toten wussten stets zu verhindern, dass sie einen Partner fürs Leben fand, denn die Sorge war groß, dass sie dann nicht mehr die Aufmerksamkeit erhalten würden, die sie so sehr genossen.

»Ihr seid wie kleine Kinder«, hatte sie eines Tages zu einem ihrer Schützlinge gesagt. »Wie könnte ich euch jemals vernachlässigen? Ihr seid aus meinem Leben nicht wegzudenken. Das geht doch gar nicht.«

»Es geht so lange, wie wir um deine Aufmerksamkeit buhlen«, wusste Ben Carter, der frühere Polizist. »Wir lieben dich, Despina!«

»Ich weiß. Aber ihr müsst nicht um mich buhlen.«

»Das wissen wir«, lautete Carters Antwort, und gemeinsam mussten sie lachen.

Despina genoss Gespräche dieser Art. Sie waren locker und ungezwungen. Den Toten gegenüber musste sie sich nicht verstellen. Sie konnte so sein, wie sie war und die Toten selbst ihr gegenüber auch. Mit echten Männern war dergleichen quasi nicht möglich. Stets dachte Despina, dass man irgendetwas

Bestimmtes von ihr erwarten würde. Sie wusste nicht, was sie mit ihnen reden und wie sie sich ihnen gegenüber verhalten sollte. Also hielt sie sich entweder fern oder trank sich – meist zu viel – Mut an, was wiederum dazu führte, dass sie zwar miteinander im Bett landeten, was zu ein paar schönen Stunden – manchmal auch nur Minuten – führte, aber besser war als nichts.

Die meiste Zeit aber – und da brauchte sie sich nichts vormachen – war Despina allein. Allein mit sich und den Toten, wobei es nur wenige Orte gab, wo es ihr gelang, sich vor ihren toten Freunden abzuschotten, so dass sie endlich mal zur Ruhe kommen konnte.

Hier, in ihrem Zuhause etwa. Eine Adresse, die sie niemandem preisgab, mit Ausnahme ihrer Familie aus der Bibliothek. Und auch kein Friedhof war hier in der Nähe. So fand Despina die Erholung, die sie benötigte, um sich tags darauf frisch und ausgeruht um die Belange der Lebenden und der Toten zu kümmern – ein Job, der ihr mitunter alles abverlangte, was ihr aber gehörigen Spaß machte. Aber das war nicht immer so. Letztlich war ihre Gabe eine Herausforderung, die sie sich nicht ausgesucht hatte.

Der erste Tote, mit dem sie sich je bewusst unterhalten hatte, war Oli. Damals hatte Despina noch mit ihren Eltern zusammengewohnt, in einem schönen freistehenden Haus mit einem großen Garten in einem der weniger besiedelten Vororte Londons. Mit ihren drei Jahren spielte Despina gerne im Garten. Ihr liebstes Spielzeug war ein Dreirad mit Frontlader. Anstatt eines Sandkastens gab es eine große Erdanhäufung, und das kleine Mädchen baggerte von morgens bis abends darin herum und machte sich ihre Kleider schmutzig.

In Despinas Erinnerung war es ein heißer Sommer gewesen, als sie das erste Mal Olis Stimme vernahm.

»Nach was gräbst du eigentlich?«, wollte Oli wissen.

»Och, nach nichts«, lautete Despinas Antwort, die sich aber auch nicht darüber wunderte, dass da jemand zu ihr sprach. Es schien für das Mädchen ganz gewöhnlich zu sein.

»Nach nichts Bestimmtem, was?«

»Nein. Ich buddle einfach nur so rum. Ich buddle gerne mit meinem Bagger.«

»Wie alt bist du denn?«

»Drei. Und du?«

»Sieben. Na ja, eigentlich wäre ich jetzt schon viel älter, aber ich weiß nicht genau, wie viel.«

»Du weißt nicht, wie alt du bist?« Despina hatte aufgehört, mit dem Bagger über die Erde zu schippern, und war dazu übergegangen, mit Sandförmchen und Schaufel Sandkuchen zu backen.

»Wohnst du hier?«

»Ja, aber noch nicht lange. Wir sind erst frisch hierher gezogen.«

»Ich habe früher hier gewohnt.«

»Wirklich?«

»Ja.«

»Hat es dir gefallen?«

»Sehr. Ich habe gerne im Garten gespielt.«

»So wie ich?«

»Ja. So wie du. Unter dem Sandberg hier war früher mal ein Brunnen, weißt du?«

»Ein Brunnen?«

»Ja. Mein Dad hat mir erklärt, dass er mal Wasser führte, aber schon viele Jahre trocken sei. Ich habe ihn gefragt, was man tun müsse, damit er wieder Wasser hätte, und mein Vater hat gemeint, man müsse reinklettern und tiefer graben.«

»Das wäre eine gute Aufgabe für mich«, lachte Despina.

»Ja, das habe ich mir damals auch gedacht. Ich wollte meinen Vater zum Geburtstag überraschen. Deswegen bin ich abends aus dem Zimmer geschlichen und wollte zum Brunnen, um hineinzuklettern und ihn über Nacht ein wenig tiefer zu graben. Dass das gefährlich sein könnte, so weit habe ich nicht gedacht.«

»Ist denn was passiert?«

»Und ob. Ich habe gebuddelt mit der spitzen Hacke meines Vaters. Nur zwei Schläge habe ich gebraucht. Beim Dritten habe ich wohl zu weit ausgeholt. Auf jeden Fall hat die Seitenwand dabei ein Loch bekommen. Teile daraus stürzten ein, so dass mein Bein eingeklemmt war. Und dann geschah das Schlimme: Aus dem Loch drang Wasser. Und es stieg immer höher und höher. Das Letzte was ich sah, war der volle Mond, der weit über mir durch den Brunnenschacht zu sehen war. Ich blickte den Mond solange an, bis er immer mehr verschwamm und ich auf die andere Seite wechselte.«

»Auf welche andere Seite?«

»Die Seite, von der man nicht mehr zurückkommt«, sagte Oli und seufzte schwer. Es war das erste Mal, dass Despina dieses eigentümliche Seufzen eines Toten vernahm, das sie immer dann ausstießen, wenn ihnen bewusst wurde, dass ihr vergangenes Leben für immer vorüber war. Schon damals bescherte es ihr Gänsehaut. Ein Seufzen, das Trauer, Wut, Hilflosigkeit und Resignation in sich barg – vor allem aber eines noch: eine unstillbare Sehnsucht.

»Bist du denn jetzt immer noch auf der anderen Seite?«

»Na klar.«

»Despina!«, riefen da auf einmal ihre Eltern.

»Du, ich muss jetzt gehen. Wir essen jetzt. Aber danach komme ich wieder zum Spielen. Okay?«

»Okay.«

»Wie heißt du eigentlich?«

»Oli. Nenn mich Oli.«

»Na schön, Oli. Wartest du hier?«

»Natürlich.«

»Gut. Tschüss.«

»Tschüss, Despina. Bis bald. Ich warte hier auf dich!«

Natürlich hatte Oli gewartet. Ihm war ja nichts anderes übriggeblieben, lag er doch noch immer am Grunde des Brunnens begraben, tief unter dem Erdhaufen, auf dem Despina tagtäglich spielte, während ihr Vater den Dachstuhl des Hauses renovierte und ihre Mutter die Küche weißelte.

Despinas Mutter war die Erste, die mutmaßte, dass mit dem dreijährigen Mädchen etwas nicht stimmte. Ob es normal sei, in ihrem Alter imaginäre Freunde zu haben, hatte sie eines Tages den Kinderarzt gefragt, bei dem sie mit Despina vorstellig wurde, da sich deren Freundschaft zu Oli rasch intensiviert hatte. Der Arzt, ein alter, gutmütiger Kerl mit dicken Hautringen unter den Augen, hatte zunächst erklärt, dass das vor allem bei Kindern normal sei, die wenig soziale Kontakte hätten. Ihre Mutter räumte ein, dass diese seit dem Umzug tatsächlich eher gering ausfallen würden. Der Arzt unterhielt sich auch mit Despina selbst, und sie berichtete in ausgeschmückter Detailliertheit von Oli und den Geschichten, die er ihr erzählt hatte.

Als er mit der Unterredung fertig war und Despina wieder mit ihrer Puppe spielte, sagte er zu ihrer Mutter: »Mrs. Jones, ich möchte Ihnen zunächst zu Ihrer Tochter beglückwünschen. Sie ist ein tolles Mädchen und für eine noch nicht ganz Vierjährige verfügt sie über einen enormen Wortschatz. Sie sprechen sicherlich viel mit ihr und lesen ihr häufig vor?«

»Nun …« Despinas Mutter wusste nicht, was sie sagen sollte, denn die Wahrheit war, dass sie ihr nur selten eine Gutenachtgeschichte vorlas. Doch das wollte sie dem guten Doktor nicht auf die Nase binden.

»Dennoch ist mir etwas aufgefallen. Ein Detail, das mich – zugegebenermaßen – ein wenig beunruhigt.«

»Ach ja? Was ist es, Herr Doktor? Nun sagen Sie schon.«

»Nun ja, ich bin ja schon länger hier in diesem Bezirk tätig und habe schon etliche Kindergenerationen behandelt. Viele der jungen Eltern, die mich mit ihrem Nachwuchs aufsuchen, habe ich selbst bereits als Kinder betreut.«

»Worauf wollen Sie hinaus, Doktor?«

Er wandte sich noch mal an das Kind. »Despina: Sag mal, ist Oli gerade hier?«

Despina schüttelte energisch den Kopf. »Nein! Der ist im Garten.«

»Warum nimmst du ihn nicht mit?«

»Der kann doch da nicht weg.«

»Warum?«

»Na, er lebt doch dort unten in dem alten Brunnen!«

Der Arzt hob die Augenbrauen und blickte Despinas Mutter an.

»Aber was meint sie denn damit?«, sagte sie. »In unserem Garten gibt es keinen Brunnen.«

»Früher schon«, sagte der Doktor. »Und früher lebte dort auch eine Familie mit einem Jungen namens Oli. Es wurde gemutmaßt, dass er in dem Brunnenschacht ums Leben gekommen ist. Doch anstatt darin nach seinem Leichnam zu suchen, drehte der Vater durch und ließ den Brunnenschacht zuschütten, bevor er auf Nimmerwiedersehen verschwand. Olis Mutter fristet seitdem ihr Dasein in einer Nervenheilanstalt auf dem Lande.«

»Herr Doktor. Was wollen Sie damit sagen?«

»Nichts. Ich wollte nur wissen, ob Ihnen die Geschichte vertraut ist. Denn in dem Fall hätte Ihre Tochter davon vielleicht etwas aufschnappen können. Mit ein wenig Fantasie wäre es eben kein Zufall, dass ihr imaginärer Freund Oli heißt. Verstehen Sie?«

»Ich wusste von der Geschichte nicht das Geringste.«

»Nun, das ist dann in der Tat erstaunlich.«

Die Gespräche, die diesem Arztbesuch folgten, waren für Despina sehr anstrengend und letztlich auch der Startschuss dafür, dass ihre Eltern sich mit ihr zunehmend maßlos überfordert zeigten. Den ersten Nervenzusammenbruch bekam Despinas Mutter, als ihr Vater kurzerhand einen Bagger kommen ließ und veranlasste, den alten Brunnen auszuheben.

Man fand Olis Gerippe in einer Tiefe von sieben Metern. Sein Fuß steckte noch immer unter einem großen Stein fest. Es war genau so, wie Despina es beschrieben hatte – so, wie Oli es ihr erzählt hatte.

Fortan war die Familie Jones jene Familie im Viertel mit dem gruseligen Kind. Die Gerüchteküche und die Vorurteile, die nach dieser Geschichte hochkochten, waren enorm und hinterließen ihre Spuren bei allen Beteiligten.

Im Kindergarten wurde die stille und zurückhaltende Despina von den anderen Kindern gemieden, zuweilen auch gehänselt. Selbst die Erzieherinnen taten sich schwer, offenen Herzens auf das Mädchen zuzugehen. Die Leitung empfahl eine kinderpsychiatrische Einrichtung.

Despinas verzweifelte Mutter kam der Empfehlung schließlich nach. Es war eine Fünftageseinrichtung, was bedeutete, dass das Kind nur noch das Wochenende bei den Eltern verbrachte. Unter der Woche wurden verschiedenste Experimente an Despina durchgeführt. Man vermutete eine frühkindliche Schizophrenie oder Schlimmeres. Es gab jedoch auch gute Prognosen, welche die Eltern jedoch kaum beruhigen konnten.

Wohl aufgrund der unterschiedlichsten Medikamente waren Despinas Zustände stark wechselhaft, oft abgestumpft, manchmal aber auch regelrecht aggressiv. Immer wieder redete sie von Stimmen, die sie hörte, berichtete von verschiedenen Charakteren, die ihr Ideen und Aussagen in den Kopf steckten oder sie zu teils absurden Handlungen anstachelten. Dennoch war allen diffusen Aussagen Despinas eines gemein: Alles, was sie behauptete, fußte auf einen gewissen Wahrheitsgehalt, der nicht von der Hand zu weisen war.

Doch von übersinnlichen Fähigkeiten wollten Despinas Eltern nichts wissen, obgleich bekannt war, dass die Großmutter väterlicherseits eine Voodoo-Priesterin war. Vor allem war es Despinas Mutter, die dergleichen ablehnend gegenüberstand und die regelrecht darauf hoffte, dass man bei ihrer Tochter endlich eine handfeste schizophrene Störung diagnostizierte.

Die Überforderung ihrer Eltern wurde zunehmend größer, genauso wie die Abstände, in denen sie das nun schulpflichtige Mädchen zu sich nach Hause holten. Als schließlich ein externer Psychiater mit dem Namen Doktor Summers an die Eltern herantrat, etwas von dem besonderen Potential ihrer Tochter faselte und darum bat, Despina in die Obhut der von ihm geleiteten Privateinrichtung zu übergeben, hing der Haussegen schief in der Familie Jones. Die Ehe kriselte bereits. Despinas Mutter war wieder schwanger, und so stimmte man dem Vorschlag Doktor Summers schlussendlich zu, denn man wollte nach den vermeintlichen Fehlern, die man bei Despina gemacht hatte, mit dem neuen Kind neu anfangen.

Das neue Kind war Tori, doch von ihrer Existenz erfuhr Despina erst viele Jahre später. Ebenso, dass sie nicht den gleichen Vater hatten. Der hatte sich nämlich, wie es hieß, im Rahmen des Disputs ihrer Eltern wegen der psychischen Überlastung von der Mutter entfernt. Was aus ihrem Vater geworden war, wusste niemand. Aber er war wohl noch am Leben, denn seine Mutter, Maria Despina Flores, hatte ihn im Totenreich noch nicht aufspüren können. Dabei war genau das die herausragende Fähigkeit von Despinas Großmutter. Als einstig praktizierende honduranische Voodoo-Priesterin war das nicht überraschend.

Anders wusste das Schicksal mit Despinas und Toris Mutter umzugehen: ein banaler Flugzeugabsturz zerrte sie und ihren neuen Lebenspartner frühzeitig aus dem Leben und übergab Tori in die Obhut ihres Bruders: Barbarossa North. Der versuchte auch, Despina aus dem Heim zu bekommen, ein erzieherisches Internat für verhaltensauffällige Kinder, in dem sie seit damals untergebracht war. Doch dies gelang ihm erst mit Despinas Volljährigkeit, und die lag in Großbritannien bei 21.

Nun war Despina 32 und grübelte noch immer viel zu oft über diese alten Zeiten nach, in die sie *Vangelis'* Klangwelten entführt hatten.

Sie blickte auf die Uhr. Es war schon wieder weit nach Mitternacht. Zeit, ins Bett zu gehen. Sie trank ihren Rioja aus und trug das Glas zurück in die Küche. Dann begab sie sich ins Schlafzimmer, duschte und kuschelte sich in ihr Bett.

Hier besuchte sie ein alter Freund: Moritz, dessen Asche sie in einer kleinen Schatulle in der Schublade neben ihrem Bett aufbewahrte. Moritz war eine Promenadenmischung, die ihr vor einigen Jahren zugelaufen und nicht mehr von ihrer Seite gewichen war. Der Hund mit seinem kuscheligen Fell war jedoch rasch an einem bösartigen Tumor gestorben, und Despina hatte bitterlich darüber geweint. Es war Tori, die gefragt hatte, ob ihre Gabe nicht auch bei Tieren anwendbar war.

Nun, das war sie. Natürlich. Rein theoretisch könnte sie mit toten Tieren ebenso sprechen wie mit abgestorbenen Pflanzen, mutmaßte sie – das Problem war nur, dass diese Lebewesen eben nicht die Sprache der Menschen sprachen.

Moritz aber, zu dem sie eine sehr tiefe Bindung gehegt hatte, war anders. Er konnte als nun toter Hund zwar auch nicht mit Despina sprechen, aber er konnte ihr imaginär über das Gesicht lecken, bellen und mit dem Schwanz wedeln – und das so intensiv, dass es für Despina ein festes Ritual geworden war, an Moritz' Seite einzuschlafen.

Andernorts wurde sie vom Flüstern der Toten in den Schlaf begleitet, was oftmals schlafraubend war. Moritz aber war nur freudig, ihre Gegenwart zu spüren. Mit verstorbenen Tieren verhielt sich die Kommunikation anders, denn es war ja auch eine eher körperliche Sprache, mit der lebende Tiere zu den Menschen sprachen. So war es kein Bellen oder Winseln, was Despina von Moritz wahrnahm. Stattdessen empfing sie ihn mit offenen Armen, streichelte sein Fell und roch sogar seinen Hundegeruch, als sie mit süßen Träumen in einen tiefen Schlaf glitt, ihren imaginären Hund im Arm haltend wie ein Kuscheltier aus Luft.

5. Kapitel

Das Westlondon Coroner's Court war ein trister Backsteinbau, der im Regen des neuen Tages verkommener wirkte, als er war. Angesichts der Schneeschmelze war die Bagleys Lane dreckig und grau. Schneematschberge türmten sich an beiden Straßenseiten auf dem Gehweg, und die Reifen der Fahrzeuge erzeugten eine Art schmatzendes Fahrgeräusch.

Das braungehaltene Eingangsportal passte so gar nicht zum restlichen Gebäude, das eher an ein Fabrikgelände erinnerte denn an ein offizielles Gebäude des Bezirksgerichts. Als Despina die Tür öffnen wollte, kam ihr eine ältere Dame entgegen, die übermäßig schluchzte und sich in ein Taschentuch schnäuzte. Wahrscheinlich hatte sie einen Angehörigen identifizieren müssen, überlegte sie und hielt der Frau die Tür auf, doch sie beachtete sie gar nicht, sondern lief heulend an ihr vorüber in den Regen.

»Für die Hinterbliebenen ist der Tod oft sehr traurig«, sagte Jean, die Despina wie besprochen hierher begleitet hatte.

»Für die Toten auch«, sagte sie und ging weiter zur Anmeldepforte, wo sie sich in ein Besucherbuch eintragen mussten. Da sie angemeldet waren und einen Termin hatten, händigte man ihnen gleich ihre Besuchernamensschilder aus, wobei zumindest der von Despina mit einem Lichtbild versehen war, was an der Häufigkeit ihrer Besuche lag.

Dabei konnte sie Gebäude wie diese, pathologische Institute, rechtsmedizinische Labore und Krematorien, nicht ausstehen. Sie hasste es, diese Orte aufsuchen zu müssen. Viel lieber spazierte sie über Friedhöfe. Dort waren die Toten zwar ebenso omnipräsent, doch hatten sie mit ihrem Schicksal abgeschlossen. Hier aber war das Leid der Toten allgegenwärtig.

Entsprechend schweigsam folgte sie den labyrinthischen Wegen und Gängen, da sie sich konzentrieren musste, sich von den Stimmen der Toten abzuschotten, damit sie sich nicht auf sie stürzten wie verbal Verhungernde. Nicht etwa, weil die Toten untereinander nicht miteinander hätten sprechen können, sondern weil die Sehnsucht nach der Welt der Lebenden so groß war und Despina als Medium so kräftig und für die Toten leicht erreichbar. Der Wunsch, sich noch einmal mit der vergangenen Welt in Verbindung zu setzen, war immens. Auch wenn Despinas nekromantische Fähigkeiten weit über die Vorstellungskraft eines Normalsterblichen hinausgingen, so beschrieb sie ihre Gabe stets mit dem Vergleich eines Telefonats, sobald sie gezwungen war, darüber zu sprechen. Was sie so gut wie nie erwähnte, war die simple Tatsache, dass Telefone in beide Richtungen funktionierten. Dabei hatte Despina nie herausgefunden, welche Bedingungen vorherrschen mussten, damit die Toten sich von sich aus an sie wendeten. Aber es geschah, und an Orten wie diesen mitunter sogar recht häufig. Doch sie konnte sich abschotten – ihren Telefonhörer quasi aushängen oder Konferenzschaltungen vermeiden, um sich auf eine einzige Person zu konzentrieren. Aber es war anstrengend und führte nicht gerade dazu, dass sie sonderlich gesprächig auf ihre Mitmenschen wirkte.

Jean wusste das, nicht aber die Sekretärin des Gerichtsmediziners, der für ihr Anliegen zuständig war. Die Sekretärin war eine schroff wirkende ältere Dame mit einem streng zurückgebundenen Zopf, in den sie mehrere goldfarbene Spangen eingearbeitet hatte.

Instinktiv verdrehte Jean die Augen. »Guten Morgen«, begann sie dennoch lächelnd die Konversation. »Wir haben einen Termin bei Doktor Timothy.«

»Das behaupten Sie alle«, sagte die Sekretärin. »Doktor Timothy befindet sich bereits in einem Gespräch.«

»Nun, der Termin wurde uns zugesichert«, sprach Jean nun mit dräuender, aber noch ruhiger Stimme.

»Wen darf ich anmelden?«

»Jeanette Dark und Despina Jones von der Bibliothek für okkulte Fälle.«

»Was für eine Institution soll das sein?«

Jeans Stimme wurde nun tiefer und dadurch deutlich bedrohlicher. Sie verschob die Augenbrauen und fixierte die Dame mit ihren grünen Augen. »Jetzt hören Sie mal zu, werte Dame. Wir hatten bereits häufiger in diesem Institut zu tun als sie hier zu arbeiten scheinen, denn ansonsten wüssten Sie, wer wir sind! Doktor Timothy ist uns nicht unbekannt und glauben Sie mir, wenn Tim – wie wir ihn kameradschaftlich nennen – erfährt, dass Sie Despina und mich haben warten lassen, dann werden Sie auf Ihrem nächsten Gehaltszettel eine deutlich spürbare Differenz zum vorherigen feststellen; dessen können Sie sich sicher sein!« Jean legte ihren Kopf leicht schief. »Und nun melden Sie bitte Pina Jones und Jean d'Arc an, wenn es recht ist!«

Der Blick der verdatterten Sekretärin wechselte hektisch zwischen den beiden Besucherinnen hin und her. »Das ist ja alles schön und gut, meine Damen, aber er hat wirklich bereits Besuch.«

»Warum gucken Sie nicht mal in Ihrem Kalender nach? Sie sind doch für die Termine Ihres Chefs zuständig, oder?«

»Ja, nun …« Regelrecht dankbar dafür, etwas zu tun zu haben, tippte sie auf der Computertastatur herum und fand alsbald, was sie suchte. »Wie ich sehe, haben Sie recht.«

»Ach was?«

»Das muss mein Fehler gewesen sein. Zwei Termine gleichzeitig ist untypisch für Doktor Timothy.«

»Fragen wir ihn doch selbst«, sagte Jean und betätigte den Knopf der Gegensprechanlage.

»Aber …«, protestierte die Sekretärin, doch Jean schüttelte nur den Kopf und nickte zum Mikrofon der Gegensprechanlage hin, was unmissverständlich eine Aufforderung dazu war, ihren Besuch anzukündigen.

»Doktor Timothy, hier sind zwei Damen, eine Jean d'Arc und …« Fragenden Blickes sah sie zu Despina hinüber.

Jean flüsterte ihren Namen.

»… Despina Jones.«

»Ja, ja, doch. Nur herein mit den beiden!«, hörte man die metallisch klingende Stimme des Doktors durch den Lautsprecher.

Jean ließ den Knopf der Gegensprechanlage los und grinste die Sekretärin diabolisch an. »Das ging ja einfach.«

»Bitte verzeihen Sie mir.«

Jean warf ihr eine Kusshand zu, packte Despina am Ärmel und zog sie hinter sich her ins Büro des Gerichtsmediziners.

Dieser war ein Mittfünfziger mit Schnauzbart, Brille und ergrauten Schläfen. Er trug einen Anzug mit Krawatte und wirkte eher wie ein Bankangestellter denn ein Mensch, dessen Beruf es war, toten Menschen die Körper aufzuschneiden, um über deren Organe Gutachten zu erstellen.

Der andere Mann, der wie ein Fremdkörper in dem antiquiert wirkenden Büro wirkte, war eher jung, zwischen 30 und 40 und sah teuflisch gut aus. Zumindest passte er in Despinas Beuteschema, was Jean wiederum gar nicht passte. Das letzte Mal, als sie Trevor Farkas getroffen hatten, war Despina nur noch am Schwärmen gewesen, und Jean sehr verletzt darüber.

»Ms Jones und Ms Dark«, begrüßte der Gerichtsmediziner die beiden und reichte ihnen über seinen Schreibtisch hinweg die Hand. Despina wirkte noch immer relativ teilnahmslos, schaffte es jedoch immerhin, sich zu einem Lächeln durchzuringen, das breiter wurde, als sie Trevor Farkas ansichtig wurde.

»Ah, die Herrschaften kennen sich?«, sagte der Doktor. »Dann erspare ich mir eine Vorstellungsrunde.«

»Nur flüchtig«, beeilte sich Jean zu sagen.

»Na schön. Dies hier ist Trevor Farkas. Er ist Schriftsteller und auf der Suche nach Informationen über jene Selbstmordkruzifisten, wie ich sie gerne nennen möchte.« Er wandte sich an Farkas. »Und dies hier sind Despina Jones und Jeanette Dark von der Bibliothek für okkulte Fälle. Ich habe Ihnen davon erzählt.«

Farkas nickte und ließ seine Zähne blitzen. »Es freut mich ungemein, Ihre Bekanntschaft zu machen, Ms Jones. Wie hat Ihnen mein Buch gefallen?«

Jean stupste Despina in die Seite. Die schüttelte wie wachgerüttelt den Kopf und sagte: »Oh, ja, recht gut. Danke.«

»Sie hat es gar nicht gelesen«, schaltete Jean sich dazwischen.

»So?« Farkas sah sie irritierten Blickes an.

Jean lächelte gekünstelt. »Ich habe es.«

»Oh«, sagte der Autor und blickte wieder fragend zu Despina, doch die grinste nur wieder und sagte erneut: »Sehr gut, danke.«

»Ist alles in Ordnung mit ihr?«, fragte Farkas daher.

»Ja, alles bestens. Sie muss sich nur auf etwas konzentrieren.« Und an Despina gewandt zischte sie: »Jetzt reiß dich mal etwas zusammen.«

Sie nahmen Platz und blickten einander freundlich an. Der Schreibtisch des Pathologen war chaotisch überfüllt mit unterschiedlichsten Akten und Dokumenten, die quer übereinandergestapelt ein Durcheinander erzeugten, in dem kein Außenstehender durchblicken konnte. Ein Computerbildschirm nahm die Hälfte des Seitenarms des Eckschreibtisches ein, auf dem sich darüber hinaus eine Kaffeetasse sowie ein Teller mit einem Apfelbutzen befanden. Die Frühstückspause des Pathologen war wohl erst kürzlich zu Ende gegangen.

In seinem Drehstuhl lehnte er sich zurück, faltete die Hände über seinem Bauch und sagte: »Mit Mr Farkas sprach ich soeben über mögliche Motive der Selbstmordkruzifisten – leider kommen wir nicht über Mutmaßungen hinaus.«

»Meine These spricht von einem religiös-fanatischen Hintergrund.« Farkas lehnte sich auf seinem Stuhl vor, als er sprach. »Ähnlich islamistischer Selbstmordattentäter, die eine Aussicht auf gottgleiche Entlohnung im Jenseits haben, wenn sie dabei so viele Ungläubige vernichten wie nur möglich.«

»Der Vergleich hinkt«, sagte Doktor Timothy. »Unsere Selbstmordkruzifisten reißen keinerlei Mitmenschen – ob gläubig oder nicht – mit in den Tod.«

»Natürlich nicht. Das wäre ja auch nicht im Sinne ihres Glaubens. Jesus starb als Märtyrer. Er setzte durch seinen Tod ein Zeichen, das viele tausend Jahre nachwirkte.«

»Und Sie meinen, die Selbstmordkruzifisten versuchen, Ähnliches zu erreichen?«

Farkas zuckte mit den Schultern und wandte sich an die beiden Frauen. »Was glauben Sie?«

Despina schien noch immer der Welt entrückt, sodass Jean sagte: »Vielleicht waren sie einfach nur verrückt. Gibt es irgendeinen Zusammenhang zwischen den – soll man Opfer oder Täter sagen?«

»Die Polizei untersucht die Fälle, tappt aber weiterhin im Dunkeln«, wusste der Pathologe.

Farkas meinte: »Vielleicht hilft es ja, sich die Toten mal anzusehen. Meinen Sie, dergleichen wäre möglich, Doktor?«

»Deswegen sind Sie alle doch hier, oder nicht?« Er wandte sich an Despina. »Von Ihnen bin ich Besuche dieser Art ja gewohnt, Ms Jones. Aber was Sie damit bezwecken, Mr Farkas«, er blickte ihn dabei mit gerunzelter Stirn an, »das ist mir ein Rätsel, wenn ich ehrlich bin. Sie sind Autor und nicht im

Geringsten in die Aufklärung von Kriminalfällen involviert, wie es bei Ms Jones der Fall ist, die bereits mehrfach mit den Behörden erfolgreich zusammengearbeitet hat.«

»Das möchte ich auch gerne wissen«, sagte Jean. »Was machen Sie hier eigentlich?«

Trevor Farkas grinste, lehnte sich betont lässig zurück und schlug ein Bein über das andere. »In meinem aktuellen Buch geht es um Selbstmordkruzifisten. Die Idee kam mir bereits weit vor den aktuell aufgetretenen Fällen. Natürlich interessiert mich das Motiv. Noch mehr bin ich jedoch an der technischen Seite interessiert, die ich in meinem Buch entsprechend realistisch berücksichtigen muss. Meine Frage ist also vor allem: Wie funktioniert es, dass man sich selbst und ohne fremde Hilfe an ein Kreuz nageln kann?«

»Blaise Pascal!« Despinas urplötzlicher Ausruf nach ihrer langen, bis dato schweigsamen Phase irritierte sämtliche Anwesenden.

Jeder starrte sie an.

Despina schlug die Augen auf und blickte freundlich lächelnd in die Runde. »Blaise Pascal. Als Mathematiker des 17. Jahrhunderts hat er die Rechenmaschine erfunden und als Denker etliche Schriften über das Christentum und die Religionen verfasst. Er hat sich auch mit der Passionsmystik auseinandergesetzt. Laut ihm geht es um das Wachhalten eines Bezuges zum leidenden Christus, der den Gläubigen befähigt, im Leiden dieser Welt die Passion Jesu wiederzuentdecken.«

Jean schüttelte irritiert den Kopf. »Ich verstehe kein Wort.«

»Die Passion ist in erster Linie eine Erlösungstat, durch die wiederum die Jünger ihre Beteiligung finden.«

»Ich kapier's noch immer nicht.«

»Das ist das Motiv der Selbstmordkreuzigungen. Es geht natürlich um religiösen Fanatismus, jedoch nicht darum, andere mit in den Tod zu reißen. Die Erlösungstat soll diejenigen zum rechten Glauben bekehren, die sich mit der Tat als solcher auseinandersetzen.«

»Also wir oder was? Sorry, Despina, aber mich bekehrt hier niemand.«

Milde schüttelte Despina den Kopf. »Das ist auch nicht nötig. Aber es ist die Intention der Selbstmordkruzifisten.«

»Aber dann verstehe ich nicht, warum sie dergleichen im Verborgenen durchführen und nicht an öffentlichen Plätzen«, gab Doktor Timothy zu bedenken. »Einer wurde erst nach Wochen im Keller seines Hauses gefunden. Die Verwesung war bereits weit fortgeschritten. Das passt mit dem Motiv doch hinten und vorne nicht zusammen.«

»Auf öffentlichen Plätzen könnte die Tat verhindert werden. Durch ein rechtzeitiges Auffinden könnte man den Märtyrer unter Umständen noch retten.« Despinas konzentrierte Phase der Abgrenzung von den Toten schien vorbei zu sein. Ihre Lebhaftigkeit war vollends zurückgekehrt, und sie schien vor Energie zu sprudeln.

»Wie lange dauert es für gewöhnlich, bis man am Kreuz stirbt?«, wollte Farkas wissen.

Der Pathologe nickte. »Das erläutere ich Ihnen am besten wirklich anhand der Toten. Ich hoffe, Sie haben starke Nerven und sind warm angezogen. Im Kühlraum ist es meist recht frisch.«

***

Im Kühlraum herrschte eine konstante Temperatur um den Gefrierpunkt herum, wobei es auch regelrechte Tiefkühlfächer gab, in denen Leichen bei Minus zwanzig Grad Celsius gelagert wurden. Oft hatte eine lange Lagerung rein behördliche

Ursachen, sodass man gezwungen war, die Toten länger aufzubewahren als an und für sich notwendig war. Bei höheren Temperaturen setzte die Verwesung ein.

Doktor Timothy hatte ein Schubfach der Kühlfächer geöffnet und den darin befindlichen Leichnam herausgefahren. »Die ersten beiden Opfer wurden bereits zur Beisetzung freigegeben und von den Angehörigen abgeholt«, sagte er, bevor er das Laken zurückschlug. Alle starrten sie auf den Körper eines Mannes in den mittleren Jahren, der einen Vollbart trug und schulterlanges dunkles Haar hatte. *Fast wie Jesus*, fuhr es Despina durch den Kopf.

»Dies hier war das dritte Opfer. Markus Rice, 43 Jahre, kerngesund«, erklärte der Gerichtsmediziner.

Er legte einen Arm des Toten frei, deutete auf ein Loch in der Handinnenfläche und sagte: »Dies ist die Austrittswunde des Nagels.«

»Moment«, sagte Farkas. »Die Austrittswunde befindet sich in der Handfläche? Müsste sie nicht auf der Rückhand sein?«

»Mein Lieber, wir sind hier nicht beim Tennis«, lachte Doktor Timothy. »Wir sprechen immer noch vom Handrücken. Genauer gesagt vom *Dorsum manus*.«

»Ja ja, ist doch egal jetzt.« Trevor Farkas wurde rot, als er Despina kurz anblickte. Es schien ihm peinlich zu sein.

»Aus medizinischer Sicht ist das gar nicht egal. Aber um auf Ihre Frage zurückzukommen, Mr Farkas: Meiner Meinung nach lief die Selbstkreuzigung folgendermaßen ab.« Der Pathologe schritt zum Fußbereich des Leichnams, um auch dort das Leichentuch anzuheben.

Auch hier befanden sich Löcher. Sie sahen scheußlich ausgefranst aus und waren blau umrandet. »Das Kruzifix reichte gut bis zur Decke, war also etwa drei Meter hoch. Auf der Höhe von einem Meter etwa befand sich ein Trittbrett, auf das sich Mr Rice gestellt hat. Mittels Seilen hat er sich dann selbst so an das Kreuz gebunden, dass er sich auf dem Trittbrett nach vorne beugen konnte, ohne herunterzufallen. Er trug eine Art Lendenschurz, in dem er wie in einem Werkzeuggürtel Hammer und Nagel verwahrte.«

»Nur einen?«, fragte Jean.

»Nein, zwei. Allerdings diente ihm einer als Ersatz, falls ihm seiner hinabfiel. Er stellte sich mit den Zehenspitzen auf das Trittbrett und zwar so, dass beide Füße übereinander lagen. Zur Sicherheit fixierte er seine Füße mittels einer Lederschlaufe, die sich bereits am Kreuzbalken befand. Dann nahm er Hammer und Nagel und trieb letzteren durch beide Füße bis in den Balken hinein.«

»Das müssen doch höllische Schmerzen gewesen sein.«

Der Pathologe nickte. »In Magen und Blut konnte ich Morphin nachweisen, ein recht starkes Opiat, das als Betäubungsmittel nicht ohne ärztliche Aufsicht gegeben werden sollte. Woher er das Schmerzmittel bezogen hat, ist unklar. Die Menge reichte aus, um den Nagel durch beide Füße zu treiben, ohne dabei vor Schmerzen das Bewusstsein zu verlieren.«

Farkas stieß einen kleinen Pfiff aus, der zeigte, wie beeindruckt er von den Ausführungen des Pathologen war. »Aber eine Suchterkrankung nach Medikamenten oder Rauschmitteln können Sie ausschließen?«

»Definitiv. Rice war kein regelmäßiger Konsument. Im Auftrag der untersuchenden Polizei habe ich mit Rices Hausarzt gesprochen. Auch ihm ist es nicht begreiflich, wie er an das Morphin gelangen konnte. Weder war Rice chronischer Schmerzpatient noch litt er an irgendwelchen Tumoren oder Ähnlichem, was eine Vergabe eventuell hätte nachvollziehbar machen können.«

»Wo bekommt man so etwas, wenn man kein Rezept hat?«, wollte Despina wissen.

»Och, wenn du willst, besorg ich dir was vom Schulhof aus der Nachbarschaft«, meinte Jean betont ironisch.

»Verstehe«, sagte Despina, und Farkas faselte etwas von schlimmen Zeiten, in denen wir leben, doch sie unterbrach ihn: »Wie ging es weiter? Er hat sich den Nagel durch die Füße getrieben und dann?«

Doktor Timothy fuhr fort: »Mit dem Hammer schlug er das Stehbrett fort. Danach ließ er den Hammer fallen und richtete sich auf – gehalten nur durch den Nagel in den Füßen und den Fixierungsriemen. Wahrscheinlich benutzte er das Seil als Hilfe zum Aufrichten. Trotz des Morphins müssen die Schmerzen höllisch gewesen sein.«

»Das ist doch unmenschlich«, flüsterte Jean und schüttelte fassungslos den Kopf.

»Weiter!«, forderte Despina ihn auf.

Der Arzt nickte. »Aus dem Querbalken ragten im richtigen Abstand Nägel heraus. Er hatte sie von hinten so durch das Holz getrieben, dass sie gute sieben Zentimeter herausragten. Er muss alles im Vorfeld korrekt ausgemessen haben, damit sein Vorhaben gelingen konnte. Mit der linken Hand holte er Schwung und trieb mit Kraft und Geschwindigkeit den Handrücken gegen den dafür vorgesehenen Nagel.«

Wie unter Schmerzen zog Jean zischend Luft durch ihre Zähne ein.

»Dann entfernte er das Seil. Er brauchte es nun nicht mehr. Sein Körper hielt auch ohne. Als auch das erledigt war, verfuhr er mit der rechten Hand genauso.« Er war um den Toten herumgegangen und legte nun auch dessen anderen Arm frei, um die entsprechende Wunde zu zeigen.

»Wie lange hing er da so rum, bevor er starb?«

»Normalerweise tritt bei einer gekreuzigten Person der Tod nach drei bis vier Tagen ein. Sie ersticken, erleiden einen Kreislaufkollaps oder sterben an Herzversagen.«

»Ersticken?«

»Ja, die Atemmuskulatur verkrampft. Zudem erleidet der Betroffene neben den quälenden Schmerzen noch Durst. Er ist geschwächt. Wundbrand an den Wunden trat ein – sehen Sie hier.« Er deutete auf entsprechende Flecken und Verfärbungen.

»Aber – ist es nicht so, dass die Nägel an den Händen nicht herausreißen müssten?«

»Ich weiß, was Sie meinen, Mr Farkas. Bei einer ordentlichen Wundversorgung würde das zweifelsohne auch passieren. Knochen, Fleisch und Knorpelmasse sind nicht stark genug und geben nach einer Zeit nach. Die Hand wird quasi entzweigerissen. Allerdings ist es so, dass durch den eingetretenen Wundbrand und die Schwellung dieser Prozess verlangsamt wurde.« Er ging zu einer anderen Kühlbox, öffnete sie und zog einen weiteren Leichnam heraus. »Dieser Junge hier hat, um dem vorzubeugen, nicht seine Hände durch den Nagel getrieben, sondern seine Unterarme. Er hat mehrere Anläufe gebraucht, um zwischen Ellen und Speichenknochen durchzukommen. Dabei hat er die Arterie so unglücklich erwischt, dass er daran verblutete.«

»Wer war das?«

»Niemand weiß seinen Namen. Dem Zustand seines Körpers nach mag er 15 oder 16 Jahre alt sein. Es gibt keine Vermisstenmeldung, die auf seine Beschreibung passt. Sein Kreuz hat er in einem Dorf in der Nähe Londons auf dem Kirchplatz aufgebaut. Mitten in der Nacht. Als man ihn am nächsten Morgen fand, war er bereits verblutet.«

»Die Methode der Kreuzigung ist bereits seit der frühen Antike bekannt und hat sich aus dem zuvor üblichen Erhängen abgeleitet«, wusste Trevor Farkas. »Durch die Kreuzigung verlängerten sich die Todesqualen. Meine bisherigen Recherchen haben ergeben, dass man das Sterben auf ein nahezu unerträgliches Maß hinauszögern konnte. Der Fantasie der Henker wurde keinerlei Grenzen gesetzt. Dabei sollten die Zuschauer und Beobachter einer solchen Kreuzigung eher eingeschüchtert oder abgeschreckt werden. Eine Kreuzigung hatte demnach auch immer präventive Gründe, und die Opfer wurden bis in den Tod hinein gedemütigt. Das ist alles wissenschaftlich belegt, erklärt aber erst recht nicht, wieso man sich dergleichen selbst antut.«

Doktor Timothy stöhnte und blickte dabei Despina und Jean verschmitzt lächelnd an. »Nun, es ist nicht von der Hand zu weisen, dass man hier mit Logik nicht unbedingt weiterkommen wird. Und die Toten kann man nur schwerlich befragen.«

Ein kurzer Moment der Stille herrschte vor. Eine Stille, die Despina mit den Worten unterbrach: »Manchmal reicht es aus, mit den Toten ein wenig alleine zu sein.«

»Und dann werden sie lebendig und sprechen über ihr Ableben? Ich bitte Sie«, lachte Farkas. »Aber ich kann das gerne mal versuchen.«

Der Blick des Pathologen ging zwischen Trevor Farkas und Despina Jones hin und her, wie bei einem Tennisspiel. »Zumindest von Ms Jones weiß ich, dass sie mit ihrer Intention schon öfter ins Schwarze getroffen hat, Mr Farkas. Wie es da bei Ihnen aussieht, kann ich nicht beurteilen.«

»Sie können es ja mal auf einen Versuch ankommen lassen«, sagte Farkas und strich dem Leichnam des toten Jungen über die Stirn.

Despina riss die Augen auf. Ein schriller Schrei dröhnte schmerzhaft direkt hinter ihrer Stirn. *Die Telefonleitung funktio-*

niert in beide Richtungen, dachte sie noch, bevor der Schmerz sie übermannte und Despina ohnmächtig zusammenbrach.

***

»Pina!«, schrie Jean und fing ihre Freundin, die wie ein Kartenhaus in sich zusammenfiel kurz vor dem Aufkommen auf dem gekachelten Boden der Pathologie auf. »Was ist los mit dir?«

»Legen Sie sie sachte auf den Boden«, sagte Doktor Timothy und begann, Despinas Vitalzeichen zu untersuchen.

Jean hielt ihren Kopf und beobachtete voll Sorge den Pathologen bei seiner Untersuchung.

»Sie ist nur ohnmächtig«, sagte er nach kurzer Zeit. »Lagern wir ihre Beine hoch.« Er wandte sich an Farkas, der sich nicht im Geringsten um die ohnmächtige Despina kümmerte. Stattdessen hatte er sich über den toten Jungen gebeugt. Er hatte ihm beide Hände auf die Schläfen gelegt und mit seinen Daumen die Augenlider des Toten nach oben geschoben. Es schien, als starre er ihm konzentriert in die Augen.

»Was zur Hölle soll das, Mr Farkas?«, rief Doktor Timothy. »Finger weg von meiner Leiche. Helfen Sie lieber, damit Ms Jones wieder auf die Beine kommt.«

»Mit Ms Jones ist alles in Ordnung«, sagte Farkas nun. »Sagen Sie Ihr alles Gute, sobald sie zu sich kommt. Ich selbst habe alle Informationen, die ich brauche. Ich wünsche einen schönen Tag.«

»Ja, aber …« Fassungslos starrte Doktor Timothy Trevor Farkas hinterher, der gleichmäßigen Schrittes die Leichenhalle verließ.

»Was soll das denn?«, sagte er zu Jean, als er Despinas Beine nahm und anhob, so dass das Blut zurückströmen konnte.

»Ich habe schon immer gewusst, dass dieser Farkas nichts weiter als ein Riesenarschloch ist!« Sie wandte ihren Kopf in Richtung Türe, aus der er soeben herausspaziert war, als wäre nichts gewesen, und brüllte: »Farkas, Sie Dreckskerl!«, doch eine Reaktion blieb aus.

»Lassen Sie es gut sein. Er war mir von Anfang an nicht geheuer.«

»Was hat er mit dem Toten gemacht?«, wollte Jean wissen. Gleichzeitig blickte sie besorgt auf ihre Freundin hinab und streichelte ihr zärtlich über die Wangen.

»Nichts«, sagte der Pathologe. »Das heißt, ich bin mir nicht sicher. Er hat ihn einfach nur angestarrt. Aber er hat ihm die Augen geöffnet. Es war, als habe er den Leichnam dazu gezwungen – ich kann mir beim besten Willen nicht erklären, was für einen Zweck das hatte.«

»Vielleicht kann er auch mit den Toten …«, doch Jean hielt inne und sprach den Satz nicht zu Ende. Unter Despinas Augenlidern bewegten sich die Augen. *Entweder sie träumt oder sie kommt in Kürze zu sich*, hoffte Jean.

»Was kann er mit den Toten machen?«, wollte der Pathologe wissen.

»Ich glaube, sie kommt wieder zu sich«, sagte Jean. Tatsächlich flackerten Despinas Lider nun.

»Was wollten Sie sagen, Ms Dark?«

Und wirklich: Despina schlug ihre Augen auf und blinzelte verstört gegen das helle Neonlicht an der Decke der Leichenhalle an.

»Ich glaube, Sie können die Beine wieder ablassen, Doktor«, sagte Jean nun und vermied es, ihm gegenüber ihre Vermutung zu äußern, die sie selbst nicht wahrhaben wollte und bereits als blödsinnig verwarf: die Vermutung, dass Despina Jones nicht die einzige Nekromantin war. Dass Trevor Farkas zumindest ähnliche Fähigkeiten besitzen mochte. Aber das konnte eigentlich nicht sein. Es durfte nicht sein. Sie brauchte gar nicht weiter darüber nachzudenken.

»Jean?«, murmelte Pina irritiert. »Was ist los?«

»Du bist ohnmächtig geworden!«, sagte sie.

Despina machte Anstalten aufzustehen.

»Vorsichtig«, sagte Doktor Timothy. »Sie sollten es nicht übertreiben. Setzen Sie sich erst mal hin. Warten Sie, ich hole Ihnen ein Glas Wasser.« Eiligen Schrittes verließ er die Leichenhalle in Richtung Sezierraum.

»Was war los?« Despinas Stimme hörte sich trocken und belegt an. Jean erzählte in kurzen Stichworten, was geschehen war, als der Pathologe bereits mit einem Glas gefüllt mit Leitungswasser zurückkehrte.

»Hier, trinken Sie das.«

Despina tat, wie ihr geheißen und schluckte gierig das kühle Nass. Ein Rinnsal lief ihr das Kinn hinunter. Mit dem Handrücken wischte sie es fort, als sie das Glas absetzte und es Doktor Timothy dankbar zurückreichte.

Danach halfen ihr beide dabei aufzustehen. »Danke, es geht schon«, sagte sie, sobald sie den Boden fest unter ihren Füßen spürte.

»Was war denn los?«, wollte der Pathologe nun wissen. »Sollen wir lieber woanders hingehen? Sie sind doch nicht das erste mal hier, Ms Jones. Sie kennen das hier doch alles.«

»Das war es auch nicht, aber erklären kann ich es Ihnen auch nicht. Es war … nun, wie soll ich sagen?« Sie blickte Jean an. »Es war sehr, sehr seltsam.«

»Hast du eine Ahnung, warum Farkas den Leichnam des Jungen berührt hat, anstatt dir zu helfen?«

»Ja«, sagte der Pathologe nun, als hätte er eine Eingebung. »Er hat ihn an der Stirn berührt, und Sie sind quasi im selben Moment ohnmächtig geworden.«

»Wie hat er ihn berührt?«, fragte Despina und schien augenblicklich wieder Herr ihrer Sinne und ganz da zu sein.

»Bevor er fluchtartig den Raum verlassen hat, hat er beide Hände auf die Schläfen des Opfers gepresst und dabei die Lider aufgeschoben«, erklärte Jean.

Despina trat an den Leichnam heran und machte die Berührung nach. »So etwa?«

»Ja, genau.«

»Ruhig«, flüsterte Despina nun und verharrte in der Position. »Beruhige dich.«

»Wen meinen Sie?«, sagte der Pathologe. »Soll ich mich beruhigen oder Ms Dark?« Fragend blickte er Jean an, die nur milde den Kopf schüttelte.

»Ja, ich weiß«, sagte Despina nun. »Das muss schrecklich gewesen sein.«

»Ich verstehe nun gar nichts mehr«, sagte der Gerichtsmediziner, und es war offensichtlich, dass er leicht verärgert war. »Mir scheint, ein jeder begrapscht ungefragt meine Leichen und verhält sich daraufhin seltsam.«

»Ich werde der Sache auf den Grund gehen«, sprach Despina weiter.

Jean wusste, dass sie mit dem Toten sprach, doch das konnte sie dem Pathologen nur schlecht erklären. Stattdessen sagte sie: »Sie selbst haben doch vorhin erst von Despinas Intuition geschwärmt. Sehen Sie, ich glaube, genau das passiert gerade.«

»Ich habe mir das immer etwas anders vorgestellt«, gab Doktor Timothy zu.

»Aber wie kam es dazu? Warum das alles? Was wolltest du damit erreichen?« Despinas Stimme war mehr ein hohles Flüstern.

»Mir scheint, ein jeder hat seine eigene Methode, mit den Toten zu sprechen«, sagte Jean. »Sie, Herr Doktor, indem Sie sie aufschneiden und untersuchen, Pina, indem sie leise flüsternd mit ihnen spricht, und dieser Mr Farkas, indem er unwirsch seine Hände auf deren Schläfen presst und ihnen in die Augen starrt.«

»Sie meinen, er hat mit dem Toten gesprochen?«

Jean zuckte mit den Schultern. »Was halten Sie von einer Tasse Tee, während wir Despina mit ihrer Intuition hier noch ein wenig alleine lassen?«

6. Kapitel

Barbarossa North nahm die Brille von der Nase und rieb sich müde die Augen. Seit dem Frühstück hatte er sich mit nichts anderem beschäftigt als dem Buch, das vor ihm aufgeschlagen auf dem Schreibtisch lag: Die *Cruciforma* war ein Werk des Okkulten, das mit nichts vergleichbar war, das Barbarossa je zuvor in Händen gehalten hatte – und durch seine Hände mochten schier endlose Millionen Bücher gewandert sein. Viele davon hatte er intensiv studiert, andere zumindest soweit geprüft und untersucht, dass er über die Detailfragen Bescheid wusste, die wichtig für sein Geschäft als Bibliothekar waren.

Das Buch, das keinen Verfassernamen wusste, war als solches nicht sonderlich dick. Seine etwa 100 bis 200 Seiten – sie waren nicht nummeriert – waren aus festem Pergament und der handschriftliche Text darauf in alten Textura-Lettern verfasst. Die Textura hatte zwischen dem 14. und 15. Jahrhundert ihren Höhepunkt erreicht und wurde ebenda von Gutenberg für seinen ersten Bibeldruck verwendet, doch die Texturahandschrift der *Cruciforma* war definitiv früheren Datums und in ihrer Fraktur noch nicht ganz vollendet.

Barbarossa entdeckte handschriftliche Ergänzungen auf einem ursprünglich freigebliebenen Vorsatzblatt. Den Text entzifferte er wie folgt:

»Gang ut, sacerdotis, mid nigun clavos ianuarum,
ut fana themo marge an that ben,
fan themo bene an that flesg,
ut fan themo flesge a thia hud,
ut fan thera hud an thesa cruciforma!
Drohtin, vethe so!«

»Eine seltsame Mixtur aus altem Niederdeutsch und Latein, will ich meinen«, murmelte er und übersetzte den Vers mit den Worten:

»Geh hinaus, Priester, mit neun Nägeln,
hinaus von dem Marke an den Knochen,
von dem Knochen an das Fleisch,
hinaus von dem Fleisch an die Haut,
hinaus von der Haut in diese Kruziform!
Herr, es werde so!«

Der Text war unterschrieben, doch konnte er den Namen nicht entziffern; jedoch war die Unterschrift mit einem Datum versehen, und dies zeigte unmissverständlich an, dass die vermeintliche Widmung, die ihm wie eine Beschwörung vorkam, zumindest auf das 13. Jahrhundert zu datieren war. Als Ort wurde das *Kloster zu Fulda* genannt.

Hier hatte ihm Tori mit einer Internetrecherche helfen können. Seitdem war sein Schreibtisch übersät mit Computerausdrucken über Informationen der *Abatia Fuldensis*, dem Reichskloster Fulda, welches 744 von den Benediktinern gegründet wurde und den historischen Ursprung der gleichnamigen Stadt repräsentiert. In der Hochblüte des Klosters fasste es Toris Recherchen nach gut 600 Mönche und wuchs zum wissenschaftlichen Mittelpunkt des Reiches an. Die Klosterbibliothek, der zweifellos auch die *Cruciforma* entstammte, fasste angeblich weit über 2.000 Handschriften.

Durch seine aläographische Expertise schaffte Barbarossa es, im Schriftbild den Fuldaer Typus einer karolingischen Minuskelschrift zu erkennen, wobei ihm dies nicht hundertprozentig gelang, da das Schriftbild der *Cruciforma* im Verlauf des Textes mehrfach davon abwich, was sich jedoch auch darauf zurückführen ließ, dass zumindest Teile des Textes von einer anderen Schreibhand stammen mochten. Dies wiederum war ein unmissverständlicher Hinweis, dass die *Cruciforma* in Fulda aus einer Vorlage heraus abgeschrieben worden war, was seinerzeit gängige Praxis war, um ein Buch zu vervielfältigen. Soweit bei der Internetrecherche herauszufinden war, gab es von der *Cruciforma* nicht mehr als drei Exemplare. In dem Fall durfte er davon ausgehen, dass das Buch in den richtigen Kreisen einen besonders hohen Wert erzielen würde, der ohne weiteres im fünfstelligen Bereich liegen mochte.

Angestrengt überlegte Barbarossa, wie ihm das Buch überhaupt in die Hände gekommen war. In den vergangenen drei Monaten hatte er ganze vier private Bibliotheksauflösungen aufgekauft. Es mochte durchaus sein, dass ihm die *Cruciforma* nicht sofort aufgefallen war. Das Buch wirkte trotz des abgegriffenen Ledereinbands an sich recht unscheinbar. So hatte er zu Beginn gar gedacht, es mit einem kleinen Gebetsbüchlein oder einem Stundenbuch zu tun zu haben.

Was hatte der Priester ihm für einen Preis genannt? 20.000? Barbarossa würde mit dem Preis ordentlich nach oben gehen müssen, jetzt, da er wusste, womit er es hier zu tun hatte.

Andererseits war er sich überhaupt nicht sicher, ob er es überhaupt veräußern sollte. Zumindest solange nicht, bis Despinas aktueller Fall abgeschlossen war. Die Verbindung hierzu war nur allzu offensichtlich, und es machte den Anschein, als hinge der Priester da mit drin.

Barbarossa hatte nicht die geringste Ahnung, wer der Priester war. Ein Sammler des Okkulten, zweifellos. Darüber hinaus legte er wert darauf, anonym zu bleiben. Der Priester war in der Szene bibliophiler Sammler unter seinem kryptischen Pseudonym bekannt. Außerdem schien für ihn Geld keine Rolle zu spielen, sofern es um den Erwerb kostbarer alter Handschriften oder seltenster Druckerzeugnisse ging, die allesamt sein Thema bedienten, das wiederum so gar nicht zu seinem Aliasnamen passen wollte: Okkultismus, Alchemie, Dämonenbeschwörungen und andere Schriften des Teufels. Ein Genre, mit dem Barbarossa handelte und mitunter die größten Geschäfte machte, obgleich es nicht viele Kunden dafür gab.

Inhaltlich war die *Cruciforma* bislang wenig aufschlussreich für ihn gewesen. Er hatte Mühe und Not damit, die Schrift überhaupt zu entziffern, in eine lesbare Form zu transkribieren und schließlich in eine allgemeinverständliche Sprache zu übertragen. Immerhin hatte er so viel verstanden, dass es eine okkulte Studie über die Kreuzigung und das Kreuz Jesu war. Ein großes Kapitel widmete sich ausschließlich der Passion Christi. Es erschöpfte sich in Detailfragen zum verwendeten Material, sowohl was das Holz als auch die verwendeten Nägel anbelangte, und stellte Hypothesen zum Stand der Sonne und Gestirne und deren Einfluss auf das Überleben des gekreuzigten Märtyrers auf.

Immer wieder wurde der theoretische Text von beeindruckenden Gemälden und Zeichnungen unterbrochen. Manche waren ausgesprochen kunstfertig und farbenreich und füllten eine ganze Seite, andere wiederum wirkten eher wie Skizzen – und immer wieder fanden sich handschriftliche Ergänzungen in genau jener Schrift, die auch den Anfangsvers als mögliche Widmung verfasst hatte. Beim Kapitel über die zu verwendenden Nägel machte Barbarossa eine Entdeckung: Das Papier wies unter einer ganzseitigen Zeichnung eine Verdickung auf.

Mit der Lupe und speziellen Lampen und Leuchten untersuchte er die Seite und entdeckte so, dass die Verdickung von einem im Papier eingearbeiteten Zweitblatt herrührte. Die Darstellung des Bildes umfasste ein besonders reichhaltig verziertes Kreuz mit etlichen detailverliebten Schnitzereien, die regelrecht filigran dargestellt waren. Der Künstler musste über eine besonders ruhige Hand verfügt haben. Behutsam und vorsichtig nahm er ein Skalpell zur Hand und setzte seinen Schnitt an einer Stelle an, die als Linie – als Holzkante des Kruzifixes getarnt – dazu einlud.

Er zitterte leicht und ärgerte sich über seine Hände, die unter der konzentrierten Arbeit feucht wurden. Millimeter um Millimeter arbeitete Barbarossa sich voran. Schweiß trat ihm auf die Stirn und erkaltete dort. Immerhin zerstörte er soeben ein Meisterwerk von außerordentlicher Kostbarkeit.

Sobald der Schnitt groß genug war – etwa dreieinhalb Zentimeter – hielt er inne und legte das Skalpell zur Seite. Er hatte eine Tasche im Papier geschaffen und beleuchtete seine Tat zufrieden mit einer kleinen, extrem hellen Leuchte. Was er darin erspähte, ließ sein Herz schneller schlagen. Seine Mühen wurden wahrhaftig belohnt!

Er nahm eine Pinzette zur Hand und öffnete behutsam die Papiertasche. Ein klein wenig stocherte er darin herum und versuchte, den Inhalt, der mehrere hundert Jahre darin eingeschlossen gewesen war, zu bergen; doch irgendwo hing er fest.

Barbarossa wechselte die Pinzette und versuchte es mit einem Hauch mehr Kraftaufwand. Er hielt die Luft an, da er Sorge hatte, das Papier könne einreißen; doch dann förderte er ein hauchdünnes Stückchen Pergament zutage, das darüber hinaus mehrfach gefaltet zu sein schien.

»Oh mein Gott«, flüsterte er, als er es unter der Lupe und ausschließlich mithilfe zweier sehr feiner Pinzetten auseinanderfaltete. Das Pergament war in derselben Schrift wie die Widmung beschrieben und darüber hinaus mit einer Zeichnung versehen, die in ihrer obsoleten Detailliertheit beinahe wie eine Fotografie wirkte. Stilistisch passte sie überhaupt nicht in die

Zeit der Buchentstehung. Obwohl das Bildnis mikroskopisch genau zu sein schien, war Barbarossa davon überzeugt, dass es älter war als das Buch selbst. Er glaubte, ein Zeitzeugenbild zu betrachten. Jemand musste sich die Mühe gemacht haben, in aller Klarheit und minutiösen Schärfe alles zu zeichnen, was er sah. Jedes noch so kleine Detail des Kreuzes, jede mikroskopisch winzige Furche der Haut des Gekreuzigten, jedes Härchen und jeden Flaum, den man nur unter dem Binokel erkennen konnte, so haarscharf war das Bild gezeichnet.

Das Motiv raubte ihm schier den Atem. Und für Barbarossa bestand kein Zweifel. Der Gekreuzigte konnte niemand anderer sein als Jesus Christus persönlich. Gottessohn, Heiland und Erlöser. Jesus von Nazareth. Der Messias.

»So sah er also aus«, sagte Barbarossa mit zitternder Stimme.

Sein Mund war trocken. Er brauchte dringend einen Schluck Whisky.

***

Zunächst war Despina nicht einmal wütend auf Trevor Farkas. Vielleicht lag die Abwesenheit von Wut aber auch darin begründet, dass sie zum einen noch leicht irritiert von ihrer plötzlichen Ohnmacht war, zum anderen von Farkas ansprechendem Äußeren regelrecht infiziert war, sodass sie ihm gar nicht böse sein konnte. Farkas besaß diese Eigenschaft, die sonst nur geliebten Haustieren und kleinen Kindern zugesprochen wurde: Man konnte ihnen alles verzeihen.

Ihr Herz sagte ihr, dass man mit Trevor Farkas genauso umgehen konnte, doch nachdem was Jean ihr soeben erzählt hatte und von Doktor Timothy bestätigt wurde, wäre es fatal, auf ihr Herz zu hören. Fatal und dumm zugleich.

So siegte einmal mehr der Verstand. Um Farkas besser zu verstehen, musste sie nachvollziehen, was er tat.

»Wie hat er ihn berührt?«, fragte sie daher und bemühte sich, wieder Herr ihrer Sinne und ganz da zu sein.

»Bevor er fluchtartig den Raum verlassen hat, hatte er beide Hände auf die Schläfen des Opfers gepresst und dabei die Lider aufgeschoben«, erklärte Jean.

Sie nickte und trat an den toten Jungen heran. Sie legte ihre Hände auf die Schläfen des Toten und sagte: »So etwa?«

»Ja, genau«, hörte sie Jean noch am Rande ihrer Wahrnehmung sprechen, denn unverzüglich nahm sie ein hysterisches – aber für Außenstehende stummes – Kreischen des Jungen wahr.

»Ruhig«, flüsterte Despina nun und verharrte in ihrer Position. »Beruhige dich.«

»Es schmerzt! Es brennt! Es tut höllisch weh!«, schrie der Junge weiter.

Die Gespräche von Jean und Doktor Timothy traten wie von selbst in den Hintergrund. Sie konzentrierte sich völlig auf den Jungen, der immer noch in ihrem Verstand schrie: »Der andere, er war da. Er war … böse! So böse! Er … er entriss mir mein Wissen. Raubte meine Gedanken. Gegen meinen Willen!«

»Ja, ich weiß«, sagte Despina nun. »Das muss schrecklich gewesen sein.«

»Ich weiß, dass ich tot bin. Mir ist bewusst, dass meine Reise hier vorerst zu Ende ist. Ich bin losgelöst von den Schmerzen des Lebens und frei. So dachte ich zumindest … Doch nun wurde ich … mein Gott … so stelle ich mir eine Vergewaltigung vor … ja, so war es. Mein Verstand wurde vergewaltigt. Aber wie ist das möglich? Wie kann er Derartiges tun? Wie kann man nur so grausam und böse sein?«

»Ich werde der Sache auf den Grund gehen«, sprach Despina beruhigend weiter. In der Tat merkte sie, wie der aufgebrachte Tote sich ein wenig entspannte.

»Zunächst dachte ich, es sei Gott, der mit mir in Kontakt treten würde. Gott der Herr und Vater, der mich zu sich holen würde. Doch scheinbar habe ich mich geirrt, und es war der Höllenfürst persönlich, der zur Zeit auf Erden wandelt und der unsere toten Seelen wie eine Made zerquetscht, indem er in uns eindringt, wie man mit einem Hammer auf einen Kürbis einschlägt: voll roher Gewalt! Meine Selbstkreuzigung war harmlos gegen die Schmerzen, die er mir zugeführt hat. Oder ist es mein Schicksal, das alles zu ertragen? War meine selbstauferlegte Marter nicht ausreichend genug? Habe ich die Selbstkreuzigung falsch durchgeführt? Ich habe doch alles richtig gemacht?«

»Aber wie kam es dazu? Warum das alles? Was wolltest du damit erreichen?«, flüsterte sie nun.

»Erlösung ist es, die ich suchte, und Erlösung ist es, die ich glaubte, gefunden zu haben.«

»Erlösung? Wovon?« Ihre Stimme war nur mehr ein Hauch. Und als der Tote seine Geschichte zu erzählen begann, versank Despina völlig in dessen Ausführungen und vergaß ihre äußere Umgebung – die gekühlte Leichenkammer, aus der sich Jean und Doktor Timothy alsbald auf Jeans Anregung hin entfernten.

* * *

»Ich komme nicht umhin, die Tragödien meiner Kindheit zu beschreiben, um zu erklären, wie es zu meinem – zugegeben äußerst ungewöhnlichen – Ableben kam. Hierzu muss man wissen, dass ich nicht in London aufwuchs, sondern in der Geburtsstätte der Fab Four: Liverpool.

Ich war gerade mal sechs Jahre alt, als man mich aus der rührseligen Obhut des Kindseins herausriss, mir eine Schultüte in den Arm drückte (und eine noch schwerere Schultasche über die Schultern hängte) und mich so ausgestattet auf eine Schule schickte, die gleichermaßen altehrwürdig und berüchtigt war, für all die Schlechtigkeiten, die Generationen von Schülern bislang darin erleben mussten.

Bis dato war mein Leben wahrlich kein behütetes – aber doch so gut wie sorgenfrei. Am ersten Schultag jedoch misslang mir der Versuch, den Inhalt meiner Schultüte zu beschreiben. Alle wussten in etwa, was in ihren Schultüten auf sie wartete, nur bei mir verhielt sich die Sache anders. Besser gesagt, wusste ich sehr wohl, was darin war: nämlich nichts als heiße Luft und etwas Süßkram zur Tarnung.

Das klingt sicherlich tragisch, war für mich selbst jedoch weitestgehend unerheblich, denn ich wusste es nicht besser. Ich hatte keine Ahnung davon, dass die Schultüten meiner Mitschüler vollgestopft waren mit Spielsachen, Schulmaterialien, Buntstiften, Radiergummis und Linealen, Süßigkeiten und Knetgummi. Ich wusste nicht, dass andere Kinder Eltern hatten, die ihre Kinder liebten und alles dafür tun würden, dass es ihren kleinen Lieblingen am ersten Schultag an nichts fehlen würde. Ich ahnte nicht einmal, dass es Eltern gab, die ihre Kinder voll Liebe, Anstand und Geborgenheit erzogen, Eltern, die nicht bei jeder Kleinigkeit zuschlugen, die nicht jeden Tag Alkohol tranken, wie mein Vater es tat, und nicht fortwährend Männerbesuch bekamen wie meine Mutter, sobald der Vater einmal nicht da war. Für mich war es vollkommen normal, in nicht normalen Verhältnissen aufzuwachsen, und so war all das für mich in Ordnung und auch gar nicht schlimm.

Was schlimm war, war jener Moment, wo ich mit knallrotem Kopf nicht wusste, was ich sagen sollte. Ich drückte meine

Schultüte an mich und bemerkte, dass diese nachgab. Ich spürte die Leere darin. Die nicht vorhandene Liebe. Das Nichts, das mich in der Realität dieser Schule willkommen hieß.

Mein Herz pumpte kräftig, als ich auf die Schultüten der anderen Kinder starrte, kurz nachdem die Lehrerin mich befragt hatte. Ich schaffte es noch nicht einmal, meinen Namen zu nennen. Alles, was ich stattdessen nur zustande brachte, waren die Tränen auf meinen Wangen und das schluchzende Geräusch, das ich von mir gab und das alle anderen Kinder zum Lachen brachte.

Es war ein prägender Moment in meinem Leben. Einer dieser Momente, an die man sich erst nach seinem Tode erinnern wird, da man sie zu Lebzeiten aus der Notwendigkeit des Selbstschutzes und der leibeigenen Psychohygiene heraus vergisst und verdrängt, die letztlich aber unser weiteres Leben bestimmen. Es sind diese Momente der Demütigung und der Pein, die sich erst im Laufe eines Lebens als besonders prägend für eben dieses herauskristallisieren.

Dabei waren meine Eltern weder arm noch vermögend. Mein Vater verdiente sein Geld als Buchhandelsvertreter. Er arbeitete für einen mittelgroßen Verlag und musste christliche Bücher gewinnbringend an den Buchhandel mittels Werbemaßnahmen vermitteln, in dem Vorhaben, das die bezeichneten Werke umfassend in den lokalen Geschäften beworben und ausgestellt wurden. Er war oft unterwegs und fühlte sich damit einhergehend einsam genug, um diese Einsamkeit mit Alkohol zu betäuben. War er dann endlich mal zuhause, war sein Kater so schlimm, dass es besser war, man ging ihm aus dem Weg.

Meine Mutter war ebenso einsam und bestellte daher nicht nur liebevoll ihren Haushalt, sondern auch allerhand fremde Männer zu sich nach Hause. Auf diese Weise besserte sie sich ihr kärgliches Haushaltsgeld ein wenig auf. Mich selbst schickte sie oft ins Kino oder auf mein Zimmer, wo ich dem Stöhnen und dem Quietschen der Bettfedern lauschte. Einmal vergaß sie mich und hörte im Sinnesrausch der körperlichen Liebe mein vergebliches Klingeln an der Haustüre nicht. Frierend kauerte ich mich vor der Haustür zusammen und deckte mich mit Zeitungen aus der Papiertonne zu. Als um drei Uhr nachts der erste von zwei Freiern das Haus verließ, stolperte er über mich und stürzte kläglich. Vor lauter Wut verdrosch er mich aufs Übelste. Meine Mutter schaute zu. Als der Mann fertig war, schickte sie mich ohne ein Wort auf mein Zimmer, wo der zweite Freier auf mich wartete, um mich zu trösten. Er hatte gut dafür bezahlt.

Nachdem ich mich meinem trunkenen Vater geöffnet hatte, weil ich dachte, von Mann zu Mann würde dergleichen schon gehen, kam ich auf ein Internat. Dieser Schritt war für mich Fluch und Segen zugleich. Segen, weil ich endlich von zu Hause fortkam. Fluch, weil der Wechsel meiner Lebensumstände einem Übertritt vom Regen in die Traufe gleichkam.

Die Leiterin des Internats, Mrs Hellmund, war eine Dame mit rotbemalten Lippen, faltiger Haut und streng nach hinten gekämmten Haaren. Sie führte das Internat mit strenger Hand. Ihre erzieherischen Strafen waren teuflisch.

Ich kam mit meinen neun Jahren in die dritte Klasse des Internats, eben jene Klasse, die von Mrs Hellmund unterrichtet wurde. Schwätzende Schüler zum Beispiel bestrafte sie nicht etwa damit, dass sie selbst eine Ohrfeige vergab, sondern sie mussten sich gegenseitig aufs Ohr schlagen. So lange und so fest, bis Mrs Hellmund meinte, dass es genug sei und die betroffenen Schüler beinahe taub mit rotglühenden, manchmal blutig aufgeschlagenen Ohren waren. Bei ihr schwätzte nahezu nie jemand.

Beim Singen lief sie durch die Reihen und filterte jeden falschen Ton heraus. So lange zog sie an den Haaren des

Falschsingers, bis die Tonhöhe die richtige war. Fehler in der Rechtschreibung oder beim Rechnen wurden auf ähnlich diskriminierende Weise bloßgestellt. Doch die richtig schlimmen Vergehen – Streiche etwa oder das Missachten der Hausordnung – wurden schwer geahndet.

Natürlich wusste ich, dass es verboten war, durch das Schlüsselloch der Mädchenumkleide zu linsen, doch jeder tat es, und es war der natürlichen Neugierde zuzuschreiben, die mich dazu bewog. Andere Jungs waren auch dabei, aber ich war es nun mal, der ausgerechnet von Mrs Hellmund dabei ertappt wurde. Mit hochrotem Kopf erteilte sie die Anweisung, nach dem Abendessen in ihrem Büro zu erscheinen, um dort meine Belehrung, wie sie sich ausdrückte, abzuholen. Pflichtbewusst und mich unermesslich schuldig fühlend klopfte ich um kurz nach sieben Uhr abends an ihrer Tür.

›Herein!‹, donnerte Mrs Hellmunds Stimme aus dem Zimmer.

Ich drückte die Klinke nach unten und die Tür auf. Die Internatsleiterin tippte etwas in ihre klappernde Tastatur. ›Schließe die Tür und dreh den Schlüssel herum‹, sagte sie.

Ich sah den großen Schlüssel und drehte ihn so herum, dass die Tür verschlossen war. Während ich dies tat, raunte sie etwas davon, nicht gestört werden zu wollen.

Zunächst belehrte sie mich darin, mich an die Schul- und Hausregeln halten zu müssen. Sie ließ mich die Regeln abschreiben, während sie selbst an einem Bericht arbeitete, wie sie sagte. Hin und wieder stand sie auf und kam um den Schreibtisch herum, um zu gucken, wie weit ich war. Dabei streichelte sie meine Wange oder mein Haar, während sie über meine Schulter guckte und nach Fehlern suchte.

Ich dachte mir nichts dabei.

Als ich fertig war, fragte sie mich, was ich mir dabei gedacht habe, bei den Mädchen durchs Schlüsselloch zu sehen.

›Nichts eigentlich‹, antwortete ich wahrheitsgemäß.

›Nichts?‹ Sie stand auf. ›Dann sag mir doch mal, was du gehofft hast zu sehen.‹

›Vielleicht, vielleicht …‹ Was sollte ich ihr sagen? ›Die anderen haben auch geguckt.‹

Mrs Hellmund klatschte mir mit dem Handrücken ins Gesicht und keifte: ›Die anderen interessieren mich aber nicht. Ich möchte deinen Anteil an der Geschichte wissen. Was also wolltest du sehen, als du durchs Schlüsselloch in die Mädchenumkleide geguckt hast?‹

›Ich, ich wollte die Mädchen nackt sehen.‹

Mrs Hellmund legte den Kopf schief und lächelte. ›Na also. Da kommen wir der Sache doch schon näher.‹ Sie nahm ein Kissen von der Couch, die sich in ihrem Büro befand, und warf es auf den Boden. ›Komm mal hier herüber.‹

Ich folgte ihrer Anweisung und auch der, mich auf das Kissen zu knien.

Mrs Hellmund stand vor mir und blickte diabolisch grinsend auf mich herab. ›Was genau wolltest du sehen?‹

›Das habe ich doch schon gesagt.‹

›Nackte Mädchen, ja. Aber was interessiert dich mehr an ihnen, der Busen oder ihre Fut?‹

Ich wurde rot.

Die Hand der Internatsleiterin klatschte einmal mehr gegen mein Gesicht. Tränen liefen mir über die geröteten Wangen. Sie begann damit, mich zu hänseln. ›Jetzt weint er auch noch wie ein Mädchen. Kannst dich gleich selbst ausziehen und vor den Spiegel stellen, dann siehst du ja, was du dir durchs Schlüsselloch erhofft hast. Also, was wolltest du sehen?‹

Wieder erhob sie ihre Hand zu einem neuerlichen Schlag, und so beeilte ich mich zu sagen: ›Den Schlitz! Den Schlitz zwischen ihren Beinen wollte ich sehen.‹

Mrs Hellmund kicherte glucksend. ›Dachte ich es mir doch.‹ Dann raffte sie raschelnd ihren Rock nach oben. Noch immer kniete ich vor ihr auf dem Kissen. Mein Kopf war genau auf Augenhöhe mit ihrem Geschlechtsorgan, das sie mir nun präsentierte.

›Da, schau hin‹, sagte sie.

Natürlich sah ich hin. Ich guckte ganz genau hin und prägte mir alles ganz besonders ein. Es war ein verstörender Anblick, der sich mir darbot.

Darüber, was dann geschah und wozu sie mich zwang, möchte ich mich an dieser Stelle lieber ausschweigen. Damals tat ich es nicht anders. Dabei wussten einige der Jungs genau, was ich durchlitten hatte, doch niemand sagte etwas. Alle schwiegen – aus Angst vor einer erneuten Vergewaltigung.

Niemals würde irgendjemand irgendetwas gegen Mrs Hellmund sagen oder unternehmen. Aber ich achtete akribisch genau darauf, nie wieder auch nur eine einzige Regel des Internats zu brechen.

Kurz nach meinem zehnten Geburtstag erhielt ich die Information, meine Eltern seien bei einem Autounfall ums Leben gekommen. Ich bekam die Erlaubnis, meine Großeltern zu besuchen, ein Angebot, das ich unverzüglich wahrnahm.

Meine Großeltern lebten in einer äußerst christlich geprägten Dorfgemeinschaft nahe London. Großvater war der amtierende Priester und meine Großmutter bereits pensionierte Religionslehrerin. Wieder bedeutete dies eine umfassende Neugestaltung meines Lebens. Täglich musste ich morgens und abends beten, jeden Sonntag und an den Feiertagen die Kirche besuchen und einmal im Monat meine Sünden beichten.

Zunächst kam ich damit gut zurecht. Alles war besser als der Höllenschlund der Mrs Hellmund, und ich bedauerte auch nicht den Tod meiner Eltern. Meine Großeltern sprachen nicht darüber, und auch ich selbst bewahrte Stillschweigen. Ich hoffte auf ein – wenn auch sittsames – Leben fernab jeglicher Peinigungen. Doch natürlich hatte ich mich getäuscht. Es war mitten auf dem Kirchplatz, als sich meine Wunden das erste Mal auftaten, kurz nach der Gedenkmesse zu Ehren meiner Eltern.

Alle hatten einen großen Kreis um mich gebildet. Sie deuteten, schrien, lachten und weinten. Manche knieten sogar vor mir nieder, um zu beten, vielleicht da sie mich für die Wiedergeburt des Sohnes ihres Gottes hielten.

Dabei wusste ich selbst nicht, wie mir geschah. Mit ausgebreiteten Armen stand ich da. Meine Hände bluteten, durch die Poren meiner dünnen Schuhe quoll Blut und meine Stirn färbte sich ebenfalls rot. Ich wusste nicht warum, aber ich hatte eine Scheißangst.

Mein Großvater trat in seiner priesterlichen Robe aus dem Gotteshaus und sah mich schreiend dastehen und bluten. Unsere beiden Blicke begegneten sich. Irgendwie wusste ich, was im Kopf meines Großvaters vor sich ging. Deutlich sah ich die Überlegung in seinen Augen, ob sich aus den plötzlich auftuenden Stigmata für ihn und seine Kirche Profit schlagen ließ.

Ich aber verstand den Sinn meines eigenen Daseins nicht. Panisch rannte ich durch die aufgebrachte Menge davon, und bald verlor sich meine blutige Spur im Labyrinth aus engen Gassen und den Seitenstraßen der kleinen Gemeinde.

Das Internat bei Mrs Hellmund war zwar ein christliches und ich hatte etliche Bibelstunden dort genossen, dennoch wusste ich nicht viel von irgendeinem Gott oder vom Sinn des Glaubens an eben diesen. Freilich kannte ich die biblischen Geschichten und auch einige Gebete waren mir geläufig, aber man hatte mir nie gelehrt zu glauben, zu heucheln, mich Gott oder Jesus hinzugeben. Dies erwies sich nun als Problem, denn ich konnte die Stigmata nicht mittels eines Glaubens oder reiner Willenskraft öffnen. Es schien eine einmalige Geschichte gewesen zu sein, welcher Ursache auch immer – doch das war nicht in Großvaters Sinne. Fortan lebte ich im Schuppen meiner Großeltern, wo ich morgens, mittags und abends eine kleine Mahlzeit bekam. Schlafen durfte ich auf einer unbequemen Strohmatte.

Die offizielle Geschichte lautete, ich sei abgehauen. In Wirklichkeit aber untersuchten mich meine Großeltern akribisch genau. Sie stellten eine Reihe unangenehmer Versuche mit mir an und versuchten herauszufinden, wie die Stigmata entstanden, was sie auslöste und wie man sie beeinflussen konnte. In dem Schuppen gab es nichts weiter als Gartengerätschaften – die passenden Geräte für derartige Versuchsanordnungen. Es waren perverse und schmerzhafte Erfahrungen, die ich in dem Schuppen durchmachen musste, der nun mein Gefängnis und fortwährende Bleibe war. Eine Ecke mit angehäuftem Sand diente zum Ablassen meiner Exkremente. Darüber hinaus wurde die Ecke nur gesäubert, wenn der beißende Geruch nach außen drang. Nachts hörte man mich leise wimmern.

Mich suchte niemand und dennoch wurde ich gefunden. Ein zartes Mädchen war es, das sich wie der Prinz im Märchen von Rapunzel zu mir in den Schuppen stahl. Ich wusste nicht warum und weshalb. Aber sie besuchte mich bald jede Nacht.

Das Mädchen hieß Magdalena und war ein ebenso bizarres Geschöpf wie ich selbst. Sie war einige Jahre älter als ich und nutzte jede freie Minute, um nach Möglichkeit nicht zuhause bei ihrer schwerkranken Mutter sein zu müssen. Eigentlich hätte sie sich um ihre Brüder kümmern müssen. Ihr Vater war schon lange abgehauen. Doch Magdalena begann, auf ihre eigenen Bedürfnisse zu achten, und so weigerte sie sich mit Beginn der Pubertät zunehmend, sich um die eigene Familie zu kümmern und emanzipierte sich immer mehr von ihr.

Stattdessen streunte sie herum, und so wurde sie zufällig Zeuge, wie man mich im Schuppen misshandelte. Sie erzählte mir, dass sie durch ein Astloch geguckt habe und meinen Großvater mit dem Handbohrer hantieren sah, während meine Großmutter mich mit irgendwelchen Mittelchen salbte. Beide sprachen dabei lateinische Gebete. Das Innere des Schuppens bestand mittlerweile ausnahmslos aus Kerzen und Kruzifixen.

Gerne hätte sie den Schuppen gestürmt, um mich zu retten, doch sie traute sich nicht, wie sie mir eingestand. Stattdessen suchte sie sich ein Versteck und beobachtete über etliche Wochen hinweg die zeitlichen Abläufe des Geschehens. Sie kundschaftete aus, wo der Priester den Schlüssel des Vorhängeschlosses verwahrte, und immer wieder guckte sie durch das Guckloch, um sich daran zu ergötzen, wie ich meist zusammengekauert in einer Ecke saß, in der Bibel las, apathisch vor mich hinstarrte oder schlief.

Erst als sie sich ihrer Sache sicher war, verschaffte sie sich Zugang. Ich war sehr erstaunt und meinte, in ihr eine Art Engel zu erkennen. Es stimmte: Magdalena war eine bildhübsche Erscheinung. Sie sprach kaum ein Wort, kommunizierte zumeist mit ihren Augen, die voll von Güte, Hingabe und vor allem Liebe waren.

Alles vollzog sich heimlich, still und leise. Ich meinte, es sei Gottes Wille, was hier geschah – ein Zeichen, dass die Gehirnwäsche der Großeltern funktionierte.

Magdalena besuchte mich alsbald jede Nacht. Mehrere Versuche zu fliehen, scheiterten aus unterschiedlichen Gründen. Bei unserer letzten Flucht schoss Großvater mit seiner alten Jagdflinte und traf Magdalena. Ich stürzte mich auf ihn, doch er überwältigte mich und schleppte mich zurück in den Schuppen.

Voller Sehnsucht wartete ich auf Magdalenas Wiederkehr, doch sie kam nicht. Hatte Großvater sie erschossen? Oder war es nur Angst, die Magdalena von mir fernhielt? Doch egal, wie sehr ich mich vor Sehnsucht nach ihr verzehrte, sie kam nicht.

Immerhin fasste ich nach und nach wieder den Mut zu verschwinden, was mir jedoch nur gelang, da mein Großvater schwer krank wurde und kurze Zeit später starb und meine Großmutter einfach vergaß, den Schuppen abzuschließen. Vielleicht ließ sie die Tür auch mit Absicht offenstehen. Also verschwand ich und machte mich auf die Suche nach Magdalena. Doch ich erfuhr nie, was aus ihr geworden war. Man vermutete, sie sei tot, doch keiner wusste etwas Genaues. Niemand stellte Fragen und niemand interessierte sich.

Ausnahmslos niemand.

Ich trieb mich auf den Straßen Liverpools herum, bis ich mit etwa 16 Jahren in das Dorf zurückkehrte. Es war mitten in der Nacht zur gottlosen Stunde. Alles schlief. Nicht einmal ein Hund nahm von mir Notiz.

Die Konstruktion aus Balken hatte ich bereits gezimmert. An jener Stelle am Kirchplatz, wo man im Frühjahr den Maibaum und im Herbst den Kirchweihbaum aufzustellen pflegte, pflanzte ich mein hölzernes Kreuz ein. Es verfügte über eine Standfläche, auf die ich mich stellte. In meinem Mund befand sich der große Nagel. Mit einem Seil band ich mich an der Hüfte ans Kreuz, so dass ich nicht vornüberfallen konnte. Dann stellte ich mich auf die Zehenspitzen und beugte mich nach vorne. Das Seil hielt. Ich setzte den Nagel an, holte mit dem Hammer aus und schlug zu.

Natürlich schrie ich vor Schmerz auf, so dass die Ersatznägel, die ich mit dem Mund gehalten hatte, auf die Pflastersteine fielen. Blut troff augenblicklich aus der Wunde und plätscherte auf den Boden. Tränen der Pein traten aus meinen Augenwinkeln. Aber es war nur ein kurzer Moment, der rasch vorüber war. Mit zwei weiteren Schlägen trieb ich den Nagel noch tiefer in meine beiden übereinanderliegenden Füße, bis tief hinein in das Holz des Kreuzes. Dann schlug ich mit dem Hammer so gegen das Brett meiner Fußablage, dass diese abfiel. Den Hammer warf ich hinterher, so dass dieser polternd auf dem Pflaster zum Liegen kam.

Nun schielte ich nach oben zur Querstrebe des Kreuzes. Ich hatte alles genau ausgemessen. Zu beiden Seiten hatte ich je einen Nagel von der Rückseite durch das Holz getrieben.

Es kostete mich Kraft und Schmerzen, mich in eine aufrechte Position zu zwingen, aber ich schaffte es. Ich band mich los und ließ das Seil zu Boden fallen. Dann holte ich zunächst mit der linken Hand aus, nutzte die Schwungkraft des gesamten Armes und hieb meine Hand gegen den Nagel, mit einer Wucht, die ausreichte, um die Hand an der beabsichtigten Stelle zu durchbrechen.

Wieder Schmerzen, wieder Tränen, aber ich war darauf vorbereitet. Dank der Torturen meines bisherigen Lebens kannte ich diesen Schmerz. Und diesmal wollte ich ihn.

Die Beine wurden mir bereits taub.

Ich trug einen Lendenschurz aus weißem Leinen. Daran hatte ich die Dornenkrone festgemacht, die ich nun mit der Rechten löste und mir auf den Kopf setzte. Ich hatte sie aus Stacheldraht gefertigt. Nun drückte ich sie so fest herunter, bis Blut über meine Stirn lief.

Zu guter Letzt holte ich mit dem rechten Arm aus und versetzte mit meinem Unterarm dem herausstehenden Nagel einen solchen Hieb, um ihn an besagter Stelle zu durchbohren – doch ich traf nicht richtig und musste die Prozedur mehrmals wiederholen, bis es endlich klappte.

Alles war voll Blut. Mehr Blut, als am anderen Arm.

Ich weinte. Einerseits vor Schmerzen als auch der Zufriedenheit wegen. Es war ein langgehegter Plan, und ich wusste genau, wie das Bild auf den Betrachter wirken musste. In etlichen Träumen und Visionen hatte ich mir die Szenerie vorgestellt, wie ich selbst am Kreuz hing vor der Kirche meines Großvaters nahe dem Friedhof, auf dem sowohl meine Großeltern – Großmutter hatte die boshafte Tristesse ihres Kummers dahingerafft – als auch meine Eltern beigesetzt worden waren: ein gekreuzigter Junge. Blut am Fuße des Kruzifixes. Verstreutes Werkzeug auf dem Boden. Ein Speer für die Wunde an meiner Flanke lag bereit. Auch einen Schwamm hatte ich auf einem kleinen Tisch so drapiert, dass man ihn mitsamt den weiteren Utensilien – einen langen Strohhalm und eine Flasche Essigessenz – finden musste. Die Botschaft war klar.

Über meinem Kopf prangte indes nicht die Inschrift *I.N.R.I*, sondern stattdessen in Großbuchstaben *CHRIST_2.0*. Das Blut lief.

Und als der Morgen graute, war noch keine Menschenseele an der Kreuzigungsszene vorbeigekommen.

Ein Hund trottete irgendwann über den Platz. Schwanzwedelnd kläffte er mich an. Dann leckte er etwas von dem Blut auf den Pflastersteinen und winselte kurz. Schließlich hob er seine Hinterpfote und pinkelte gegen das Kreuz, bevor er weiter rannte und im Schatten der Häuser verschwand.

Das Bild des davoneilenden Hundes ist das letzte, an das ich mich erinnern kann. Ich dämmerte hinweg …

… und wachte nie mehr auf.«

***

»Die Leute hier, die deinen toten Körper untersucht haben, sie würden gerne wissen, wie du heißt. Wie ist dein Name?«

»Christ«, lautete seine Antwort. »Christ_2.0 soll auf meinem Grabstein stehen.«

»Ich weiß nicht, ob das seitens der Behörden möglich ist.«

Christ stöhnte. »Ich würde gerne bei meiner Magdalena beigesetzt werden. Ich würde es gerne verstehen.«

»Das wollen wir alle«, flüsterte Despina. »Ich werde versuchen, das Grab deiner Magdalena zu finden. Aber ich kann es dir nicht versprechen.«

»Danke«, sagte der tote Junge. »Und bitte sorge dafür, dass der andere nicht wiederkommt.«

»Der andere?«

»Der andere, der mit den Toten sprechen kann.«

»Auch das kann ich nicht versprechen, aber ich werde mich um die Angelegenheit kümmern und mein Bestes tun.«

»Das weiß ich«, meinte er zum Abschluss. »Das Reich des Todes ist zwar einsam, aber nicht leise. Die Toten schweigen nicht. Zwar kommunizieren wir hier nicht wie die Lebenden, aber man tauscht sich aus, auf einer Art Metaebene. Und auf dieser hört man nur Gutes über dich, Despina.«

Als Despina die Verbindung kurz darauf unterbrach, stellte sie fest, dass sie alleine mit den Toten war. Jean und Doktor Timothy waren gegangen.

Sie blickte auf den Leichnam von Markus Rice. Es wäre nur recht und wichtig, sich auch seine Geschichte anzuhören, doch sie war zu erschöpft dafür.

Die Ausführungen des Jungen waren emotional sehr belastend für sie, und sie konnte nur mutmaßen, dass die des anderen Selbstmordkruzifisten nicht minder verstörend auf sie wirken würde.

Sie deckte Christs Körper mit dem Leichentuch zu und schob ihn zurück in seine Kühlkammer. Als sie die Klappe verschloss, sagte sie sich, dass es wirklich nicht fair wäre, Rices Geschichte nicht anzuhören, und so gab sie sich einen Ruck und stellte eine Verbindung zu ihm her.

Tatsächlich war seine Geschichte eine gänzlich andere. In ihr ging es um fanatischen Glauben. Es ging um Gottesehrfurcht und um den irregeleiteten Wunsch, eine Kopie von Gottes Sohn sein zu wollen. Markus Rice war die durchgedrehte Verkörperung eines dogmatischen Christen. Und dann erzählte er ihr, dass seine suizidale Tat im Wahn und unter Anleitung eines Sektengurus geschah, den Rice im Internet kennengelernt hatte.

»Was war das für ein Guru?«

»George Whitehead ist sein Name. Dabei ist er nur im übertragenen Sinne ein Guru«, sprach Rice. »Ich würde ihn eher als Prediger bezeichnen. Er ist Christ und Methodist; wenn man so will, ein Evangelikale.«

»Was ist das?«

»Der Evangelikalismus ist eine Mischform mehrerer religiöser Strömungen. Vor allem aber geht das Ganze auf die Erweckungsbewegung des 18. Jahrhunderts zurück«, klärte Rice sie auf. »Als Glaubensgrundlage gilt für einen Evangelikalen meist ein Bekehrungs- oder Erweckungserlebnis, das eine persönliche Bindung zu Jesus bewirkt. Es hat nichts mit evangelisch sein zu tun. Die Konfession tut eigentlich überhaupt nichts zur Sache!«

»Und dieser George Whitehead ist Kirchenchef jener evangelikalen Strömung und rekrutiert seine Jünger über ein Internetportal?«

»So ist es. Ich lernte ihn in einem Chatraum kennen und fasste schnell Vertrauen. Wir tauschten uns aus, und ich erzählte ihm von meinen Lebensirrungen und davon, wie ich in der heiligen Kirche Schutz suchte, diese es jedoch nicht schaffte, mich aufzufangen.«

»Wie lange bestand euer Kontakt?«

»Das ging über ein paar Jahre hinweg. Ich kaufte seine Bücher, besuchte Versammlungen. Das Netzwerk der Bewegung ist nicht sonderlich groß, agiert aber international, und es finden sich weltweit Anhänger. Vereinfacht gesagt, besteht das Ziel der Gläubigen in der Transformation.«

»Wie habe ich das zu verstehen?«

»Laut George Whitehead gibt es nur einen Weg, dem Verfall der menschlichen Natur, dem Zorn Gottes und den Höllenqualen der Sünde zu entgehen.«

»Wie?«

»Mithilfe einer Bekehrung durch eine Wiedergeburt in Jesus Christus. Je nach Intensität der Sünden muss sich die Transformation auch entsprechend wirkungsvoll gestalten.«

»War die Selbstkreuzigung der Versuch einer solchen?«

»Ja. Es heißt, die Nägel würden den missratenen Teil der Seele auffangen.«

»George Whitehead sprach also anhand der Sünden die Empfehlung einer Selbstkreuzigung aus?«

»Nein. Die Selbstkreuzigung ist nur eine der vielen Möglichkeiten. Man hat die freie Wahl.«

»Ich stelle mir das äußerst schmerzhaft vor. Wieso fiel die Wahl hierauf?«

»Gerade, weil es schmerzhaft ist. Ich hoffte, durch den Schmerz eine Art Jesus- oder Gotterfahrung am effektivsten herbeiführen zu können.«

Verblüfft verschlug es Despina die Sprache. Es erschien ihr fast unglaublich, dass sich eine Person so tief im Fanatismus verlieren konnte. Einen Kommentar verkniff sie sich jedoch, da sie Markus Rice nicht kränken wollte. Stattdessen ließ sie sich die Adresse der Webseite geben und beendete den Kontakt zu Markus Rice, der zum Ende hin zugab, einem Scharlatan aufgesessen zu sein, denn die ideologische Jesus-Erfahrung war leider ausgeblieben – stattdessen war er einfach nur gestorben.

Als sie auch seinen Leichnam zurück in die Kühlbox geschoben und diese sorgfältig verschlossen hatte, verließ sie endlich den Kühlraum.

Ihr fröstelte, und sie sehnte sich nach einer Tasse starken Kaffees. Es wurde Zeit, dass sie etwas Warmes zu trinken bekam.

Während Despina durch die neonbeleuchteten Gänge der Gerichtsmedizin ihren Rückweg zu Doktor Timothys Büro suchte, versuchte sie, ihre Gedanken zu ordnen. Nicht zuletzt aufgrund des dramatischen Schicksalsweges des Jungen beschäftigte sie sich mit dem Thema Religion. Zwar wusste niemand anderes als sie besser, dass es ein Leben nach dem Tod gab, doch schaffte sie es gerade deshalb nicht, es mit den unterschiedlichsten religiösen Ideen und Theorien in Einklang zu bringen. Unzählige Gespräche mit Verstorbenen hatte sie bereits geführt. Sobald das Thema religiös wurde, gaben die Toten allesamt zu, dass ihre zuvor gelebten Religionen, all der Gottesglaube und sämtliche Variationen dessen, was man als Gottheit anbeten konnte – dass dies alles nichts weiter war als ein Haufen haltloser Praktiken, mit nur einem einzigen Sinn dahinter: den Lebenden einen Schimmer der Hoffnung zu geben, der ihrem kärglichen Dasein auf Erden einen Sinn gab. Eine Erklärung, Halt und Zuversicht in einer ansonsten tristen und schrecklichen Welt.

Kein Lebender war im Besitz dieser allgemeingültigen Wahrheit, welchen Sinn das Leben hatte. Auch Despina nicht. Es hatten ja noch nicht einmal die Toten eine Antwort auf die Frage. Und keiner von ihnen hatte im Totenreich je Gott gesehen.

Manche behaupteten, das Reich des Todes, mit dem Despina Kontakt aufnehmen konnte, war nur eine Zwischenstation; andere wiederum glaubten, die Totenwelt wäre bereits das

Ende von allem, auch wenn es weder einem Himmel, einem Garten Eden noch einer Hölle glich. Weltliche Vorstellungen gingen wohl ganz andere Wege.

Despina glaubte, dass der Irrglaube nach dem Tode weiterging. Der Tod war nur ein anderer Bewusstseinszustand. Alles andere würde sich zeigen – spätestens, wenn es für sie selbst an der Zeit war, in die andere Welt überzutreten.

Sie erreichte Doktor Timothys Büro und stellte dankbar fest, dass seine gestrenge Sekretärin entweder Mittagspause hatte oder sonst etwas erledigen musste. Sie klopfte an die Tür, doch niemand öffnete oder rief von innen, sie möge hereinkommen. Als sie die Türklinke drückte, merkte sie, dass das Büro abgesperrt war.

Da sie kein Mobiltelefon hatte, sondern nur den Kommunikator, der sie mit nur einem Knopfdruck mit Tori in der Bibliothek verband, benutzte sie diesen, um zu erfragen, wo Jean abgeblieben war.

»Das kann ich dir sagen«, sagte Tori. »Zwei Beamte vom Yard waren da, weil sie ein paar Fragen an Doktor Timothy hatten und dich wegen deiner Fähigkeiten um Hilfe bitten wollten. Jean erklärte ihnen, dass du bereits aufgrund eines anderen Toten an der Sache dran seist und dich ohnehin mit ihnen in Verbindung setzen wolltest. Du solltest also gleich zum Viktoria Embankment. Jean wartet dort auf dich.«

»Au Mann. Hat das nicht Zeit bis morgen? Ich bin echt fertig.«

»Nimm die U-Bahn und steig Westminster aus. Das geht schneller als mit dem Taxi. Und wenn ihr dort fertig seid, solltet ihr schauen, dass ihr es noch mal in die Bibliothek schafft. Doc hat was Sensationelles herausgefunden.«

Despina stöhnte – nicht nur, weil sie Fahrten mit der U-Bahn hasste. »Tori, ich meine es ernst.« In knappen Worten berichtete sie von der Geschichte des toten Jungen und der von Markus Rice. Auch ließ sie die Anwesenheit Trevor Farkas nicht aus und kam schließlich auf ihre mysteriöse Ohnmacht zu sprechen.

»Du wurdest in der Leichenhalle ohnmächtig?« Tori kicherte. »Lass mich raten, Farkas hat eine Mund-zu-Mund-Beatmung durchgeführt, und seitdem bist du gehörig durcheinander.«

»Rede keinen Blödsinn, Tori. Das ist nicht witzig.«

»Ok, entschuldige. Du weißt ja, wie ich bin, Pina.«

»Schon verziehen.«

Nach einer kurzen Pause sagte Tori: »Na schön. Ich werde Jean informieren, dass sie das im Yard alleine regelt. Ich schicke eine Kurzzusammenfassung von dem, was du rausgefunden und mir soeben erzählt hast.«

»Da war noch etwas anderes«, sagte Despina. »Als ich ohnmächtig war. Ich … weiß gar nicht recht, wie ich es erklären soll, aber die Ohnmacht, die Bewusstlosigkeit ist ein sehr todesähnlicher Zustand. Es ist nicht so, wie wenn man träumt. Nein. Die Seele löst sich vom Bewusstsein. Und dadurch ist man jenem Zustand der Toten, in dem sie sich befinden, wenn ich mit ihnen spreche, sehr nahe.«

»Worauf willst du hinaus?«

»Als ich bewusstlos war, wurde mit mir gesprochen.«

»Mit dir?«

»Ja. Nur … ich weiß nicht wer, und ich weiß auch nicht mehr, worüber wir uns unterhalten haben.«

»Ein anderer Toter?«

Despina schüttelte den Kopf. Sie wusste, dass Tori sie durch den Kommunikator sehen konnte. »Wohl eher der andere. Der, den die Toten als gewalttätig beschreiben.«

»Despina, ich habe nicht die geringste Ahnung, wovon du sprichst.«

»Die Toten erzählen mir schon lange von jemandem, der ähnliche Fähigkeiten hat wie ich.«

»Ein Nekromant?«

»Ja, doch einer, den sie fürchten.« Despina begann, mit der rechten Hand ihre Schläfe zu massieren, während sie weiter auf den Kommunikator starrte, den sie an ihrem linken Armgelenk wie eine Uhr trug.

»Wie kann man sich im Tod vor etwas fürchten?«, schnarrte Toris Stimme aus dem darin befindlichen Lautsprecher.

»Das habe ich zunächst auch nicht verstanden, doch der tote Junge hat es mir heute recht anschaulich erklärt: Wenn der andere Nekromant sein Wort an einen Toten richtet, so ist es für dessen Seele so, als würde sie vergewaltigt werden. Die Toten sprechen von Schmerzen. Von seelischen Höllenqualen, denen sie aufgrund eines Gesprächs mit ihm ausgesetzt sind. Es sind keine Gespräche, wie ich sie mit den Toten führe. Es findet überhaupt keine Konversation statt. Bei dem anderen ist es wohl so, dass das Wissen der Seele einfach mit Gewalt genommen wird. Der Verstand und die Erinnerungen werden den Seelen einfach entrissen. Es müssen scheußliche Qualen sein, denen sie dadurch ausgesetzt sind.«

»Und du meinst, dass dieser andere das auch mit dir gemacht hat, während du bewusstlos warst?«

Ihre Kopfschmerzen wurden nicht weniger, egal, wie sehr sie ihre Schläfen massierte. »Es war wohl aufgrund meines zuvor aufgebauten Schutzschildes nicht so schlimm. Vielleicht hat es mir auch nicht so viele Schmerzen bereitet, da ich ja nicht tot war. Es mag auch sein, dass er nicht die Zeit hatte und die Bedingungen zudem ungünstig waren, in meinen Verstand und meine Seele einzudringen. Aber allein die Tatsache, dass es auf diese Art und Weise bei Lebenden möglich ist, an ihr verborgenes Wissen und Denken heranzukommen, empfinde ich als so erschreckend, dass ich zumindest den Vergleich der Vergewaltigung nachvollziehen kann.«

»Und wer ist es?«

Despina atmete ein und rümpfte die Nase, als sie antwortete: »Trevor Farkas.«

Tori quiekte erschrocken auf. »Dein Schwarm? Ernsthaft?«

»Jemand anderes kommt für diese Scheußlichkeit leider nicht in Frage.«

»Also darum keine Mund-zu-Mund-Beatmung.« Ihre Schwester schnalzte mit der Zunge. »Das tut mir leid, Süße!«

Despina seufzte. »Schon gut. Du, ich mach mich jetzt auf den Weg.«

»Soll ich Kaffee für dich aufsetzen?«

»Nein. Ich fahre doch zum Yard. Vielleicht wissen die ja was über Farkas. Wir sehen uns dann später.«

Der Sprachkontakt zu Tori erstarb, und Despina machte sich auf den Weg. Sie verließ das Vorzimmer des Gerichtsmediziners und tauchte ein in das labyrinthische Gangsystem, das sie irgendwie zum Ausgang führen mochte. Schritt um Schritt nahm das Gefühl, ihr Kopf könne platzen, stetig zu. Erst, als sie das Gebäude verlassen hatte und sie die kühle Luft der regennassen Straße tief einatmete, glaubte sie, das Dröhnen ihres Kopfes ließe nach.

Wieder meldete sich der Kommunikator. »Zu früh gefreut«, knurrte sie und betätigte den Knopf, um das Gespräch entgegenzunehmen. »Operator?«

»Ich hab noch mal ’ne wichtige Info für dich.«

»Schieß los«, forderte sie Tori auf, während sie die Straße entlanglief. Bewegung tat gut. Und irgendwo fand sich in London immer ein öffentliches Verkehrsmittel, das einen ans Ziel brachte.

»Unser Auftraggeber, dieser Priester aus *All Hallows by the Tower*, der mit dem gekreuzigten Jesus …«

»Ja, du meinst Pater Victor«, unterbrach Despina sie. »Was ist mit ihm?«

»Soeben kam die Nachricht rein, dass man ihn verhaftet hat.«

»Was?«

»Scheinbar hat die Putzfrau eine Anzeige gemacht. Deswegen hat Scotland Yard sich auch bei uns gemeldet.«

»Gut, verstehe. Ich kläre das, wenn ich dort bin. Wer bearbeitet den Fall?« Sie atmete erleichtert auf, da sich ein Taxi näherte. Die U-Bahn würde ihr erspart bleiben.

»Das gleiche Team um Inspektor Johnson, das auch die anderen Fälle der Selbstkreuzigungen untersucht.«

»Jesus hat sich nicht selbst gekreuzigt«, sagte Despina und winkte ein Taxi heran.

»Wie meinst du das?«

»Erkläre ich dir später«, sagte sie, da das Taxi am Straßenrand hielt. Dank der tiefen Schneepfützen wurde Despinas Hose nass. »Ich muss jetzt los.« Sie unterbrach die Verbindung und stieg hinten in das schwarze Taxi ein.

»Wohin solls gehen, schöne Frau?«, sagte der Fahrer, der ihr sogleich unsympathisch war.

»Victoria Embankmant«, sagte sie. »Inspektor Johnson vom New Scotland Yard erwartet mich.«

»Alles klar«, sagte der Fahrer entsprechend eingeschüchtert und kümmerte sich die restliche Fahrt über nur noch um den Verkehr.

***

Barbarossa hatte seinen Arbeitsplatz verlassen, aber alles so hinterlassen, dass sich seine beiden Nichten unverzüglich auskennen würden. Nachdem er von Tori erfahren hatte, dass sich

Despinas und Jeans Eintreffen bis in die Abendstunden hinein verzögern würde, hatte er beschlossen, dass er eine kleine Auszeit verdient hatte. Immerhin hatte er die gesamte Nacht durchgearbeitet.

Bevor er sich jedoch nach oben in seine Privatwohnung bewegte, hatte er noch einmal die Front seines Geschäftes begutachtet. Tatsächlich war es eine gute Arbeit, die der Glaser mit seinem Schreiner hier geleistet hatte. Das Fenster war mit Holz ordentlich verschlossen worden.

Dann war er der Kälte trotzend ein paar Straßen weiter in einen kleinen Supermarkt gegangen und hatte sich dort etwas Toast, irische Butter und Cheddar besorgt. Er benötigte dringend einen deftigen Snack, sonst würde er trotz der Müdigkeit kein Auge zubekommen.

Zufrieden mit seiner Auswahl und von nagendem Hunger begleitet, kehrte er zurück in die Bibliothek für okkulte Fälle. Er sperrte die Tür hinter sich zu und meldete sich ein letztes Mal bei Tori: »Ich geh jetzt nach oben und schlaf ’ne Runde.«

»Ist gut, Doc.« An das »Doc« würde sich Barbarossa wohlweislich nie gewöhnen, aber wenn er ehrlich war, machte es ihm gar nichts aus, auch wenn er nicht die geringste Ahnung hatte, wie es zu dem »Doc« überhaupt gekommen war.

»Der Laden ist zu. Wenn es was Neues gibt oder die beiden anderen hier sind, dann darf mich wer wecken. Aber sanft, bitte.«

»Alles klar. Ich halte die Stellung. Schlaf gut, Onkelchen.«

Barbarossa grinste, sagte aber mit ernster Stimme: »Nenn mich bitte nicht Onkelchen.« Im Gegensatz zum »Doc« passte ihm »Onkelchen« als Anrede wirklich nicht.

»’Tschuldige.« Tori seufzte. »Ich hab dich lieb. Gute Nacht.«

Zufrieden schaltete Barbarossa den Kommunikator ab und löschte das Licht. Dann ging er mit seinen Einkäufen die Treppe hinauf in seine Wohnung.

Hier war er tatsächlich meist nur zum Schlafen, zum Kochen oder wenn er sich aus Gründen des Alters nach Rückzug sehnte. Die meiste Zeit verbrachte er unten im Laden, auch weit nach Ladenschluss, wo er oft bis tief in die Nacht hinein arbeitete. So wie die vergangene Nacht auch, als er die *Cruciforma* untersucht und das Geheimnis der historisch relevanten Kreuzigung entdeckt hatte. Ob dieser okkulte Sammler, der sich nur *Der Priester* nannte, davon wusste?

Egal. Es war an der Zeit abzuschalten. Die Nacht war mal wieder anstrengend genug gewesen. Immer öfter musste er sich eingestehen, dass er nicht mehr der Jüngste war und dass derartig durchgearbeitete Nächte sehr kräftezehrend für ihn waren. Barbarossa war nun 68. Andere Leute in seinem Alter genossen ihren Ruhestand und gingen von dem bisschen Geld, das die karge Rente ihnen ließ, auf Reisen oder besuchten zumindest die Orte ihrer Vergangenheit.

Für ihn hätte all das keinen Sinn ergeben. Er gehörte hierher, zu Despina, Tori und Jeanette. Sein Leben war die Bibliothek für okkulte Fälle – das offizielle Geschäft, das oberirdisch geführt wurde genauso wie das unterirdische, das wohl eher wie eine Mischung aus *James Bond* und *Dracula* anmuten mochte als eine privat geführte Ermittlungsagentur.

Er legte seine Einkäufe auf die Küchentheke und ging auf die Toilette. Während er sich erleichterte, blätterte er desinteressiert in der Zeitung von letzter Woche. Er überflog das Feuilleton und warf die gesamte Ausgabe auf den Stapel, um sich zu säubern, sobald er fertig war.

Als er zurück in seiner Küche war und sich die Hände wusch, bemerkte er die fremde Person nicht, die sich mit ihm in der Küche befand. Und als er das Tuch mit Chloroform auf seinem Gesicht spürte, war es dafür bereits zu spät.

7. Kapitel

Es war nicht das, was er sich erhofft hatte, doch zugleich mehr als er sich hätte wünschen können. Zur Feier des Tages hatte Trevor Farkas eine Flasche Sekt besorgt. Für Champagner reichte es ihm noch nicht, aber fürs Erste war er sehr zufrieden. Nicht nur, dass die Informationen des selbstgekreuzigten Christ für ihn von großem Nutzen waren, sondern auch, da er die Gelegenheit erhalten hatte, einen kurzen Blick in die Seele Despina Jones' zu werfen.

Er grinste, als er daran dachte und von seinem Sektglas nippte. Sogleich verzog er das Gesicht. Der Sekt schmeckte schal, als wäre er bereits am Vortag geöffnet worden. Er blickte auf das Etikett.

Verdammt – er hatte sich im Produkt vergriffen und aus Versehen Prosecco gekauft. Na ja, wenn es so weiterging, würde es tatsächlich das nächste Mal Champagner sein. Den würde er dann gemeinsam mit Despina schlürfen, jetzt, da er wusste, dass er ihrem Typ entsprach – denn das war es, was er wahrgenommen hatte, als er in sie geblickt hatte: Sie stand auf ihn!

Er leerte sein Proseccoglas und schenkte nach, prostete seinem Spiegelbild im Fenster zu. Sie würden ein gutes Paar abgeben, Despina und er. »Die Totenschwätzer von London«, erläuterte er seinem Spiegelbild und lachte dreckig.

Oh, er wusste, dass Despina eine andere Beziehung zu den Toten hatte. Sie bediente sich nicht wie er an den Informationen, sondern gab den Toten auch etwas zurück. Die Seelen verehrten Despina wie eine Heilige. Doch weder war dies seine Art noch hatte er die Fähigkeit dazu, so mit den Toten umzugehen, wie Despina es tat.

Er war ja auch nicht Despina. Er war Trevor Farkas, der Totenhorcher. Ein ganz anderes Kaliber.

Sah man von einer gewissen Grundbegabung ab, war Trevor mit seiner besonderen Fähigkeit nicht etwa geboren worden wie Despina – nein, er hatte sie sich angeeignet. Jahrelange Studien waren dafür notwendig gewesen und etliche Fehlversuche, von denen manche nur an Kleinigkeiten gescheitert waren, andere wiederum ihn über Jahre an Erkenntnissen zurückgeworfen hatten.

Wenn man von Okkultismus spricht, dann denkt man zumeist an Spiritismus und Geisterbeschwörungen. Nun, in gewisser Weise war die Nekromantie ja nichts anderes. Doch war es nicht so, dass man einfach ein Lehrbuch las, nach Anleitung ein paar Rituale durchführte und vielleicht noch wie mit einem Kochbuch einen Zaubertrank mixte – nein. Man musste etliche Prüfungen durchlaufen und immer wieder bestimmte Experimente und Riten zelebrieren. Eine Lehre im Okkulten war nicht vergleichbar mit einer dreijährigen Ausbildung zu irgendeinem Beruf oder dem Studium an einer Universität – es entsprach wohl eher einer Jahre andauernden Selbstkasteiung, die nur gelegentlich von Höhenflügen und Erfolgserlebnissen durchbrochen wurde. Magische Schriften, apokryphe Bücher, Rituale und Praktiken, die nur unter erschwerten Bedingungen durchführbar waren, da alleine die Beschaffung sämtlicher dafür notwendiger Kredenzen zum Teil illegal bis unmöglich war.

Sein okkultes Studium hatte er sich selbst auferlegt, aber natürlich hatte er einen Lehrer gehabt, einen Mentor, der ihm die Grundlagen lehrte und den Weg bereitete für seine weiteren okkulten Tätigkeiten. Trevors Lehrer war eine Koryphäe auf dem Gebiet des Okkulten. Dabei wusste niemand seinen richtigen Namen. Auch Trevor nannte ihn stets nur bei seinem höchst eigenwilligen, aber in der okkulten Szene sehr bekannten Pseudonym: *der Priester*.

Trevor wusste, dass seine Ausbildung beim Priester ein Privileg gewesen war. Eines, das ihn lebenslang an seinen Lehrmeister band wie ein Kind an Vater oder Mutter. Das war weitestgehend zu ertragen, bedeutete aber auch, dass er mitunter spontanen Verpflichtungen nachgehen musste. Es konnte passieren, dass der Priester sich bei ihm meldete, um ihn mit einem Auftrag zu beehren. Einen solchen Auftrag abzulehnen, stand außer Frage, ebenso, ihn zu hinterfragen.

Zwar geschah dies selten, aber sporadisch alle paar Jahre mal – zuletzt erst gestern, als er ein seltsames Kästchen inmitten der Nacht aus einer 24-Stunden-Werkstatt hatte abholen müssen, um es am Vorderrad eines Motorrads zu befestigen. Als Trevor die Tat ausführte, hatte er sich das Kästchen eingeprägt und später im Internet recherchiert. Von daher wusste er, dass es eine ferngesteuerte Bremseinheit war. Natürlich hinterfragte er nichts, doch er machte sich Sorgen, ob der Fahrer besagten Motorrads schwer verunglücken würde.

Jetzt aber konnte er auch hier beruhigt sein, hatte er doch den Unfall aus Despinas Seele fischen können und erfahren, dass dem Fahrer nichts passiert war.

Überhaupt waren die Informationen aus Despinas Verstand recht vielfältig. Letztlich war es wohl all jenes, was ihr aktuell durch den Kopf ging. So hatte Trevor von einem weiteren Kreuzigungsopfer erfahren. Ein Mann, den man in der Krypta von *All Hallows by the Tower* gefunden hatte.

Gelassen trank er den Prosecco leer. Dann zog er wieder seine Schuhe an, schlüpfte in den Mantel und machte sich auf den Weg. Für sein Vorhaben würde er nicht umhinkommen, auch dieses Kreuzigungsopfer zu befragen. Die zwei übrigen, die es der Zeitung zufolge noch geben sollte, waren laut Doktor Timothy bereits beigesetzt worden. Der Datenschutz hatte es dem Pathologen nicht gestattet, Namen und Friedhof zu benennen.

Als er seine Wohnung in der Nähe des Piccadilly Circus' verließ, empfingen ihn die Straßen Londons mit einem eisigkalten Sprühregen. Wie feine Nadeln stachen die frostklirrenden Regentropfen in sein freiliegendes Gesicht. Rasch stellte er den Mantelkragen auf und zog seinen Fedora-Hut, den er anstelle einer Mütze trug, tiefer in die Stirn. Diese Mantel-mit-Hut-Optik hatte ihm schon immer zugesagt, zumal er großer Humphrey-Bogart-Fan war. Nur das Rauchen hatte er sich vor einiger Zeit abgewöhnt. Doch bei diesem Wetter hätte er eh keine Zigarette zum Qualmen gebracht.

Glücklicherweise brauchte Trevor nicht weit bis zu seinem Wagen zu laufen. Er fuhr einen schwarz lackierten *Mazda MX-5*, ein Roadster-Modell, das nicht zu sehr auftrug, wie er fand. Zwar waren die Winterreifen frisch aufgezogen, aber an hohe Geschwindigkeiten brauchte er bei diesem Wetter gar nicht erst zu denken; zumal in der Stadt schnelles Fahren ohnehin ein Ding der Unmöglichkeit war.

Dennoch ließ er den Motor aufheulen, bevor er losfuhr, und preschte mit leicht überhöhter Geschwindigkeit vor bis zur nächsten Ampel. Die Scheibenwischer arbeiteten sauber, kamen aber kaum hinterher. Der Sprecher im Radio plapperte etwas von weiterhin trüben Aussichten und kündigte hohen Staatsbesuch aus Deutschland an, um über die geplanten …

Trevor schaltete ab. Die Ampel wurde grün, und er fuhr los, überholte einen Lieferwagen und pendelte sich dann auf der rechten Spur ein, um zum Trafalgar Square zu gelangen. Von dort würde er runter zur Themse fahren, um neben ihr auf dem Victoria Embankment entlang zu heizen. Dort würde er wohlweislich am schnellsten vorankommen und wäre binnen zehn Minuten bei *All Hallows by the Tower.*

Doch es kam, wie es kommen musste: Die Northumberland Avenue war wegen eines Unfalls gesperrt, und der Verkehr wurde über Whitehall in Richtung Westminster Bridge umgeleitet. Ein Umweg, aber er war zu tolerieren, befand Trevor. Von der Westminster Bridge Road gelangte man ebenso aufs Victoria Embankment.

Tatsächlich zog sich die Viertelstunde, die er wegen der Umleitung im Stau wartete wie zäher Sirup dahin. Als er endlich auf das Victoria Embankment einbiegen konnte, ging es dort auch nicht schneller voran. Berufsverkehr und eine Baustelle erschwerten das Vorwärtskommen. Im unermüdlichen Stop-and-go des Verkehrsflusses betrachtete Trevor rechts die Themse mit dem Westminster Pier und schließlich links das erst 2016 frisch bezogene Dienstgebäude des New Scotland Yard.

Und dort lief sie. Schön wie eh und je. Der Traum seiner schlaflosen Nächte: Despina Jones. Sie hatte eine Wollmütze auf dem Kopf und ein langer Schal flatterte im Wind. Ihre Arme hatte sie um ihren Mantel geschlungen. Kein Wunder bei dem Wetter.

Dass er sie ausgerechnet hier traf, konnte doch kein Zufall sein. Ob er auf sich aufmerksam machen sollte? Jetzt, da er wusste, dass er ihr gefiel, mochte es ja durchaus sein, dass er sie zu einer spontanen Spritztour überreden konnte. Andererseits war sie sicherlich nicht hier, um auf ihn zu warten. Wahrscheinlich hatte sie einen Termin im Yard.

Der Verkehr kam soeben völlig zum Erliegen. Trevor ließ das Fenster herunter und wartete, bis sie nahe genug war und noch nicht in Richtung des Polizeigebäudes abgebogen war. Dann rief er ihren Namen durch den Regen: »Ms Jones!«

Es hatte nicht den Anschein, als hätte sie ihn gehört, weswegen er erneut rief. »Ms Jones! Hier!«

Wieder nichts. *Verdammt*, dachte er. Wäre sie tot, so wäre es ein Leichtes, sich mit ihr zu verabreden. Er richtete seinen imaginären nekromantischen Gedanken auf sie und dachte und rief gleichzeitig: »Despina!«

Da! Sie blieb stehen und blickte sich suchend um. Sie schien irritiert zu sein.

»Hey!«, rief Trevor erneut, doch sein Ruf ging im Hupen der Fahrzeuge unter, das zeitgleich hinter ihm einsetzte. Der Verkehr vor ihm hatte sich wieder stockend in Bewegung gesetzt, und man erwartete, dass er den Verkehrsfluss nicht weiter behinderte.

Trevor setzte erneut zu einem Ruf an, doch das Hupen der nachfolgenden Fahrer wurde energischer. Despina blickte noch immer verwirrt über die Masse der Fahrzeuge auf der Straße, doch es machte nicht den Anschein, dass sie ihn sah oder erkannte.

Verärgert legte er den ersten Gang ein und fuhr weiter.

»Hat sie mich nun gesehen, oder nicht?«, sagte er laut zu sich und trommelte dabei aufs Lenkrad. »Oder hat sie mich am Ende zwar gesehen, mich aber nicht sehen wollen?« Auch wenn er in ihre Seele geschaut hatte und darin den Bruchteil einer Bestätigung gefunden hatte, dass er ihr gefiel, so musste das ja nichts heißen. Vielleicht hatte er noch nicht alles gesehen. Vielleicht würde er noch einmal zu ihr müssen, um sie tiefer auszuforschen, auch wenn er zum gegenwärtigen Zeitpunkt noch nicht wusste, wie er dergleichen anstellen sollte.

»Und wenn sie etwas gemerkt hat?« Diese Überlegung ereilte ihn wie ein plötzlicher Schnupfen. Kalter Schweiß trat auf seine Stirn, als er sich überlegte, dass er zu leichtsinnig vorgegangen war. Es mochte durchaus sein, dass Despina in den nekromantischen Künsten besser war als er. In dem Fall standen seine Karten schlecht, und sie würde ihre Meinung über ihn neu auslegen müssen.

Die Bremslichter des Fahrzeugs vor ihm leuchteten auf. Trevor stieg auf die Eisen und drückte die Hupe. »Scheiße!«, brüllte er. Zu Fuß käme er wohl schneller voran.

***

Von Inspektor Johnson sagte man, seine Aufklärungsrate sei genauso hoch wie seine Körpergröße. Tatsächlich lag Letztere mit ihren 1,96 Metern weit über dem Durchschnitt. Was seinen Erfolg in der Verbrechensbekämpfung anbelangte, verdankte er diesen nicht zuletzt seiner Aufgeschlossenheit, mit der er der Bibliothek für okkulte Fälle begegnete. Er arbeitete gerne mit Despina Jones und ihrem Team zusammen und bat sporadisch immer wieder mal um Unterstützung.

Als Despina ihm heute begegnete, war er jedoch nicht gut auf sie zu sprechen. »In mein Büro!«, sagte er nur, und deutete auf seine Tür.

Despina ging hinein, und er rief: »Schließen Sie die Tür, Ms Jones. Ich bin in ein paar Minuten bei Ihnen!«

Despina tat wie ihr geheißen und wurde darin von einer kopfschüttelnden Jean d'Arc erwartet. »Na endlich!« Der Vorwurf in ihrer Stimme war nicht zu überhören. »Was hat das so lange gedauert?«

»Warum hast du mich nicht informiert, als ihr zum Yard aufgebrochen seid?«

»Du bist doch diejenige, die nicht gestört werden will, wenn sie mit den Toten spricht. Es ist nicht immer leicht, dir die Leute mit ihren neugierigen Blicken und Fragen vom Leib zu halten.«

»Ich weiß, und du weißt, wie dankbar ich dir dafür bin.«

»Dankbar?« Jean setzte ihren Hundeblick auf, doch auf Despina wirkte er nicht.

»Mensch, Jean. Was ist denn los? War dein Urlaub nicht gut?«, fragte sie stattdessen.

»Er war furchtbar. Und meine Reisepartnerin entpuppte sich als blöde Zicke. Sie konnte nicht mal sonderlich gut küssen.«

»Oh weh.« Despina nahm die Hand ihrer Freundin und drückte sie. »Was hältst du davon, wenn wir die Tage mal was trinken gehen und du erzählst mir alles?«

Jean lächelte. Sie führte Despinas Hand an ihre Lippen, küsste sie und schmiegte ihre Wange daran. »Sehr gerne.«

Einen kurzen Moment länger als üblich ließ Despina sie gewähren, bevor sie Jean zaghaft ihre Hand entzog.

»Als ich vorhin mit dem Taxi loswollte, kam das kaum durch den Verkehr«, erklärte sie, um Jean auf andere Gedanken zu bringen. »Also bin ich bei der nächsten U-Bahn-Station ausgestiegen und bis Westminster Station gefahren. Den Weg zum Yard zu Fuß zurückzulegen war kalt und ungemütlich, aber besser, als im Verkehr festzustecken. Überall hupten die Fahrzeuge. Und dann – ich war fast hier – hatte ich das Gefühl, jemand würde meinen Namen rufen.«

»Aus einem Auto heraus?«

»Das habe ich auch gedacht. Na ja, am Anfang dachte ich nur, ich hätte mich verhört, aber der Ruf wiederholte sich. Und dann noch mal, aber viel stärker, intensiver. Wie der Schrei eines Toten, so dass ich stehen blieb und die Reihen der Fahrzeuge absuchte.«

»Tote fahren selten Auto«, sagte Jean und kicherte.

»Ja, doch dann meinte ich, in dem Chaos aus hupenden Karosserien Trevor Farkas auszumachen.«

»Schon wieder? Ich glaube, der verfolgt dich.«

»Kann doch auch Zufall gewesen sein.«

»Hör mal, Pina. Weißt du, wie der sich im Leichenschauhaus aufgeführt hat und wie unhöflich er war, als du ohnmächtig wurdest?«

Despina nickte und machte beschwichtigende Bewegungen. »Ich weiß, ich weiß. Aber genau darauf will ich ja hinaus.«

»Worauf? Dass Farkas ein Arschloch ist?«

»Nein, sondern darauf, dass Farkas wahrscheinlich ein Nekromant ist.«

»Ein Nekro...« Jean schnaufte und verdrehte die Augen. »So wie du?«

Despina wiegte ihren Kopf hin und her, so als wäge sie die richtigen Worte ab. »So ähnlich.«

»Was soll denn das schon wieder heißen?«

»Ich glaube, dass er eine andere Technik hat als ich. Die Toten fürchten sich vor ihm. Und als ich bewusstlos war, glaubte ich zu spüren, dass er versuchte, auch meine Seele auszuhorchen.«

»Aber wie soll das gehen? Er hat dich kein einziges Mal berührt. Ansonsten hätte ich ihm die Griffel abgehackt!«

»Ich glaube, das braucht er vielleicht auch gar nicht. Das ist bei mir ja auch nicht unbedingt nötig. Es erleichtert zwar die Kontaktaufnahme beziehungsweise ist man dem Toten näher, aber mit etwas Übung geht es auch ohne – und wenn man miteinander vertraut ist auch über größere Distanzen hinweg.«

»Aber die Sache hat doch einen ganz logischen Haken, Pina.«

»Ach ja? Und welchen?«

»Du bist zum Glück nicht tot.«

Nun grinste Despina. »Nein, das bin ich nicht. Aber der Zustand der Bewusstlosigkeit kommt dem schon sehr nahe.«

Jean blähte die Backen auf. »Und du meinst, Trevor Farkas kann nun mit dir kommunizieren, ohne dass er mit dir sprechen muss?«

Sie zuckte mit den Schultern. »Ich weiß es nicht. Vorhin auf der Straße, da dachte ich nur ...« Sie winkte ab. »Ach, ich bin mir ja noch nicht mal sicher, ob er es überhaupt war. Bestenfalls habe ich mir das alles auch nur eingebildet.«

»Ich hoffe es«, sagte Jean und seufzte.

»Ja, und ich hoffe darauf, dass gegen Trevor Farkas irgendetwas vorliegt, um ihn mal eine Weile aus dem Verkehr zu ziehen.«

Nun war es Jean, die breit grinste und deren Augen leuchteten. »Endlich wirst du vernünftig«, sagte sie. Gleichzeitig wurde die Tür aufgerissen und ein sichtlich entnervter Inspektor Johnson trat ein.

»Vernünftig?«, wiederholte er und warf seine Bürotür zu, dass es krachte. »Diese Eigenschaft kann ich mit der Bibliothek für okkulte Fälle aktuell nicht in Einklang bringen.«

»Aber warum denn nicht?« Despina ging unverzüglich in die Offensive. »Was ist denn eigentlich los?«

»Sie haben mir einen Toten unterschlagen«, klagte Inspektor Johnson. »Nicht nur, dass Sie es noch nicht einmal für nötig gehalten haben, mich über den Gekreuzigten in *All Hallows* in Kenntnis zu setzen – nein. Sie empfehlen dem Priester auch noch, die ganze Sache mindestens drei Tage lang zu vertuschen! Und dann wollen Sie wissen, was eigentlich los ist? Warum ich aufgebracht bin? Solche Dinge muss ich wissen, verdammt noch mal!« Zur Untermalung seines letzten Satzes schlug er mit der flachen Hand dergestalt auf den Schreibtisch, dass ein Stapel Akten zur Seite wegrutschte und sich auf den Boden daneben ergoss.

Jean erhob sich und begann damit, die Unterlagen aufzusammeln.

»Lassen Sie«, sagte der Inspektor nun wieder in seiner gewohnten tiefen und ausgeglichenen Stimmlage. »Ich mach das später schon.«

»Schon okay«, beeilte sich Jean zu sagen, zumal sie alle Akten bereits wie eine Sekretärin auf dem Arm balancierte, sich mit dem Stapel erhob und ihn wieder zurück auf den Schreibtisch drapierte.

»Danke«, sagte Johnson nun. »Bitte entschuldigen Sie meinen kleinen Ausbruch. Aber ich bin wirklich sauer!«

»Das verstehe ich«, sagte Despina. »Und ich nehme alle Schuld auf mich.«

»Was denn, keine Ihrer üblichen Ausreden?«

»Mal sehen.« Despina lächelte milde. »Bevor ich meine Version schildere, darf ich fragen, wo sich der Tote aktuell befindet?«

»Er ist noch in der Krypta. Eigentlich wollte ich mich gerade auf den Weg dorthin machen, aber dann haben meine Mitarbeiter Sie ausgerechnet bei Doktor Timothy gefunden, den ich sowieso hinzugezogen hätte, da er mit dem Fall betraut ist wie kein anderer. Wie kommt es also, dass die Bibliothek plötzlich ihre Finger im Spiel hat?«

»Die Sache verhält sich eigentlich ganz einfach. Pater Victor hat sich an die Bibliothek gewandt, da er aufgrund eines erst kürzlich überstandenen Missbrauchsskandals in seiner Gemeinde nicht schon wieder die Polizei in seiner Kirche haben wollte.«

»Ja, ich habe die Akte bereits holen lassen und einen meiner Leute darauf angesetzt. Möglicherweise gibt es da sogar einen Zusammenhang?«

»Das weiß ich noch nicht. Was ich aber weiß, ist, dass der Tote nicht zu den anderen Kreuzigungsfällen zählt.«

»Warum nicht?«

»Weil er sich nicht selbst ans Kreuz genagelt hat, sondern gegen seinen Willen gekreuzigt wurde.«

Der Kommissar senkte seine Stimme. »Hat er Ihnen das gesagt?« Er wusste von Despinas Fähigkeiten, hatte jedoch lange gebraucht, um diese zu akzeptieren. Mittlerweile verließ er sich mit Leichtigkeit auf Despinas übermittelte Aussagen der Toten, konnte sie jedoch freilich so nicht in seine Berichte und Beweisaufnahme übernehmen. Das war seit jeher auch Despinas Problem gewesen, weswegen es wichtig war, dass das Verhältnis zwischen Inspektor Johnson und dem gesamten Team der Bibliothek für okkulte Fälle ein offenes und vertrauensvolles war und vor allem auch blieb.

»Nein, so direkt nicht. Die Gespräche mit ihm gestalten sich etwas … schwierig.«

»Was soll das heißen?«

»Er hält sich für Jesus Christus.«

»Für Jesus? Aber das ist doch absurd. Soll das etwa heißen, Sie wissen nicht, wer der Tote ist?«

Despina nickte. »So sieht es derzeit aus. Aber ich wollte ohnehin noch einmal mit ihm sprechen. Wenn Sie sagen, dass er noch in der Krypta ist, würden Jean und ich uns gerne anschließen und mit Ihnen kommen.«

»Gewiss. Ich habe meine Leute bereits vorgeschickt. Die Spurensicherung …« Johnson unterbrach sich, da in diesem Moment das Telefon klingelte. »Ja, Johnson am Apparat.« Sein Blick glitt in eine unbestimmte Ferne, während der Anrufer zu ihm sprach. Despina konnte nicht verstehen, was dieser sagte.

Sie blickte Jean an, während der Inspektor nur gelegentlich etwas nachfragte, was in keinster Weise auf den Anrufer oder den Anlass des Gespräches schließen ließ.

An Jean gewandt flüsterte sie: »Tori hat mich darüber informiert, dass Doc irgendwas Wichtiges zu unserem Fall herausgefunden hat.«

»Hat er das Neue Testament gelesen, oder was?«

»Nicht direkt, und so genau weiß ich es ehrlich gesagt auch gar nicht. Aber es hat irgendetwas mit diesem Buch zu tun, mit der *Cruciforma*, an der der Priester aktuell so ein großes Interesse zeigt. Mehr weiß ich bislang auch nicht.«

»Spätestens heute Abend werden wir doch noch mal in der Bibliothek ankommen, oder?«

Despina schlug die Hand vor den Mund. »Stimmt, du warst ja bis gestern noch unterwegs. Warst du seitdem überhaupt mal zu Hause?«

»Nur kurz zum Schlafen, aber das ist nicht so schlimm. Die Bibliothek ist ja quasi wie zu Hause. Aber heute Abend würde ich euch alle doch gerne mal in den Arm nehmen und meine Urlaubsbilder zeigen.« Sie seufzte wohlig und grinste dabei. »Ich hab euch alle vermisst, als ich in der Karibik war.«

»Wir dich auch, Jean d'Arc. Dessen darfst du dir sicher sein. Wir dich auch.«

Der Inspektor beendete das Gespräch und legte den Hörer auf die Gabel, bevor er sagte: »Okay, die Damen. Wir haben da ein kleines Problem, wie ich befürchte.«

Despina reckte ihre Augenbrauen in die Höhe, und Jean blinzelte neugierig, während sie sagte: »Es gibt keine Probleme – nur die falsche Herangehensweise!«

Inspektor Johnson legte den Kopf schief. »Das mag schon sein, nur bringt einem die wie auch immer geartete richtige Herangehensweise nicht das Geringste, wenn ein Leichnam verschwindet.«

»Sie wollen doch nicht etwa behaupten, dass unser Jesus getürmt ist?«

»Doch, genau das. Und wir gehen mal recht in der Annahme, dass er nicht auferstanden ist wie sein großes Vorbild vor etwas mehr als 2.000 Jahren, nicht wahr?«

Obgleich Johnson versuchte, lustig zu sein, wiegte Despina ihren Kopf hin und her. »Nun, wenn ich jetzt auch mal zu Wort kommen dürfte: Genau davon hat unser Jesus nämlich gesprochen. Er freue sich auf die Wiederauferstehung nach drei Tagen. Nun hat er mir das aber erst gestern gesagt – sprich: Tage zählen, das kann er wohl nicht.«

»Ist das der Grund, warum sie dem Priester gesagt haben, er soll erst nach drei Tagen zur Polizei?«

Despina nickte. »Ja. Ich wollte Jesus ermöglichen, drei Tage zu warten, um dann selbst zu erleben, dass das mit der Wiedergeburt nicht klappen wird. Meine Hoffnung war, dass er durch diese Erkenntnis einlenkt und sich selbst gegenüber eingesteht, nicht der wirkliche Jesus zu sein.« Sie machte eine bedeutungsschwangere Pause, bevor sie sagte: »Ich glaube, dass der Tote verrückt ist, Inspektor Johnson. Sie sollten sämtlichen psychiatrischen Kliniken ein Foto des Mannes schicken – vielleicht erkennt ihn ja jemand vom Klinikpersonal.«

»Nun, das ist eine gute Idee. Ich werde das veranlassen. Leider haben wir dank Ihnen kein Foto des Toten!« Doch dann machte Johnson eine wegwerfende Handbewegung und sagte: »Aber ich verzeihe Ihnen und muss stattdessen noch mal auf die vermeintliche Auferstehungstheorie zurückkommen. Jesus selbst stand also am dritten Tag auf, oder wie war das?«

»Nachdem er am Kreuz verstorben war, nahm man ihn herab und brachte ihn in eine Gruft, in der er drei Tage blieb, bis zu jenem Tag, an dem Maria Magdalena und wer noch immer das Grab besuchen wollten, es jedoch geöffnet und leer vorfanden.«

Johnson nickte. »Ja, ich erinnere mich. Und dann kam Jesus und bewies mittels der Wunden an Händen und Füßen, dass er der wiederauferstandene Heiland sei, bevor er auf in den Himmel stieg.«

»So schaut's aus«, wusste Jean. »Und nun ist unser Heiland weg.« Sie blickte in die Runde. »Ist er im Himmel, oder wandert er umher, um aller Welt seine Wunden zu zeigen? Oder was heißt, er ist weg?«

Despina zuckte die Schultern, und der Kommissar sagte: »Vielleicht war er gar nicht tot?«

»Doch, das war er.«

»Und mit den drei Tagen?«, rief Jean auf einmal, als sei sie auf eine heiße Spur gestoßen.

»Was meinst du?«

»Na ja, fragte er dich, ob er nach drei Tagen auferstehen wird, oder ob die drei Tage vielleicht bald vorüber wären? In letzterem Fall könnte dem ja so sein, dass er fertig ist mit seiner Totenruhe und tatsächlich auferstanden ist.«

»Du meinst, irgendwo durch London läuft nun der gekreuzigte und wiederauferstandene Leichnam einer Jesuskopie herum?«

»In dieser Stadt ist alles möglich«, wusste Inspektor Johnson und stand auf, um seine Winterjacke vom Haken zu nehmen.

***

Als Trevor *All Hallows by the Tower* erreichte, hatte der Regen endlich nachgelassen, seine schlechte Laune indes keineswegs. Das Parkhaus war wegen einer Veranstaltung völlig voll, und so vergeudete er Zeit und Benzin mit einer entnervenden Suche nach einem Parkplatz.

Die Kirche wirkte seltsam deplatziert inmitten der modernen Geschäfte auf der gegenüberliegenden Straßenseite und den Glasfassaden des Guy Carpenter Gebäudes sowie des daran anschließenden Parkhauses. Als er sich ihr zu Fuß näherte, musste er sich eingestehen, noch nie darin gewesen zu sein. Auch beim gelegentlichen Vorüberfahren mit dem Auto war ihm das Kirchengebäude kaum ins Auge gestochen; dabei würde er es nicht im Geringsten als unauffällig bezeichnen. *All Hallows by the Tower* war nicht weniger spektakulär als andere Kirchen Londons – immerhin galt sie als älteste Kirche der Stadt.

Dessen unbeeindruckt näherte sich Trevor der Kirchentür, musste jedoch missmutig feststellen, dass der Eingang von zwei Polizeibeamten versperrt wurde. Dennoch ging Trevor auf sie zu und spielte den naiven Touristen.

»Wie, ich darf da nicht rein?«, sagte er mit betontem Unglauben, als die Beamten ihm den Weg versperrten.

»Bedaure«, sagte der Beamte. »Hier finden derzeit polizeiliche Ermittlungen statt. Bis diese abgeschlossen sind, darf niemand die Kirche betreten.«

»Aber in meinem Reiseführer steht, dass die Kirche Tag und Nacht zu besichtigen ist.«

»Hören Sie«, sagte der Polizist. »Ich bedaure sehr, dass wir Ihnen diese Touristenattraktion vorübergehend verwehren müssen, aber …«

»Was genau heißt denn vorübergehend?«, wollte Trevor wissen. »Wie lange bleibt die Kirche denn für Besucher geschlossen?«

»Bis die Untersuchungen abgeschlossen sind. Wie lange das dauert, kann ich leider nicht sagen.«

»Was ist denn überhaupt passiert? Ist Jesus vom Kreuz gestiegen?«

Die beiden Polizeibeamten lächelten. »Natürlich nicht«, sagte der eine, und der andere ergänzte: »Es ist ein Verbrechen geschehen.«

»Ach ja? Was denn?«

»Darüber dürfen wir nicht sprechen. Wenn Sie jetzt bitte weitergehen würden – es gibt hier nichts zu sehen.«

»Na schön«, sagte Trevor und trollte sich wie ein Hund, den man weggescheucht hatte, und machte, dass er um die Ecke kam. Neugierig begann er mit einer Umrundung des Gotteshauses, denn irgendwo mochte sich bestimmt ein zweiter Eingang befinden.

Tatsächlich fand er diesen an der rückwärtigen Seite des Gebäudes. Es war der Zugang, der dem Priester und seinen Messdienern zugeeignet war. Die Tür war weder bewacht noch zugesperrt.

Trevor ging hindurch und fand sich nach einem kurzen Windfang in einer Art Umkleideraum wieder, wo die Betreiber einer Messe die Gelegenheit hatten, ihre Gewänder anzulegen. Trevor fand die liturgischen Geräte, die für den Gottesdienst hier verwahrt wurden: Kelche, Hostienschalen, Leuchter, Kerzen, Messwein sowie ein Buch, genauer gesagt das berühmte *Book of Common Prayer*, das in der anglikanischen Kirche wie *All Hallows by the Tower* Verwendung fand.

Er folgte dem verwinkelten Raum und dessen penetranten Geruch nach Weihrauch, der stetig intensiver wurde, je näher er dem großen Altarsaal kam, der von der Sakristei aus, in der er sich nun befand, zu erreichen war. Doch er musste wachsam sein, denn das Stimmengewirr, das dort vorherrschte, bedeutete letztlich nichts anderes, als dass die Polizei noch immer intensiv zugange war. Trevor musste sich, falls man ihn entdeckte, als überrascht und ängstlich zeigen.

Als er endlich das Mittelschiff der Kirche mit all seinen Sitzbänken und dem Altar erreichte, schalt er sich einen Narren. Bislang hatte er tatsächlich geglaubt, er könne hier einfach reinmarschieren, um mit dem Gekreuzigten seine Unterredung durchzuführen, doch dem war mitnichten so. Überall waren Polizisten, und es schien, als suchten sie etwas. Nach Trevor sicherlich nicht, aber er wollte auch nicht der sein, den sie fanden.

Laut Despinas Verstand befand sich der Gekreuzigte in der unterirdischen Krypta. Dorthin würde er von seiner jetzigen Position aus nicht unbemerkt gelangen. Verdammt! Er hatte nicht gewusst, dass der Tote bereits offiziell war. Soweit er es verstanden hatte, waren es doch Gründe der Anonymität, die den Pfarrer überhaupt dazu veranlasst hatten, sich an Despina Jones und die Bibliothek für okkulte Fälle zu wenden. Nun aber wimmelte es hier von Polizeibeamten, sowohl Uniformierte, vor allem aber jenen der Spurensicherung; und so wie es aussah, stellten sie die komplette Kirche auf den Kopf.

Frustriert wandte Trevor sich ab. Er war zu spät und musste sich eingestehen, hier nichts mehr ausrichten zu können.

Direkt neben der Kirche – eigentlich noch auf dem gleichen Grundstück – befand sich das Restaurant *Byward*. Eher spontan denn aus sonderlichem Hungergefühl heraus, beschloss Trevor, dort etwas zu essen, weswegen er die Kirche halb umrundete und die schmale Gasse direkt daneben entlanglief, um ins Restaurant zu gelangen. Der Kirchgarten war durch ein Eisentor abgetrennt. Links befand sich ein Stück Wiese mit seltsam aufgewühlter Erde darauf, als wäre hier frisch gegraben worden. Er lief die Gasse weiter an der gläsernen Fassade des Restaurants vorbei. Rechts befand sich nach einem Grab mit verwitterter Inschrift ein weiterer Zugang zum Gotteshaus, der jedoch verschlossen war.

Trevor betrat das *Byward*, das um diese Zeit kaum besucht war. Er wählte einen Tisch am Fenster, bestellte sich ein Bier sowie Fish & Chips. Während er auf seine Bestellung wartete, surfte er auf seinem Smartphone. Er war auf mehreren sozialen Netzwerken aktiv sowie in einigen themenspezifischen Internetforen, in denen es um okkulte Themen ging. Dort beteiligte er sich aber nur sporadisch und sah sich eher als stummer Mitleser.

Sein Bier wurde gebracht, und Trevor steckte sein Handy zurück in die Seitentasche seiner Jacke. Er trank einen großen Schluck, der ihm gut schmeckte, und lehnte sich entspannt auf seinem Stuhl zurück. Durch die Fensterwand sah er den abgetrennten Außenbereich, der in den Sommermonaten zum draußen Essen einlud. Nun waren die Tische und Stühle jedoch zusammengeklappt und an der Seitenmauer zusammengestellt. Ein Rest Schnee lag darauf und in einem verwaisten Aschenbecher schwammen Kippenreste.

Abermals irritierte Trevor die daran angrenzende Rasenfläche, in deren Mitte ein kahler Baum seine Knochenhände gen Himmel streckte. Warum war die Erde so unnatürlich aufgewühlt? Als hätte ein Hund darin seinen Knochen verbuddelt; doch die zerfurchte Fläche war ungemein größer.

Als die Bedienung die bestellte Portion Fish & Chips brachte, verdrängte er die Überlegungen und stillte seinen Hunger. Es war kein billiger Seelachs, wie man ihn oft bekam, sondern ein Schellfisch, der in einem vorzüglichen Bierteig ausgebacken war. Die grob geschnittenen Pommes frites waren genau richtig und die dazu gereichten Dips – Sauce Tartare und Erbsenpüree – passten hervorragend. Als er die letzte der frittierten Kartoffelecken in seine *crushed peas* tunkte, hielt er inne, als wäre er am Grund der pürierten Erbsen auf einen Schatz gestoßen.

Vielleicht war der Gedanke absurd, aber es mochte doch sein, dass kein Hund für die aufgewühlte Erde als Verursacher in Frage kam, sondern ein Mensch. Vielleicht war unter dem Baum tatsächlich etwas vergraben worden.

Oder jemand, dachte Trevor.

Doch dann schüttelte er sogleich den Kopf. Es war einfach zu abwegig.

Er steckte sich die Pommes in den Mund und überlegte, dass sich die Sache für ihn leicht überprüfen ließe. Er müsste nur seine Hände in die feuchte Erde schieben und seine nekromantischen Fühler ausstrecken.

Trevor ließ sich die Rechnung bringen und zahlte mit etwas Trinkgeld. Dann ging er auf Toilette und wusch sich die Hände.

Als er das Lokal verließ, wurde er von der kalten Januarluft empfangen. Er blickte auf die Uhr. Die Dämmerung würde noch etwa eine Stunde auf sich warten lassen. So viel Zeit hatte er nicht. Aber er glaubte auch nicht, dass er groß jemandem auffallen würde. Von der Straße aus war das Rasenstück wegen der Mauer kaum einzusehen. Die Mitarbeiter des *Byward* mochten ihn beobachten oder jemand, der dorthin unterwegs war. Doch dann könnte er immer noch behaupten, etwas verloren zu haben.

Zielgerichtet betrat er die Wiese. Der Boden war dank des Regens und der Schneeschmelze zuvor recht schlammig, weswegen er mit seinen Schuhen einsank. Jeder Schritt verursachte ein schmatzendes Geräusch.

Das Wurzelwerk der Heckenumrandung war mit Erde regelrecht überhäuft. Jemand hatte versucht, eine große Menge Humus zu verstecken, was ein neuerlicher Hinweis dafür war, dass hier etwas vergraben wurde. Daher gab es an der besagten Stelle auch kein Gras. Trevor erkannte Grasnarben unter dem Strauchwerk.

Im Schatten des Baumes ging er in die Hocke, wobei er darauf achtete, nicht mit den Knien den matschigen Boden zu berühren. Stattdessen stützte er sich mit seinen Händen auf. Die Erde war kalt und breiig. Wie das Erbsenpüree, das er vorhin erst gegessen hat. Es roch nach pilzigem Torf, nach Humus und Schnee.

Trevor schob seine Hände tiefer in die morastige Konsistenz des Erdbodens; so weit, bis sie völlig vergraben waren und noch ein wenig weiter.

Etwas war da. Er spürte es und konzentrierte sich darauf, indem er seine Augen schloss und sich ganz auf seine nekromantischen Sinne verließ.

Er spürte totes Gewürm und gestorbenes Insektengetier. Kleinvieh, das er in seiner geistigen Wahrnehmung gleich zur Seite wischte wie Scheibenwischer den Regen. Denn da war noch etwas anderes. Etwas Größeres. Etwas …

Mit einem Mal riss er die Augen auf.

Er hatte Kontakt. Nicht nur eine nekromantische Verbindung, sondern auch eine physische: Deutlich ertasteten seine

Hände den Körper eines Toten, der hier nicht weit unter der Erde verscharrt worden war.

Es begann wieder zu regnen.

***

»Was ist mit dem Priester?«, fragte Despina, als sie auf den Aufzug warteten. »Sollten wir ihn nicht ebenfalls mitnehmen?«

Vehement schüttelte Inspektor Johnson den Kopf. »Der Mann steht unter Mordverdacht.«

»Ach ja? Ich dachte der Yard ging bislang von einer weiteren Selbstkreuzigung aus.«

»Das war, bevor ich mit Ihnen gesprochen habe, Ms Jones.«

»Es freut mich, dass Sie so sehr auf meine Meinung vertrauen, Mr Johnson, aber nur der Priester könnte uns verraten, wo er den Leichnam unseres Möchtegern-Jesus hingebracht hat.«

»Könnte?« Johnson zog die Stirn in Falten. »Sie meinen, Sie bezweifeln, ob er es tut?«

Despina zuckte mit den Schultern. »Wieso sollte er? Er ist es, der unter Mordverdacht steht, nur weil die Putzfrau ihn wegen eines Gekreuzigten bei der Polizei angeschwärzt hat. Ich meine, sie *behauptet* lediglich, dass in der Gruft der Kirche ein Mann gekreuzigt wurde – und was tut die Polizei? Lässt den Priester herschaffen und schickt erst danach die Spurensicherung zum Tatort, an dem sich keine Leiche befindet.«

»Das war nicht besonders geschickt von meinen Kollegen«, gestand Johnson. »Aber wenn der Tote existiert – was er ja tut, denn Sie haben ihn ja gesehen, Ms Jones – dann kann ihn ja nur der Priester versteckt haben.«

»Aber das …«

»Auf Ihre Empfehlung hin, Ms Jones«, unterbrach sie der Kommissar. »Der Pfarrer hat auf Ihre Empfehlung hin gehandelt.«

»Was nicht sehr geschickt von mir war.«

»Dann sind wir wohl quitt.«

»Nicht ganz. Nehmen Sie den Priester mit und behandeln ihn als wichtigen Zeugen. Nicht als Täter, denn dann schweigt er sich aus.«

»Warum glauben Sie das?«

»Wo kein Mordopfer, da kein Mord.«

Kommissar Johnson blähte die Backen auf. »Ich verstehe.«

Endlich öffnete sich die Aufzugstür. Als sie eintraten, drückte Johnson nicht die Zieltaste des Erdgeschosses, sondern jenes Stockwerks, in dem sich unter anderem die Verhörräume befanden. »Vielleicht haben Sie recht. Sie sagten vorhin ja selbst, dass Sie es schätzen, dass ich viel auf Ihre Meinung gebe.« Johnson lächelte sie beherzt an. »Ich glaube, das tue ich wirklich.«

»Herr Kommissar«, meldete sich Jean mit übertrieben empört klingender Stimme. »Sie flirten doch nicht etwa mit Ms Jones?«

»Auf mich brauchen Sie nicht eifersüchtig sein, Ms Dark. Ich bin jetzt seit bald 20 Jahren glücklich verheiratet.«

»In Ihrem Job eigentlich ein Wunder«, sagte Despina.

»Da sagen Sie was.« Der Blick des Kommissars glitt in unbestimmte Ferne. »Es war auch nicht immer einfach.«

Despina glaubte dem Kommissar. Er war ein aufrichtiger Kerl. Manchmal etwas vorschnell in seinen Entscheidungen, aber durchaus in der Lage, einen Fehler einzugestehen oder im richtigen Moment aus dem Bauch heraus zu handeln und seinen Mann zu stehen. Wäre sein Job nicht so gefährlich und darüber hinaus die Arbeitszeiten nicht so familienunfreundlich, wäre seine Frau beinahe um ihn zu beneiden, denn auch optisch war er wohl geraten. Nun, zumindest sah er für sein Alter von etwas über 50 doch recht gut aus, überlegte sie. Da gab es andere, an denen schon weitaus früher der Zahn der Zeit beziehungsweise die Folgen eines allzu illustren Lebenswandels nagten.

Die Tür des Aufzugs glitt zur Seite, und sie traten in einen Gang mit hektischer Betriebsamkeit. Telefone schellten, Menschen eilten von Büro zu Büro, jemand schob einen Wagen mit Bergen von Akten vor sich her.

»Wenn Sie beide kurz hier warten würden, hole ich den Priester aus dem Verhörraum.«

Sie blickten dem Kommissar nach, der durch das Wirrwarr seiner Kollegen auf dem Hauptgang dieses Stockwerkes lief und darin entschwand.

»Seinen Job möchte ich auch nicht haben«, murmelte Jean. »Die ganze Zeit dieser behördliche Papierkrieg.«

»Was meinst du?«

»Na ja, um den Pfaffen dort jetzt mitnehmen zu dürfen, muss er bestimmt drei Formulare ausfüllen und sechsmal unterschreiben.«

»Quatsch. Er holt ihn ja nicht aus dem Gefängnis. Dort wäre das sicherlich so, aber hier? Er war doch nur als Verdächtiger hier.«

»Aber einen Bericht wird er schreiben müssen. Ein Verhörprotokoll und was nicht noch alles.«

»Was regst du dich denn plötzlich so auf?«

»Über das System rege ich mich auf. Wir haben es mit unserer Bibliothek doch weitaus besser. Ich habe noch nie ein Protokoll schreiben müssen, nur weil ich jemanden befragt habe.«

Despina schüttelte lächelnd den Kopf. »Natürlich nicht, Süße. Das macht ja auch alles unser Operator.«

»Tori schreibt Protokoll?«

»Na ja, zumindest zeichnet sie alles auf und archiviert sämtliche Daten, Dateien und Dokumente. Wir werden ja ständig überwacht.« Sie tippte auf ihren Kommunikator am Armgelenk, den jeder Mitarbeiter der Bibliothek besaß. Das Gerät fungierte im Fall der Fälle wie eine Black-Box, sollte einem von ihnen bei der Ermittlungsarbeit etwas zustoßen. Darüber hinaus bespitzelte es tatsächlich den Träger und überprüfte sogar die Vitalfunktionen.

Von ihrem Computer aus konnte Tori genau sagen, wo sich Despina und Jean soeben befanden, und könnte rein theoretisch auch ihre Gespräche belauschen. Tatsächlich wurde alles aufgezeichnet, was sie sprachen oder taten, das meiste davon jedoch wieder gelöscht, weil es für die Ermittlungsunterlagen nicht relevant genug war. Die Datenaufzeichnung hatte sich bei so manchem Fall aber schon als überaus nützlich erwiesen.

»Zum Glück hab ich das Ding im Urlaub abgenommen«, sagte Jean.

Despina ging auf diese Spitze nicht ein, da der Kommissar mit Pater Victor im Schlepptau angelaufen kam. Der Priester sah reichlich mitgenommen aus, so als habe er die letzte Nacht nicht geschlafen. Die Sache schien ihm ganz schön zuzusetzen.

Als die beiden Männer Despina und Jean beim Aufzug erreicht hatten, lächelte der Priester und reichte die Hand zum Gruß.

»Da wir jetzt vollständig wären, können wir ja los«, sagte der Kommissar zufrieden.

Mit dem Aufzug fuhren sie diesmal bis ganz nach unten in die Tiefgarage, wo Johnsons Dienstwagen auf sie wartete, ein 260 PS-starker Opel Insignia – die Spezialversion der britischen Polizei. Um den Luxus zu komplettieren, stellte Despina erstaunt fest, dass der Wagen von einem uniformierten Fahrer gelenkt wurde. Zu viert passten sie dafür alle hinten hinein, denn der Wagen verfügte über eine zweite Rückbank, so dass man sich wie in einer Limousine gegenübersitzen konnte.

Als sie alle saßen und angeschnallt waren, fuhren sie aus der Tiefgarage des Yards und schleusten sich in den Verkehr ein, der glücklicherweise nicht mehr ganz so stockend war wie mittags. Es regnete wieder, und die Dämmerung setzte langsam ein.

»Pater Victor«, begann Despina. »Der Leichnam in der Gruft befindet sich nicht mehr dort, wo Sie ihn uns gestern gezeigt haben.«

»Sie haben doch selbst gesagt, ich soll den Toten für ein paar Tage versteckt halten.«

»Ja, das habe ich«, gab Despina zu, »aber bezüglich der Polizei erwies sich dieser Rat als unüberlegt. Für die weiteren Ermittlungen müssten wir den Toten nun doch in die Gerichtsmedizin überführen.«

»Ich hoffe, Sie haben keine übermäßigen Spuren an der Leiche hinterlassen«, schaltete sich Kommissar Johnson in das Gespräch ein. »Normalerweise ist es üblich, einen Tatort nicht zu betreten und ein potentielles Mordopfer nicht zu berühren, bis die Polizei, die Spurensicherung und die Gerichtsmedizin die Untersuchungen abgeschlossen beziehungsweise den Leichnam für die Beerdigung freigegeben haben.«

Der Priester bekreuzigte sich hektisch. Er schien sichtlich nervös zu sein.

»Stimmt etwas nicht, Pater Victor?«, fragte nun Jean in ihrer sanftmütigsten Stimme.

»Es ist so, dass …«, abermals bekreuzigte sich der Gottesmann. »Sie werden das nun nicht für gut halten, denke ich, aber … nun, Sie müssen verstehen, dass … also, in meiner Situation hielt ich es für das Beste – und nachdem Sie, Ms Jones, mir dazu auch noch geraten haben.«

»Was ist denn nun mit dem Toten?«, fragte Johnson ungeduldig.

Der Prediger seufzte schwer, bevor er mit reumütiger Stimme gestand: »Ich habe den Toten vom Kreuz genommen, ihn gesalbt und geölt und dann im Garten des Nachbargrundstückes zur vorübergehenden Ruhe gebettet.«

»Sie haben ihn vergraben?«

»Im Nachbargrundstück?«

»Was verstehen Sie unter vorübergehender Ruhe?«

»Na ja, für immer kann ich ihn dort nur schwerlich belassen. Nach drei Tagen hätte ich ihn wohl spätestens wieder ausgegraben und …«

Der Kommissar schüttelte fassungslos den Kopf, blickte aus dem Fenster und murmelte: »Herr, erbarme dich unser.«

»Werden Sie nicht zynisch«, knurrte Jean. »Der Mann wusste es nicht besser.«

»Ja, aber hätten Sie den Toten nicht woanders unterbringen können? In einem Schrank vielleicht oder einer Truhe oder wegen mir in einen Teppich gewickelt auf den Kirchturm? Mussten Sie ihn denn ausgerechnet vergraben?«

Fassungslos wandte sich Kommissar Johnson an den Fahrer: »Teilen Sie den Kollegen vor Ort bitte unverzüglich mit, dass sich der Leichnam vergraben im Nachbargrundstück befindet.«

Und an den Priester gewandt: »Wo genau?«

»Beim *Byward Kitchen & Bar.* Man kann dort sehr lecker essen. Das Wiesenstück ist nur wenige Quadratmeter groß und liegt direkt neben meiner Kirche.«

Während der Fahrer sich durch den Verkehr kämpfte und der Beifahrer sich der Sache mit dem Funkgerät annahm, musste der Kommissar seine Wut zügeln. Despina sah, wie er die Gelenke seiner Finger knacken ließ.

Plötzlich sagte der Priester: »Komme ich dafür eigentlich ins Gefängnis?«

»Lassen Sie mal sehen«, sagte der Kommissar und zählte an seinen Fingern auf: »Unterschlagung von Beweismitteln, unterlassene Hilfeleistung, Behinderung polizeilicher Ermittlungsarbeiten, Zurückhalten wichtiger Informationen … Nun, ins Gefängnis vielleicht nicht, aber ein saftiges Bußgeld wäre meines Erachtens nach durchaus angebracht.«

»Ich handelte nur zum Wohle meiner Gemeinde«, versicherte der Gottesmann.

»Ihr Wort in Gottes Ohr«, murrte der Kommissar und wandte sich wieder an den Fahrer: »Wie lange dauert das denn noch?«

»Der Verkehr ist nicht gerade der beste«, sagte der. »Soll ich das Blaulicht verwenden?«

»Nein. Versuchen Sie einfach, zügig zu *All Hallows* durchzukommen.«

»Zügig, sehr wohl«, knurrte der Fahrer.

Despina grinste und dachte bei sich, ob der Zynismus den Mitarbeitern Londoner Polizeibehörden womöglich angeboren war.

***

»Am Freitag, dem 3. April des Jahres 33 war es anders. Damals wurde mir eine Furca, ein Balkendreieck, um den Hals gehängt, bevor man mir die Arme besonders eng gegen die Schenkel des Dreiecks band. In dieser Haltung versetzte man mir eine stattliche Anzahl Hiebe, die so blutig waren, dass ich alleine daran hätte sterben müssen. Vierzig Schläge mit einer Lederriemenpeitsche, deren Enden mit Knochen und Eisenstücken bespickt waren. An allen Stellen meines Körpers sorgte die Flagrum genannte Peitsche dafür, dass mein rohes Fleisch offen lag. Am schlimmsten war mein Rücken betroffen, der eine einzige blut- und hautfetzenverkrustete Masse war, als sie von mir abließen.

Anschließend tauschte man das Balkendreieck gegen einen roh behauenen und ungehobelten Querbalken aus, den man später an den Pfahl des Kreuzes anbringen würde. Die Überlieferung, ich sei mit dem gesamten Kreuz zum Ort meiner Hinrichtung gewandert, stimmt nicht. Es war nur besagter Querbalken, an den ich nach wie vor gebunden war. Das Patibulum, wie die Römer den Balken nannten, war alleine schon schwer genug, und mein Weg vom Gefängnis zum Hinrichtungsort nur eine weitere peinigende Tortur. Es ist richtig, dass ich stürzte. Aber ich stürzte mehrmals. Ich kann gar nicht zählen wie oft. Immer wenn ich stürzte, wurde ich mit Peitschenhieben zum Weiterlaufen animiert. Einmal half mir jemand auf. Keine Ahnung, wer das war.

Als ich den Ort meiner endgültigen Hinrichtung erreicht hatte, war ich bereits am Ende meiner Kräfte. Wieder schlug man mich. Der Dreck und Staub des Bodens schmerzten höllisch in meinen offenen Wunden.

Ich blieb weiterhin an den Querbalken gebunden. Die Nägel, die man mir durch die Handflächen trieb, würden ohne die Bindung durch die Finger ausreißen, müssten sie alleine das Gewicht meines ohnehin bereits stark ausgemergelten Körpers halten. Durch die festgezurrten Arme geschah dies nicht, doch die Nägel verursachten stetig weitere Schmerzen, sobald ich versuchte, durch ein wenig Bewegung Linderung zu erfahren.

Dann setzte man den Querbalken in den am Boden verankerten Pfahl, so dass das Kreuz eigentlich nur ein ›T‹ war. Zuoberst steckte man die Tafel, auf der meine angeblichen Verbrechen geschrieben standen. Vielleicht entstand dadurch der Eindruck jener Kreuzform, die erst geraume Zeit später zum Symbol des Christentums wurde.

Am senkrechten Kreuzbalken befand sich eine Sedile. Das war ein kleines Sitzbrett auf Höhe meines Hinterteils, wodurch ich meine Arme ein wenig entlasten konnte. Doch geschah dies nicht etwa aus Mitleid mit mir, sondern diente einzig und alleine dazu, meine Qualen zu verlängern.

Zuletzt nagelte man mir mit einem besonders langen und kräftigen Nagel durch den Fußspan meiner überkreuzten Beine. Die Schmerzen raubten mir nahezu das Bewusstsein.

Aufgrund all der Schmerzen kann ich mich auch sonst an kaum etwas erinnern. Die gesamte Passion erlebte ich wie in einem Rausch. Ein besonders intensiv erlebter und höllisch realer Horrortrip, der …«

***

»Hey! Was machen Sie da?«, fragte eine Stimme und riss Trevor aus seinem tranceartigen Zustand.

Er kniete in matschigem Erdreich, die Unterarme komplett darin vergraben. Es regnete in Strömen, und er war nass bis auf die Haut.

Irritiert blickte er auf.

»Was Sie hier machen, möchte ich wissen?« Die Gestalt, die zu ihm sprach, war eine Polizeibeamtin, die in ihrer viel zu großen Regenjacke wie ein kleines Kind wirkte.

Trevor zog seine Hände aus dem Schlamm. Das Aufstehen kostete ihn Mühe, und er benötigte zwei Anläufe, bis er endlich wankend auf die Beine kam.

»Haben Sie etwas getrunken?«, wollte die Polizisten nun wissen.

»Nur ein Bier«, wollte Trevor sagen, doch es kam nur das Wort »Bier« aus ihm raus.

»Mein Gott, Sie sind ja volltrunken«, stellte die Beamtin fest und überlegte offensichtlich, wie sie mit ihm verfahren sollte oder ob überhaupt. In dem Moment machte Trevor kehrt und schwankte über die Wiese davon.

»Wohin wollen Sie?«

»Heim!«, sagte er, und es stimmte auch.

»Brauchen Sie Hilfe? Schaffen Sie den Weg?«

Trevor antwortete nicht. Er überstieg das niedrige Geländer, das im Sommer die Tische des Lokals vom Weg dorthin abtrennte und trat durch das schmiedeeiserne Gatter hindurch auf den Gehweg der Straße.

Der Regen stürzte in wahren Kaskaden vom Himmel. So brauchte er sich nicht in seinen Wagen setzen, überlegte er, und beschloss, ihn im Parkhaus stehen zu lassen und sich ein Taxi zu rufen. Doch die Taxifahrer ließen ihn allesamt am Straßenrand stehen. Wahrscheinlich hatten sie kein Interesse, ihren Wagen, den sie oft nur von ihrem Unternehmen gemietet hatten, säubern zu müssen. Den privaten Taxifahrern mochte es nicht anders ergehen, weswegen Trevor nach mehreren erfolglosen Versuchen, ein Taxi herbeizuwinken, mit der U-Bahn fuhr.

Immerhin war es in der U-Bahn-Station wärmer als im Regen auf offener Straße. Zudem war er vom Regen geschützt.

Die Leute wichen ihm aus. Zwar war er nicht der Einzige, der nass bis auf die Haut war, doch war er der Einzige, der von oben bis unten mit Schlamm besudelt war.

Als die Bahn kam, stieg er ein und erhielt einen Platz für sich alleine. Keiner setzte sich zu ihm, was ihm nur recht war. Er brauchte keine Gesellschaft mehr. Nicht heute. Nicht nach diesem Tag.

Er hatte Jesus gefunden. Durch einen Zufall.

Trevor Farkas, der okkulte Nekromant, der ein Buch über die Kreuzigung als solche schrieb, hatte von keinem Geringeren als Jesus Christus persönlich erfahren, wie es sich anfühlte, am Kreuz zu sterben.

Konsterniert blickte er in den finsteren U-Bahn-Schacht. Er konnte sein Glück kaum fassen. Aber wieso lag der Leichnam des Judenkönigs inmitten von London? Noch dazu schien er hier frisch vergraben zu sein. Vielleicht hatte man die toten Gebeine ja umgebettet, überlegte Trevor. Aber warum? Und wie war er überhaupt hierhergelangt? Hatte man ihn seinerzeit auf die Britische Insel überführt, um ihn vor gut 2.000 Jahren hier zu bestatten? Wurde deshalb an diesem Ort eine Kirche gebaut? Waren die Gebeine eine längst vergessene Reliquie, um die vor vielen Jahrhunderten gekämpft und gemordet wurde? War das alles tatsächlich möglich oder doch nichts weiter als ein kurioser Zufall, der sich auf so banal einfache Weise gar nicht erst erklären ließ?

Er musste endlich dieses Buch in die Hände kriegen, das sein Mentor ihm gegenüber erwähnt hatte: die *Cruciforma*. Darin, so hieß es, stünden sämtliche Fakten hinsichtlich der Kreuzigung und des Kreuzigungskultes. Alles, was Trevor wissen musste, um sein Buch zu vollenden. Nun, da er mit Jesus Christus gesprochen hatte, benötigte er es mehr denn je. Mehr noch als der Priester es benötigte.

Er ballte die Hände zu Fäusten, denn er war sich sicher, die *Cruciforma* auch zu bekommen. Koste es, was es wolle. Und egal, wen er sich dadurch zum Feind machte.

Noch heute würde er sich das Buch holen. Dank Despina Jones wusste er ja, wo es sich befand: in der Bibliothek für okkulte Fälle bei diesem alten Dummkopf, Barbarossa North.

Seine Station kam, und er stieg aus. Er musste nach Hause. Denn bevor er sich um das Buch kümmern konnte, benötigte er vor allem eine warme Dusche und saubere Klamotten.

Zuversichtlich verließ Trevor die U-Bahn. Er suchte sich seinen Weg zur Rolltreppe und tastete auf dem Weg nach oben nach seinem Handy, konnte es aber nirgendwo finden. Er musste es verloren haben.

»Verdammt!«, rief er aus und schlug mit der rechten Faust gegen die linke Handfläche. Begleitet von einem überwältigenden Gefühl der Panik überlegte er, wo der Verlust gewesen sein könnte.

Im Restaurant neben der Kirche hatte er es noch gehabt. Es musste ihm bei der Aktion im Matsch aus der Manteltasche gerutscht sein. Als er Jesu Gedanken aus den im Boden liegenden Gebeinen saugte, hatte er dergleichen nicht gemerkt.

Er dachte an die Polizistin mit dem übergroßen Regenmantel. Ob sie das Telefon entdeckt und eingesteckt hatte? Als ehrliche Person, für die Trevor sie hielt, würde sie versuchen, ihn als Besitzer ausfindig zu machen. Dazu müsste sie das Handy entsperren, was ihr vielleicht mittels eines freundlichen Augenaufschlags gegenüber einem besonders fleißigen Mitarbeiter der elektronischen Abteilung der Spurensicherung gelingen mochte. Spätestens aber wenn sie die Fotos betrachtete, würde sie einige unliebsame Überraschungen entdecken und das Handy nicht Trevor zurückbringen, sondern ihrem Vorgesetzten zeigen.

Zurückzufahren, um es zu holen, kostete zu viel Zeit. So schnell wie möglich musste Trevor nach Hause, um sein Smartphone mittels einer speziellen Software schleunigst sperren zu lassen.

***

»Wir haben ein Handy gefunden«, sagte der Beamte und reichte das in einem Spurensicherungstütchen verwahrte Smartphone herum.

Mit Regenschirm bewaffnet wohnten sie der spontan organisierten Exhumierung des von Pater Victor vergrabenen Leichnams bei. Ein Toter, von dem Despina bislang nur herausgefunden hatte, dass er sich für Jesus hielt. Der Regen prasselte lautstark auf die Schirme.

Das Werkzeug, mit dem die uniformierten Beamten in ihren neonfarbenen Regenjacken arbeiteten, war nicht wirklich geeignet: zwei Kehrbleche und eine Schneeschaufel, die man sich aus dem Restaurant geliehen hatte. Das Wiesenstück bestand nur noch aus zähem Morast.

»Ist das Ihr Gerät?«, wollte Johnson vom Priester wissen, doch der schüttelte nur den Kopf.

»Nein«, lautete seine Antwort. »Ich besitze gar kein Handy.«

»Kein Handy?« Alle guckten ihn ungläubig an.

Der Pfarrer grinste verschmitzt. »Telefonate erledige ich ausnahmslos über die Amtsleitung meines Pfarrbüros. Dort gibt es auch einen Anrufbeantworter, den ich täglich abhöre und natürlich auch zurückrufe. Auf dem gleichen Schreibtisch steht ein Computer, mittels dem ich per E-Mail und auch manch anderem Messenger-Dienst erreichbar bin. Wussten Sie, dass es einen Seelsorger-Chat gibt? Auf jeden Fall brauche ich da nicht auch noch einen Taschencomputer, denn nichts anderes ist so ein Smartphone ja. Stellen Sie sich das nur mal vor: Ich würde auf der Kanzel stehen, meine Predigt halten und plötzlich piepst mein Handy?« Er schüttelte den Kopf und machte eine wegwerfende Handbewegung. »Aber lassen wir das. Ich besitze wirklich kein Handy.«

Es war eisigkalt, und der kondensierende Atem aller Anwesenden blieb regelrecht in der Luft stehen und bildete unter ihren Regenschirmen einen zähen Nebel, so hoch war die Luftfeuchtigkeit.

»Ich glaube, ich weiß, wem das Telefon gehört«, wusste Jean, als man es ihr reichte. »Ich bin mir ziemlich sicher, es bei Trevor Farkas gesehen zu haben.«

»Bist du ganz sicher?« Despina runzelte die Stirn. Sie hielt das für einen extremen Zufall und konnte sich nicht vorstellen, wie Farkas Handy hierher in den matschigen Morast neben der Kirche gelangt sein sollte.

»Ja, hier: dieses Pentagramm-Design. Ich fand das selbst recht hübsch. Weißt du nicht mehr? Nach dieser Buchpräsentation war das.«

»Ich habe nicht darauf geachtet«, gestand sie sich ein.

»Natürlich nicht. Du hattest ja auch nur Augen für den gutaussehenden Autor.«

Kommissar Johnson räusperte sich. »Dürfte ich kurz erfragen, über wen die Damen sprechen?«

»Trevor Farkas ist Autor und darüber hinaus ein ziemlicher Kotzbrocken«, erklärte Jean.

Despina wollte protestieren, doch in diesem Moment klingelte das Telefon in Jeans Hand.

Jean riss die Augen auf und blickte die anderen der Reihe nach an.

»Na gehen Sie schon ran«, sagte Inspektor Johnson.

»Aber – was soll ich sagen?«

»Wer steht denn auf dem Display?«, wollte Despina wissen.

Jean blickte darauf und strich die Plastikfolie der Klarsichttüte glatt. »Unbekannter Teilnehmer.«

»Rangehen, bevor er wieder auflegt!«, bellte Johnson.

Augenblicklich betätigte Jean die Rufannahme und hob das Gerät ans Ohr.

Alle schwiegen und sahen ihr gebannt dabei zu.

Jean meldete sich mit einem trockenen »Ja« und lauschte dann einer Stimme, die man nicht zuletzt wegen der Regentropfen auf den Schirmen nicht verstehen konnte. Aber Despina konnte hören, dass jemand am anderen Ende der Leitung war und eine Art Vortrag hielt.

Während Jean lauschte, hielt sie sich mit der freien Hand das andere Ohr zu, um sich voll und ganz auf den Gesprächsinhalt des unbekannten Anrufers zu konzentrieren. Ihr angespanntes Gesicht war aschfahl.

Despina wechselte mit Inspektor Johnson und Pater Victor besorgte Blicke, doch keiner sagte etwas. Niemand wollte Jean ablenken oder das Gespräch unterbrechen. Dabei konnte man es mitnichten ein Gespräch nennen, denn auch Jean sagte kein Wort. Vielmehr schien der Anrufer einen einnehmenden Monolog zu halten.

Dann jedoch sprach Jean urplötzlich: »Ja, ich habe verstanden. In zwei Stunden also.« Sie holte Luft, um noch etwas zu sagen, doch die Verbindung wurde unterbrochen. Deutlich hörte man den Rufton in der Leitung durch den Regen hinweg.

Kopfschüttelnd und fröstelnd blickte Jean in die Runde.

»Wer war es?« und »Worum ging es?« waren die Fragen, die gleichzeitig und von allen Anwesenden ausgesprochen wurden.

»Es war ein gewisser George Whitehead«, sprach Jean, wurde aber jäh unterbrochen, da die schaufelnden Beamten die Leiche geborgen hatten, was das verregnete Chaos neben der Kirche perfektionierte.

Inspektor Johnson und Pater Victor widmeten ihre Aufmerksamkeit dem geborgenen Leichnam. Nur Despina trat an Jean heran und fragte noch einmal nach dem Inhalt des Telefonats.

Jean fiel ihr um den Hals und weinte. Sie spürte ihr Zittern. Ein körperliches Schauern, das nicht von der Kälte alleine kam.

»Dieser George Whitehead«, wiederholte Jean den Namen des Anrufers, der irgendetwas in Despinas Erinnerung zum Klingeln brachte. »Er hatte eine sehr eindringliche und einnehmende Stimme.«

»Würdest du die Stimme wiedererkennen?«

»Auf jeden Fall. Überall. Würde Whitehead inmitten des *Dynamo*-Open-Airs stehen und sprechen, würde ich ihn unter all den johlenden und feiernden Metalheads heraushören.«

»Und was sagte er nun?«

»Er …« Jean löste sich aus der Umarmung, kramte ein Taschentuch hervor und schnäuzte sich die Nase. »Er hielt mich für dich, Pina.«

»Er hat uns verwechselt?«

»Ja, er sprach zu mir in der festen Annahme, du seist am Apparat.«

»Aber es war doch Trevor Farkas Handy, über das er gesprochen hat.«

Jean nickte. »Er sagte, er beobachte uns. Schon sehr lange. Die gesamte Bibliothek würde unter Beobachtung stehen. Er bezeichnete uns als Sünder, und es gäbe für mich – also für dich – nur einen Weg, dem Zorn Gottes zu entgehen.«

»Und der wäre?«

»Du müsstest dich durch eine Wiedergeburt als Jesus Christus zu ihm bekennen. Er sprach von Transformation. Von Selbstkreuzigung, Pina. Du sollst dich selbst kreuzigen.«

Despina erschauerte. Sie verstand überhaupt nicht, weshalb Jean sich so sehr von dem offensichtlichen Quacksalber am anderen Ende der Leitung hatte beeindrucken lassen. »Weshalb sollte ich diesem hirnlosen Geschwätz irgendeines wildfremden Anrufers Folge leisten?«

»Weil du mit Barbarossa sonst nur noch mittels deines Talentes sprechen könntest.«

Nun war es Despina, die offensichtlich erstarrte. Und als wäre Jeans Aussage darüber noch nicht genug, meldete sich Tori über den Kommunikator, als hätte sie gelauscht und ihren Einsatz mit Jean abgesprochen: »Schlechte Nachrichten. Kommt bitte sofort in die Bibliothek. Doc ist verschwunden. Wir müssen davon ausgehen, dass es sich um eine Entführung handelt.«

8. Kapitel

Trevor war wütend. Er war sauer auf sich selbst, weil er sein bekloppptes Handy tatsächlich irgendwo verloren hatte, und er war sauer auf die Software, die er für solche Fälle installiert hatte – sie funktionierte nicht. Aus irgendwelchen Gründen, die Trevor weder nachvollziehen noch verstehen konnte, schaffte es die App nicht, eine Verbindung zu seinem Handy zu bekommen, und es konnte nicht daran liegen, dass das GPS-Signal des Gerätes ausgeschaltet war oder sein Mobiltelefon kein Netz hatte. Das war ihm so erklärt worden, als er sich für die Software entschieden hatte. Und da Trevor kein Programmierer war und sich mit moderner Technik als solche nicht auskannte, wusste er sich nicht anders zu helfen, als seinen Laptop zu packen und ihn einmal kräftig durchzuschütteln, während er dem Gerät unmissverständlich seine Wut entgegenbrüllte. Kurzzeitig war er versucht, dem Drang nachzugeben, sein Notebook gegen die Wand zu werfen.

Dann aber besann er sich eines Besseren und stellte es – wenn auch etwas barscher, als für das Gerät gut war – auf den Schreibtisch zurück und schrie ihm nochmals ein lautstarkes »Scheißdreck!« entgegen, bevor er sich endgültig davon abwandte.

Natürlich hatte er daran gedacht, noch mal zurückzugehen, um das Gerät zu holen. Er hatte sich ein Taxi gerufen und *All Hallows by the Tower* ein weiteres Mal besucht. Doch so wie es dort von Polizei gewimmelt hatte, war sein Smartphone bestimmt bereits sichergestellt worden. Also war er im Taxi sitzengeblieben und nach Hause zurückgekehrt. Es war unbedingt nötig, dass er das Handy aus der Distanz vor fremdem Zugriff schützen konnte. Er musste einige Daten löschen, bevor das technische Labor Scotland Yards den Zugangscode knacken würde – ansonsten wäre er geliefert.

Und dann das: Die Software verweigerte jeglichen Zugriff auf sein Gerät, auf dem sich nicht nur zwielichtige Kontaktdaten befanden, sondern vor allem belastendes Bildmaterial: Leichen etwa; und zwar dergestalt, dass man ihn als Mordverdächtigen unmittelbar in Haft nehmen würde. Doch selbst wenn er aufgrnd von Zeugenaussagen und Alibibeweisen von seinem Verdacht loskommen würde, blieben weiterhin etliche abfotografierte Dokumente, die sich nicht in seinem Besitz befinden durften, sowie Fotos von Menschen, die er für den Priester ausgespäht hatte. Würde die Polizei dieses Material in die Hände bekommen und darüber hinaus den Priester enttarnen, dann wäre es für Trevor vorbei mit seiner über lange Jahre hinweg aufgebauten Karriere.

Wie ein Tiger im Käfig lief Trevor im Kreis. Doch egal, wie sehr er sich die Haare raufte, er hatte keine Lösung für sein Problem. Mittlerweile war er sich dessen sicher, dass sich jemand Fremdes Zugang dazu verschafft hatte. Oder dass die Polizei womöglich bereits vor Ort am Handy selbst etwas eingestellt hatte, so dass er es mit seiner Software nicht mehr erreichen konnte.

Er blieb stehen und nieste. Dank seiner Unterredung mit Jesus, dem Wühlen im Schlamm und des Regens wegen, bahnte sich wohl eine Erkältung an. Dergleichen konnte er jetzt nicht auch noch gebrauchen.

Ihm drohten Jahre der Haft, und wenn alles gut lief, würde sich der Priester von ihm distanzieren. Schlimmstenfalls würde er veranlassen, dass Trevor eines zwielichtigen Todes sterben würde. Dabei war Trevors Verhältnis zum Tod nicht gerade das Beste. Zwar hatte er eine ungefähre Vorstellung davon, was ihm im Tode erwarten würde, doch war es vor allem so, dass Trevor sich vor dem Tod ekelte. Gerade als Nekromant scheute er sich davor, selbst in jene ominöse Zwischenwelt überzuwechseln. Tote waren ihm ein Graus mit ihrem schaurigen hohlen Seufzen und stetigem Jammern über das Leben, das sie zurücklassen mussten. Von daher wäre ihm eine Variante der Unsterblichkeit lieber, doch dergleichen gab es natürlich nicht.

Das urplötzliche Schellen seines Telefons riss ihn aus seinen Gedanken. Einen kurzen Moment klaffte Erleichterung in ihm wie ein offene Wunde auf, da er meinte, es sei der Klingelton seines Handys; doch es war nur der Festnetzanschluss, und so erwies sich die imaginäre Wunde wie ein bodenloses Loch, in das er sich am liebsten hinabgestürzt hätte.

Sein Apparat bestand aus einem festinstallierten Wandgerät neben der Küche und einem Mobilteil, das er jedoch wie so oft nicht finden konnte. Er suchte auf der Couch unter den Kissen, zwischen dem zerwühlten Laken seines Bettes und auf dem Schreibtisch. Beim vierten Klingeln nahm er den Hörer des Wandapparates ab und meldete sich mit seinem Nachnamen: »Farkas?«

»Trevor, mein Freund«, zischte die höhnische Stimme des Priesters verzerrt durch die Hörmuschel. »Wie laufen die Studien?«

Wenn man vom Teufel spricht, dachte er und sagte: »Bestens. Ich mache große Fortschritte.«

»Das freut mich ungemein zu hören!« Die Stimme des Anrufers war mehr ein Flüstern als normales Sprechen.

»Womit kann ich dienen, Priester?«

Ein heiseres Lachen am Ende der Leitung. »Trevor Farkas. Möchte wie stets gleich auf den Punkt kommen.«

»Sehen Sie«, sagte Trevor mit fester Stimme, »ich habe nicht allzu viel Zeit. Sagen Sie also endlich, was Sie wollen, oder wir verschieben das Gespräch auf ein andermal.«

»Sie wirken ein klein wenig gestresst, Mr Farkas. Ist etwas nicht in Ordnung?«

»Ich sagte doch: Es ist alles bestens!« Trevor musste sich zusammenreißen, dass seine Stimme nicht so gereizt klang, wie seine Stimmung es war.

»Wie Sie meinen«, sagte der Priester unvermittelt. »Vielleicht hätte ich helfen können. Aber da Sie nicht darüber sprechen wollen, ist es Ihre Sache.«

Einen kurzen Moment überlegte Trevor, ob die angebotene Hilfe des Priesters eine ernstzunehmende Option oder doch nicht mehr als eine angebotene Floskel war. Bevor er aber etwas erwidern konnte, sprach der Priester weiter: »Nachdem wir den Smalltalk also hinter uns gebracht haben, können wir ja zu den relevanten Dingen unserer geschäftlichen Partnerschaft kommen.«

»Das ist es für Sie? Eine geschäftliche Partnerschaft?« Diesmal konnte Trevor die Verachtung in seiner Stimme nicht überspielen.

»Was ist es für Sie, Mr Farkas?«

Trevor sagte nichts. Er wusste keine Antwort auf diese Frage.

»Selbstverständlich ist es Ihr gutes Recht, unsere Beziehung in Frage zu stellen, doch sage ich Ihnen bei dieser Gelegenheit nur aus Fürsorgegründen, dass es sich für Sie als absoluter Nachteil herausstellen würde, stellten Sie sich gegen mich.«

»Wollen Sie mir drohen?«

»Nein. Ich möchte nur die Fakten darlegen, wie sie sich für mich und aus meiner Sichtweise darstellen. Oder sehen Sie dergleichen anders?«

»Da bin ich mir aktuell nicht so sicher«, sagte Trevor kleinlaut.

»Na sehen Sie!« Der Priester lachte. »Ich wusste doch, dass wir uns einig sind.«

Trevor seufzte. Dem Priester zu widersprechen, hatte ohnehin keinen Zweck. Von daher war es totaler Schwachsinn, sich ausgerechnet am Telefon in eine Diskussion verstricken zu lassen, die schlimmstenfalls nur auf das vorzeitige Ende seines Lebens hinauslief; zumal sich derzeit ohnehin nicht alles so rosig entwickelte, wie er es sich ausgemalt hatte.

»Gut«, sagte Trevor daher. »Wir sind uns einig. Bitte verzeihen Sie meine Zweifel!« Ohne seinen Gesprächspartner je von Angesicht zu Angesicht gegenüber gestanden zu haben, konnte er dessen diabolisches und überhebliches Grinsen durch den Telefonhörer hindurch spüren. Ihn schauderte, als er sagte: »Okay. Schießen Sie los. Was soll ich für Sie tun?«

Die Stimme des Priesters nahm nun einen verschwörerischen Ton an, als er Trevors neue Instruktionen mit einer Frage initiierte: »Haben Sie ein Gewehr, Mr Farkas?«

Trevor spürte, wie sich ihm die Nackenhaare aufstellten. »Wieso wollen Sie das wissen?«

»Haben Sie schon einmal auf einen Menschen geschossen?«

»Nun, ich …«

»Ich weiß, dass ich Ihnen viel abverlange, Mr Farkas, doch hören Sie zu: …«

***

Wenn man es genau betrachtete, war die Bibliothek für okkulte Fälle binnen zweier Tage nun schon zwei Mal überfallen worden. Das erste Mal, als ein Motorradfahrer mitsamt seiner Maschine durch das Schaufenster krachte und heute wieder, wobei der Inhaber Barbarossa North offensichtlich entführt wurde.

Despinas Verhältnis zu ihrem Onkel war größtenteils von Liebe und Respekt geprägt. Er hatte ihr in wahrlich schlimmen

Zeiten beigestanden und gezeigt, wo sie hingehörte, und sie hatte ihm das Leben versüßt, alleine dadurch, dass sie seine Ratschläge beherzigt hatte, anstatt sie in den Wind zu schlagen. Doc, Tori und Jean – das war ihre Familie.

Aktuell war jedoch das Einzige, das von Docs Abwesenheit zeugte, ein aufgeräumter Schreibtisch. Ratlos stand Despina davor und betrachtete ihn.

»Wenn für Doc eines untypisch ist, dann ist es ein aufgeräumter Schreibtisch«, bestätigte Tori soeben Despinas unausgesprochene Überlegungen.

»Dennoch sieht es auf den ersten Blick nicht gerade danach aus, als ob etwas fehlen würde«, überlegte die Nekromantin laut.

»Das nicht gerade«, sagte Jean. »Eher, als ob Doc ihn mit Absicht so hinterlassen hätte, als wolle er dadurch auf etwas Bestimmtes hinweisen.« Schon begann Jean damit, das Schreibtischinventar akribisch zu untersuchen. Sie hob die Lampe hoch, die Schreibunterlage, durchforstete die Fächer des Ablagesystems, zerlegte förmlich all die Schachteln, die zur Aufbewahrung von Stiften, Notizblättern, Büroklammern und all dem weiteren Zeug dienten, das sich gemeinhin auf einem Schreibtisch befand. Tacker, Klebebandabroller und Locher wurden von Jeans Adleraugen gleichermaßen inspiziert, während Tori sich wiederum über den Inhalt von Schubladen hermachte, in denen sich die unterschiedlichsten Papiere befanden: Rechnungen, Bestellübersichten und Lieferscheine, antiquarische Kataloge, Stempel und Stempelkissen, Briefmarken, Docs Adress- und Telefonbuch und eine Stiege Handyladekabel, von denen ihr Onkel stets behauptete, sie verlegt zu haben.

Derweilen hatte sich Despina den Nebentisch vorgenommen, an dem Doc die alten Bücher restaurierte. Das Restaurationswerkzeug war schön säuberlich aufgereiht, die Lupe schien frisch poliert zu sein, und die unterschiedlichsten Fläschchen mit Tinkturen, Leimen und weiteren Stoffen standen in Reih und Glied in ihren Fächern – was für Doc eine Unart war. »So ordentlich ist es ja nicht mal über die Weihnachtsfeiertage«, stellte Despina fest, und alle stimmten ihr zu. Jedes Jahr kurz vor Weihnachten machte Doc seinen Jahresabschluss und räumte auf. Zwei Tage benötigte er dafür, und dann sperrte er den Laden für zwei ganze Wochen zu und betrat ihn kein einziges Mal.

»Er wollte sich doch mit der *Cruciforma* beschäftigen«, murmelte Despina, während sie vorsichtig die Unterlage anhob, um darunter blicken zu können.

»Das hat er auch«, antwortete Tori. »Die ganze Nacht hat er durchgearbeitet.«

Despina entdeckte einen kleinen Papierschnipsel und zog ihn hervor. »Hat er dir erzählt, was er gefunden hat?«

»Irgendwas von Jesus hat er gefaselt. Er meinte, er wisse jetzt, wie der Heiland ausgesehen habe.«

»Ja, klar«, schaltete Jean sich ein. »Er hat ein Foto von ihm in der *Cruciforma* entdeckt oder wie?«

»Schon möglich«, murmelte Despina und betrachtete das kleine Papierquadrat durch Docs Lupe. »Seht euch das mal an.«

Tori und Jean kamen heran und schoben ihre Köpfe über dem Vergrößerungsglas zusammen.

»Hübsch gemacht«, sagte Tori.

»Hübsch? Das ist eine bemerkenswert detaillierte Zeichnung«, begeisterte sich Despina. Sie hielt das etwa zweieinhalb mal drei Zentimeter große Bildchen mit einer Pinzette so unter die Lupe, dass man es gut sehen konnte. Es war das Bildnis des Gekreuzigten.

»Aber, das ist doch …« Jean schob Tori beiseite. »Spinne ich, oder ist das Zufall? Wer hat das gemacht?«

»Warum, was ist denn los?« Tori drängte sich wieder zurück, um erneut durch die Vergrößerung gucken zu können.

»Ich habe keine Ahnung.« Despina war ebenso sprachlos wie fasziniert.

»Was ist denn an dem Bild so besonders?«, wollte Tori wissen.

Hier waren sich Jean und Despina einig. »Es zeigt unseren Fall: den gekreuzigten Toten aus der Gruft von *All Hallows*, der sich für Jesus hält.«

»Seid ihr euch da sicher?« Tori war von Natur aus skeptisch.

»Er sieht genauso aus«, verteidigte Jean ihren Eindruck.

»Ganz exakt«, ergänzte Despina.

»Hundertprozentig.«

»Aber das ist unmöglich«, sagte Tori nun.

»Wieso?«

»Doc hat mir das Bild gezeigt. Es stammt aus der *Cruciforma*. Ich habe vorhin nicht so viel drauf gegeben, da ich gedanklich ganz woanders war, aber …«

»Aber wenn das hier tatsächlich aus der *Cruciforma* stammt, dann …«

»Ganz genau«, sprach Tori weiter. »Das Buch ist etliche hundert Jahre alt. Wie kommt nun der Leichnam eines Toten des 21. Jahrhunderts da rein?«

»Und wo ist das Buch jetzt?«

Die drei Frauen sahen sich ratlosen Blickes an und zuckten alle ihre Schultern.

Despina erhob als Erste das Wort. »Tori, hast du irgendeine Möglichkeit, das Alter des Bildes festzustellen?«

»Dazu müsste man ein Stück des Papiers in einem Labor untersuchen.«

»Vielleicht hilft uns das weiter«, mutmaßte Despina. »Außerdem solltest du das Bild scannen und mit sämtlichen Bildarchiven und Kunstsammlungen weltweit abgleichen. Ich möchte wissen, wer den Jesus darauf gemalt hat.«

»Das wird kein Problem sein, aber eine Weile in Anspruch nehmen.«

»Egal. Es gibt noch mehr zu tun.«

Tori und Jean blickten Despina aufmerksam an.

»Whiteheads Instruktionen. Wir müssen Maßnahmen ergreifen, sie umzusetzen. Wir brauchen Kameras mit Internetzugang und das nötige Material für eine Selbstkreuzigung in der Krypta von *All Hallows*.«

»Ich habe bereits eine Materialliste vorbereitet. Wir müssen das Zeug nur noch organisieren und zusammentragen«, sagte Tori.

»Sehr gut. Das kann Jean übernehmen. Derweilen möchte ich, dass du noch mal diesen George Whitehead auf Herz und Nieren überprüfst. Außerdem möchte ich wissen, in welcher Verbindung er zu Trevor Farkas steht.«

»Zu Farkas? Was hat der denn nun mit Whitehead zu tun?«

»Es war Farkas' Handy, auf dem er angerufen hat. Mir ist das alles nicht ganz geheuer.«

»Na schön. Das Handy selbst habt ihr mir nicht mitgebracht?«

Jean schüttelte den Kopf. »Das hat Inspektor Johnson beschlagnahmt.«

»Auch egal. Wenn mich jemand sucht – ich bin im Keller an meiner Tastatur.« Tori eilte in den Keller hinab und hinterließ eine schale Duftnote von Chips und Energy-Drinks.

»Und du?«, fragte Jean.

»Ich muss noch mal ins Legat. Wir treffen uns unten. Wie lange wirst du brauchen mit den Besorgungen?«

»Kommt drauf an, was Tori alles meint, was wir brauchen.« Im selben Moment piepste ihr Smartphone. Sie blickte drauf und sagte: »Da ist sie schon, meine Einkaufsliste.«

»Wie lange?«

»Eine Stunde.«

»Bis dann. Und pass auf dich auf.«

»Natürlich, Süße.« Jean grinste. »Seit wann bist du denn so besorgt um mich?«

»Das bin ich immer. Besonders seit dich dieser Sektenguru für mich hält.«

Jean schluckte hart. »Stimmt. Das hätte ich beinahe vergessen.«

Despina nickte. »Ich weiß.« Sie umarmte Jean kurz. »In einer Stunde«, sagte sie noch mal und schob Jean von sich. Sie blickte ihr nach, wie sie die Bibliothek verließ, und verschloss die Tür sorgfältig hinter ihr.

Sie machte sich tatsächlich Sorgen um Jean. Diese Verwechslungsgeschichte mochte verheerend enden, würde dieser Whitehead Jagd auf sie machen, nur weil er sie für Despina hielt. Gleichzeitig kreisten ihre Gedanken unentwegt darum, wie man sie beide miteinander verwechseln konnte. Die beiden Freundinnen sahen sich auch bei oberflächlicher Betrachtung nicht im Geringsten ähnlich: Die kräftige, eher muskulöse und definitiv maskuline Jean und die sportlich schlanke, eher zarte Despina; da war eine Verwechslung eigentlich ausgeschlossen. Noch dazu, wenn die gesamte Bibliothek tatsächlich seit geraumer Zeit beschattet wurde und unter Überwachung stand, wie George Whitehead Jean am Telefon gegenüber behauptet hatte.

Irgendetwas passte da hinten und vorne nicht zusammen, mutmaßte sie, als sie die Treppenstufen hinuntereilte. Vielleicht hatte Whitehead geblufft. Doch zu welchem Zweck? Worum ging es überhaupt bei Docs Entführung? Um die *Cruciforma*? Da sich das Buch nicht mehr auf Docs Schreibtisch befunden hatte, war davon auszugehen, dass es der Entführer mitgenommen hatte. Wahrscheinlich benötigte er ihren Onkel nur zur Entzifferung oder Übersetzung des mittelalterlichen Werkes. Doch was zur Hölle war der Inhalt des Buches?

Aus dem Augenwinkel sah sie am Ende des Flurs Toris Computerraum. Ihre Halbschwester saß vor der Riege an Bildschirmen, tippte emsig auf ihrer Tastatur herum und versorgte sich wie beiläufig mit der hierfür nötigen Energie mittels Kartoffelchips und nach Kaugummi stinkender Limonade, die mit dieser giftigen Mischung aus Taurin und Koffein versetzt war.

Despina genügte Koffein alleine. Am liebsten mochte sie dergleichen schwarz und heiß, doch ein rascher Blick in die Küche ließ sie ernüchternd feststellen, dass der restliche Kaffee, der in der Kanne schwappte, vom Vortag sein musste. In aller Eile schüttete sie die erkaltete und abgestanden riechende Brühe in den Ausguss und setzte neuen Kaffee auf. Bis der durchgelaufen war, müsste ihre Unterredung mit einem ihrer engsten Vertrauten aus der Totenwelt beendet sein.

Despinas Legat mit dessen Urnen war für sie wie ein heiliger Ort. Würde man die Nekromantin befragen, würde sie das Legat als das Herzstück der Bibliothek bezeichnen.

Sie dämmte das indirekte Licht zusätzlich, so dass sie sich auf das Gespräch konzentrieren konnte. Sie wählte die Urne Ben Carters aus, der zu Lebzeiten ein zuverlässiger Polizeibeamter Londons war, bis er aufgrund einer Fehleinschätzung bei einem Anschlag bei lebendigem Leibe verbrannt war. Despina selbst hatte die Asche eingesammelt. Die Fehleinschätzung ging auf ihr Konto und es war ein wunder Punkt in ihrer eigenen Karriere als Ermittlerin. Doch Carter selbst hatte ihr rasch verziehen – eigentlich hatte er ihr nie einen Vorwurf gemacht. Noch immer vertrat er die Ansicht, dass er an Despinas Stelle nicht anders gehandelt hätte.

»Pina«, sagte er, als sie den Kontakt zu ihm hergestellt hatte. »Schön, dass du mit mir sprichst. Ich werde dieser elenden Ruhe nach dem Tod langsam aber sicher überdrüssig.«

»Das brauchst du nicht, Ben. Und wie ich aus anderer zuverlässiger Quelle weiß, ist es in der Totenwelt gar nicht so still, wie du immer behauptest.«

»Na ja, gesprochen wird hier natürlich schon, aber in Maßen. Zumeist auch nur hohles Geschwätz. Die Toten stehen den Lebenden da in nichts nach.«

»Diese Aussage müsste für uns Hinterbliebene doch eigentlich beruhigend sein«, lachte Despina.

»Natürlich müsste es das. Ich verstehe diese ganze Panik vor dem Totsein eh nicht. Das habe ich schon als Lebender nicht verstanden. Zwar wusste auch ich nicht, was danach sein würde – oder ob überhaupt –, aber diese Angst, diese unermessliche Angst vor dem Sterben ist meiner bescheidenen Meinung nach völlig irrational.«

»Ich glaube, die Angst, das Leben zurückzulassen, ist es, die uns quält.«

»Aber was ist das Leben denn? Doch nichts anderes als eine Aneinanderreihung komplexer Emotionen und zwischenmenschlicher Interaktionen. Der Rest besteht einzig und allein aus Konsum. Was man zurücklässt sind unwichtige Besitztümer und seelische Trümmerhaufen.«

»Was verstehst du denn unter einem seelischen Trümmerhaufen?«

»Menschen wie dich. Hinterbliebene. Im Leben zurückgelassene Freunde, Familienangehörige, flüchtige Bekannte, Feinde, Fremde – erst aus der Sicht des Todes stellt man fest, dass es nichts als zerrüttete Seelen sind, die ihren Frieden noch nicht gefunden haben.«

»Du bist heute sehr philosophisch, Ben.«

»Und du wirkst mir nachdenklicher als sonst. Was ist los mit dir?«

»Mein Onkel wurde entführt«, erklärte sie. »Ich brauche deinen Rat als Polizeibeamter.«

»Ich werde sehen, was ich machen kann. Schieß los.«

Und Despina schilderte den Fall so gut sie es vermochte; angefangen bei dem Toten, der von sich behauptete, Jesus Christus zu sein, über den Besuch im Leichenschauhaus mit den anderen suizidalen Kreuzigungsopfern bis hin zum Ausgraben des Leichnams, nachdem der Pfarrer von *All Hallows by the Tower* ihn eigenmächtig vergraben hatte. Erst als sie das Auffinden von Trevor Farkas Handy und den ominösen Anruf von George Whitehead erwähnte, kam sie auf die *Cruciforma* zu sprechen und somit auch auf das Motorrad und den Sammler, der sich Priester nannte und das Buch gerne in seinem Besitz hätte. Zu guter Letzt erwähnte sie das Auffinden des Jesusbildes aus dem Buch und Docs penibel aufgeräumten Schreibtisch.

»Das wäre bislang alles. Ich hoffe, ich habe nichts Wesentliches vergessen oder ausgelassen«, endete sie.

»Der Fall scheint mir reichlich kurios zu sein.«

»Das sind meine Fälle immer.«

»Stimmt, aber hier – das passt doch alles hinten und vorne nur schwer zusammen. Bist du sicher, dass die beiden Geschichten miteinander in Verbindung stehen?«

»Das Verbindungsglied ist Farkas Handy. Aber mir ist selbst nicht klar, wie ich diese Verbindung zu deuten habe.«

»In dem Fall solltest du diesen Farkas aufspüren und in die Mangel nehmen.«

»Daran habe ich auch schon gedacht. Leider läuft uns dafür die Zeit davon. Jean, von der dieser Whitehead glaubt, sie sei ich, muss sich für ihre Selbstkreuzigung vorbereiten.

Oder meinst du, ich solle gehen? Hat er uns nur aufgrund der Stimme am Telefon verwechselt?«

»Klingt ihr denn ähnlich?«

»Jeans Stimme ist tiefer als meine. Sie ist generell eher der maskuline Typ.«

»Meiner Einschätzung nach sollte deine Freundin sich weiterhin für dich ausgeben. Wenn dieser Whitehead wirklich die gesamte Bibliothek unter Beobachtung hat, wie er behauptet, dann hätte er deine Freundin erkennen müssen. Sei es alleine von der Stimme her oder sonst wie. Und wenn dem nicht so ist, dann doch vom Aussehen alleine – oder aber er hat geblufft.«

»Aber darf ich das denn von ihr verlangen?«

»Ich denke nicht, dass es der richtige Zeitpunkt ist, um mit deiner Freundin über eure Bedürfnisse und Empfindungen zu sprechen. Ihr müsst die Kreuzigung nach den Anforderungen des Geiselnehmers vorbereiten und auch so durchführen, bis maximal zu jenem Punkt, wo es für deine Freundin gefährlich wird. Zeitgleich müsst ihr versuchen, diesen Whitehead zu schnappen. Gelingt euch das nicht, ist entweder Doc tot oder Jean hängt am Kreuz.«

»Das macht nicht wirklich Mut.«

»Ihr schafft das schon. Whitehead möchte die Kreuzigung per Videoübertragung, sagtest du?«

»Ja. Jean besorgt gerade Webcams, Kabel und weiß der Kuckuck, was Tori ihr alles auf die Einkaufsliste gesetzt hat.«

»Baut Störbilder ein. Das schafft deine Tori mit Leichtigkeit. Die Übertragung muss fortlaufend schlechter werden, so dass Whitehead nichts anderes übrig bleibt, als aus seinem Versteck zu kommen, um der Kreuzigung persönlich beizuwohnen.«

»Und wenn er das nicht tut, sondern die Mutwilligkeit erkennt?«

»Ein Restrisiko besteht immer. Das weißt du doch.«

Despina seufzte. »Ja, ich weiß.«

»Außerdem solltet ihr in Erfahrung bringen, worum es diesem Whitehead überhaupt geht. Alleine nur um dieses Buch? Was ist das für ein Werk?«

»Ich habe keine Ahnung, ehrlich gesagt.«

»Du hast nichts?« Sie spürte förmlich Carters fassungsloses Kopfschütteln. »Das ist weniger als wenig, Despina. Du musst schnellstmöglich an die nötigen Informationen gelangen. Wer kennt sich denn mit mittelalterlichen Schriften aus?«

»Umberto natürlich!«, schoss es Despina in den Sinn.

»Der Italiener?«

»Ganz genau. Du hast recht, Carter. Ich danke dir vielmals für deine Hilfe. Ich muss jetzt Umberto sprechen. Ich melde mich wieder bei dir, sobald die Sache erledigt ist.«

»Das will ich hoffen. Unser philosophischer Diskurs über die Seelentrümmer der Hinterbliebenen ist noch nicht durch. Da gibt es noch einige Ansichten, die ich dir gerne mitteilen würde, damit …«

»Ja, das machen wir, Ben. Versprochen.«

»Ihr schafft das, Pina«, meinte Carter abschließend. »Ihr seid ein gutes Team, du und deine Truppe.«

»Ich weiß, Ben. Danke für alles!« Augenblicklich unterbrach sie die Verbindung, so wie man einen Telefonhörer auf seine Gabel drückt oder mittels eines roten Knopfes auf dem Display die Verbindung beendet – nur geistig, alleine mit Kraft ihrer Gedanken.

Um sich kurz zu sammeln, verließ sie ihr Legat, um sich Kaffee zu holen. Mit der Tasse in der Hand besuchte sie Tori mit ihren Computern und setzte sich kurz zu ihr.

»Und Schwesterchen?«, sagte Tori beiläufig, während sie auf ihre Tastatur einhämmerte, ohne den Blick von ihren Bildschirmen abzuwenden. »Was sprechen die Toten?«

Despina schlürfte von ihrem Kaffee, bevor sie antwortete: »Ich habe mit Ben Carter gesprochen.«

»Dein toter Polizistenfreund?«

»Ja. Er ist der Meinung, Whitehead blufft.«

»Das ist gut möglich. Diese ganze Verwechslungsgeschichte nehm ich dem Typen nämlich nicht ab.«

»Carter meinte außerdem, du solltest deine Webcams mit Störsignalen füttern, damit er aus seinem Versteck kommt und wir ihn schnappen können.«

»Gar nicht mal so schlecht, die Idee«, murmelte Tori vor sich hin. Ihre Hand glitt hektisch von der Tastatur zur Maus, vollführte einige Klicks und tippte dann weiter.

»Hast du schon was hinsichtlich des Jesusbildes aus dem Buch herausgefunden?«

»Wie?« Tori blickte auf und kurz in ihre Richtung. Sie lächelte, trank einen Schluck aus ihrer Energydose und stieß auf, bevor sie antwortete: »Eine Faser des Papiers habe ich rüber ins Labor des Britischen Museums gegeben. Es wurde aber erst vor ein paar Minuten von einem Kurier abgeholt.«

»Du hast einen Kurier bestellt?«, fragte Despina ungläubig. »Das Museum ist keine 500 Meter von hier entfernt.«

»Ja, aber ich kann hier grad nicht weg, und der Kurier war ohnehin auf dem Weg. Einer meiner Nerd-Kumpanen macht da gerade Überstunden im Labor, und ich habe ihn mit einigen intimen Details eines Mädchens aus seiner Nachbarschaft gelockt. Das Ergebnis sollte mir binnen einer Stunde vorliegen.«

»Du bist unmöglich, du Hackermaus.«

»Ich weiß. Alle wissen das.« Tori grinste neckisch und machte einen verführerischen Augenaufschlag.

»Nicht schlecht, Schwesterchen«, sagte Despina. »Warum bist du noch mal Single?«

»Weil mein Körper nunmal nicht dem gängigen Schönheitsideal entspricht.« Sie musterte Despina von oben bis unten und ergänzte: »Im Gegensatz zu deinem.«

»Red keinen Quatsch. Du hast so ein hübsches Gesicht und irgendjemanden wird es geben, der dich so lieben wird, wie du bist – ein wunderbarer Mensch.«

»Hey, um den zu finden könnte ich doch mal Nacktfotos von dir machen und meinen Kopf auf deinen Körper setzen, um es im Netz hochzuladen. Was meinst du, wie die sabbernden Männer plötzlich Schlange stehen würden?«

»Untersteh dich. Du machst überhaupt keine Fotos von mir, um sie irgendwo hochzuladen.«

»Ich weiß, Liebes. Aber nun hör zu: Die *Cruciforma* ist ein Werk, das vom Alter her dem unserer betroffenen Kirche entsprechen muss, wenn nicht gar älter ist. Es wurde im Kloster zu Fulda gefertigt, und es gibt insgesamt nur drei Exemplare – allesamt wertvolle Handschriften. Ob unser Exemplar das Original ist oder eins der anderen beiden, das weiß der Teufel alleine. Diesen kann man wohl auch beschwören, wenn man über alle drei Exemplare verfügt, die sich in Kleinigkeiten voneinander unterscheiden sollen.«

»Das klingt ganz schön nach diesem Film mit Johnny Depp. Wie hieß der noch?«

»Du meinst *Die neun Pforten*, wo er diesen Buchhändler spielt?«

»Ja, genau.«

»Nun, wenn dann hat der Autor Pérez-Reverte als Inspiration unsere *Cruciforma* hergenommen, als er seine Romanvorlage mit dem Titel *Der Club Dumas* 1993 schrieb.«

»Mensch, Tori«, staunte Despina. »Du bist ja richtig belesen.«

»Ja«, grinste ihre Halbschwester. »Google bildet eben.«

»Apropos: Hast du eine Suchanfrage zu dem Bild gestellt?«

»Natürlich, aber bislang ohne Ergebnis.«

Despina seufzte enttäuscht. Sie benötigte irgendetwas, mit dem sie Umberto füttern konnte. Schließlich war er ein Spezialist, was alte mittelalterliche Handschriften anbelangte. »Sonst hast du nichts?«

Tori schüttelte den Kopf. »Nicht über das Buch. Aber diesen George Whitehead habe ich recherchiert.«

»Und?« Sie trank ihren Kaffee leer und stellte die Tasse zu Toris leeren Getränkedosen.

»Whitehead ist Oberhaupt einer zutiefst christlich-fanatischen Bewegung, die sich von den üblichen Erweckungskirchen abgespalten hat. Es gibt keine Gotteshäuser, aber Versammlungen an wechselnden Orten, weltweit organisiert und durchgeführt. Keine dieser Versammlungen findet ohne Whitehead statt.«

»Dann scheint der Kerl gut rumzukommen.«

»Davon ist auszugehen. Besonders reisen ihm viele seiner Anhänger nach. Die Glaubensgruppe organisiert sich online über ein Erweckungsportal, dessen Zugang einem Hochsicherheitstrakt gleichkommt. Die Portale fürs Onlinebanking sind nicht so stark geschützt wie Whiteheads Seite.«

»Das heißt, du hast versucht, dich dort einzuhacken?«

»Selbstverständlich, aber bislang ohne Erfolg. Also habe ich mit einem Fake-Account einen Mitgliedsantrag fingiert. Leider läuft die Sache so ab, dass man zu einer dieser Versammlungen gehen muss, zu der man jedoch nur eingeladen werden kann, denn die Treffen sind ja geheim und unter Ausschluss der Öffentlichkeit. Soweit ich in Erfahrung bringen konnte, führt Whitehead selbst die Aufnahmegespräche mit interessierten Neu-Jüngern durch. Im Rahmen eines Rituals werden sie initiiert, und mit der Initiierung erhalten sie auch feste Aufgaben. Immer wieder muss man sich und seinen Glauben beweisen.

Das ganze Netz der Jünger ist ganz schön perfide aufgebaut und organisiert. Keiner traut dem anderen, und ein jeder schaut, dass er irgendwen bei Whitehead anschwärzen kann, um selbst in dessen Gunst zu steigen.«

»Gibt es Aussteigerberichte?«

»Negativ. Alle, die versucht haben, aus Whiteheads Glaubensgemeinschaft zu entkommen, starben kurz darauf eines unnatürlichen Todes – Unfälle zumeist, manchmal auch Suizid.«

»Verstehe.« Despina blähte die Backen auf und ließ die Luft langsam entweichen. »Und Trevor Farkas ist ebenfalls einer von Whiteheads Jüngern?«

»Davon ist auszugehen, wobei ich noch keine Beweise dafür gefunden habe. Es gibt auch eine Riege engster Vertrauter, über die man so gut wie nichts erfährt. Vielleicht gehört Farkas ja diesem engsten Kreis an.«

»War rein rechtlich gesehen irgendetwas dabei, womit man Whitehead das Handwerk legen kann?«

»Interpol ermittelt gegen ihn, aber die Beweislast ist dünn. Wenn, dann verhaftet man einzelne seiner Anhänger oder Jünger, aber keiner gesteht, und niemand sagt gegen ihn aus. Der Spaß endet stets mit einem weiteren mehr oder minder überraschenden Todesfall in einer Gefängniszelle.«

»Na schön.« Toris Recherchen befriedigten Despina kein bisschen. Sie hatte sich mehr erhofft. »Vielleicht findest du ja noch das eine oder andere.«

»Ich bemühe mich.«

»Ich weiß.« Sie lächelte gequält und stand auf. »Wie viel Zeit bleibt uns noch?«

Tori drückte eine Taste der Tastatur und einer der Bildschirme flackerte und zeigte sogleich einen Countdown an, der unerbittlich nach unten zählte. »Etwas über eine Stunde.«

Despina nickte. »Gut. Ich werde versuchen, das Gespräch mit Umberto kurz zu halten.«

***

Am liebsten würde Barbarossa speien. Zu intensiv roch es hier nach Pisse und Weihwasser, und es war keine Übertreibung. Er hatte keinerlei Ahnung, wo er sich befand, aber der Geruch war omnipräsent und in letzter Instanz einfach nur widerwärtig.

Er erinnerte sich gut daran, als Tori eines Tages dieses junge Kätzchen in der Bibliothek versteckt hielt. Irgendwann war das arme Tier am Katzenschnupfen erkrankt oder etwas vergleichbar Schlimmen. Tori selbst jedoch lag mit einem schweren grippalen Infekt bei sich zu Hause im Bett und konnte sich dementsprechend nicht um die Katze kümmern, die sich derweilen irgendeine Ecke in den Geschäftsräumlichkeiten auserkoren hatte, wo sie unbemerkt ihre Bedürfnisse erledigte. Der Gestank hatte von Tag zu Tag zugenommen, doch Barbarossa, der von dem Tier nichts wusste, hatte nicht ausmachen können, wo der Geruch herrührte.

Als sich die Sache endlich aufklärte, war das Kätzchen beinahe tot, und sein ätzender, nach Ammoniak stinkender Urin hatte auf einer Stelle des Bodens hinter einem Regal einen tiefschwarzen Fleck hinterlassen, dessen Geruch schlichtweg nicht mehr in den Griff zu kriegen war. Barbarossa hatte kurzerhand den Boden erneuern lassen. Etwas anderes hätte überhaupt keinen Sinn mehr gehabt.

Was aus dem Kätzchen geworden war, wusste er nicht. Tori hatte es zum Tierarzt gebracht und war ohne das Tier zurückgekommen. Nie wieder hatte sie darüber geredet, geschweige denn Anstalten gemacht, ein neues Tier anzuschaffen, worüber Barbarossa nicht im Geringsten traurig war.

Wie auch immer: Hier stank es ähnlich.

Barbarossa vermutete, dass er sich in einer Art Kellerverlies oder Ähnlichem befinden musste. Seine Arme und Beine waren so an dem Stuhl fixiert, auf dem er saß, dass er zu keiner gottgegebenen Handlung fähig war.

Hinzu kam sein dröhnender Kopfschmerz, was eine Nachwirkung des Chloroforms sein mochte, das er eingeatmet und das zu seiner Bewusstlosigkeit geführt hatte. Noch immer hing ihm der Geruch in der Nase – doch der mit Weihrauch vermengte Ammoniak-Gestank war stärker.

In dem Raum war es nicht ganz dunkel, aber auch nicht hell genug, als dass er irgendetwas hätte erkennen können, was einen Rückschluss auf seinen Aufenthaltsort zugelassen hätte. Soweit er ausmachen konnte, war er allein.

Einen kurzen Moment war er versucht, um Hilfe zu rufen, doch das hätte nur den oder die potentiellen Entführer hergelockt, und wer mochte schon sagen, was man dann mit ihm tun würde. Früher oder später würde man nach ihm sehen, und Barbarossa hoffte, dass es keine Foltermär war, die ihn dann erwarten würde.

Aber weshalb sollte man ihn überhaupt entführen? Lösegeld ließ sich mit ihm doch wohl kaum erpressen.

Er schielte zu seinem linken Handgelenk, doch der Kommunikator befand sich nicht daran. Soweit er sich entsinnen konnte, hatte er ihn selbst abgelegt, als er nach oben in die Wohnung gegangen war. Dort hatte der Entführer auf ihn gewartet. Er hatte das Chloroform eingeatmet und war ohnmächtig geworden, und hier war er nun mit Kopfschmerzen und in Dunkelheit.

Etwas zu trinken wäre nicht schlecht. Ein paar Schluck Wasser oder Tee – Hauptsache etwas, um den trockenen Mund zu befeuchten.

Mein Gott, wer wusste schon, wie lange er bereits hier war?

Hunger verspürte er keinen, aber das mochte auch dem Adrenalin zuzuschreiben sein, das die Angst vor seiner gegenwärtigen Situation in ihm ausschüttete.

War das so? Er hatte keine Ahnung, kannte sich mit solchen Dingen nicht aus – er suchte nur nach Erklärungen, die ihn ein wenig beruhigen konnten.

Er lauschte in die Dunkelheit. Wenn er schon nichts sehen konnte, hörte er möglicherweise etwas, das ihm weiterhelfen würde. Waren da nicht weit entfernte Fußschritte? Redete dort jemand? Spielte gar irgendwo ein Radio? Letzten Endes musste er sich eingestehen, dass jedes noch so entfernte Geräusch reine Einbildung sein mochte. Wenn er ehrlich zu sich selbst war, so hörte er nicht das Geringste. Nicht einmal einen einsamen Wassertropfen oder …

… doch, Moment: Da war tatsächlich ein Wassertropfen. Nur allzu leicht konnte man es überhören. Barbarossa war sich sicher, dass sich die Quelle des kaum merklichen Geräusches nicht innerhalb seines Gefängnisses befand. Vielleicht in einem Nebenraum oder ein Stockwerk über oder unter ihm?

Es hatte gar keinen Zweck, die genaue Geräuschquelle zu lokalisieren; er hätte eh nicht dorthin gelangen können. Aber es war schon mal gut, dass das Wassertropfen existierte. Unter Umständen würde es ihm ja gelingen, sich von diesem Stuhl loszureißen, und dann hätte er sich auf die Suche nach dem Wasser machen können, um seinen Durst zu stillen.

Einmal mehr rüttelte er an seinen Fesseln, doch er war absolut bewegungsunfähig und somit völlig professionell fixiert worden.

»Hilfe!«, rief er jetzt doch, seinen Vorsatz von vorhin über Bord werfend. »Hallo! Hört mich wer?«

Wieder lauschte er in die Dunkelheit.

Doch mit Ausnahme des Wassertropfens war da nichts und niemand. Keine Menschenseele weit und breit.

»Hey!«, brüllte er nun aus Leibeskräften, bis sein Hals schmerzte. Das Schreien würde sein drängendes Durstgefühl nicht mildern. Da er keinerlei Reaktion erhielt, musste er sich eingestehen, dass ihn absolut niemand hörte. Barbarossa war ganz alleine, irgendwo in einem finsteren Loch, und er brauchte gar nicht erst davon ausgehen, dass sich an dieser Situation in absehbarer Zeit etwas ändern würde.

***

Umbertos Urne stellte eine Besonderheit in Despinas Legat dar. Nicht nur, dass es die einzige war, die sich illegal hier befand; sie war in dem Sinne keine Urne, sondern ein Gefäß, das seinem Inhalt mehr als nur gerecht wurde: Ein Buch – genauer gesagt handelte es sich um ein hohles Buch, in dessen Innerem sich von Seiten umrandet eine Kartusche befand, in der wiederum die Asche des Mailänders ruhte.

Wollte nun Despina mit Umberto sprechen, so hätte es freilich ausgereicht, sich allein im Legat aufzuhalten – ohne weiteres hätte sie eine Verbindung zu Umberto herstellen können, und er selbst hätte keinerlei Unterschied gemerkt – doch es entsprach Despinas Achtung und Wertschätzung vor den Toten selbst, dass sie sich die Mühe machte, Umbertos Urnenbuch aus dem Regal zu ziehen, es sich damit in ihrem Sessel bequem zu machen, es aufzuschlagen und die Hände auf die Seiten zu legen, wodurch die Verbindung automatisch zustande kam.

Es war das Mindeste, was sie dem verstorbenen Bestsellerautor, Kolumnisten, Philosophen, Medienwissenschaftler und Professor der Semiotik an Ehrerbietung bieten konnte.

»Ah, Ms Jones«, begrüßte er Despina.

In einer ihrer ersten Sitzungen hatten sie beide beschlossen, nicht ins kameradschaftliche Du zu wechseln. Eco hatte da seine Prinzipien, und Despina war auch Jahre nach dem Erstkontakt aufgeregt wie ein kleines Kind, wenn sie mit ihm sprach. Sie hatte all seine Bücher gelesen und war ein begeisterter Fan seiner spannenden Gedankenexperimente.

»Ich hoffe, ich störe nicht«, sagte sie daher, um ihren Gesprächspartner sogleich aus der Reserve zu locken.

»Wie könnten Sie? Wir leben hier auf einer Ebene zwischen Tieren und Engeln – da gibt es keine unwillkommenen Störungen. Im Gegenteil: Ich freue mich, mit Ihnen sprechen zu dürfen, und das wissen Sie.«

Sie lächelte geschmeichelt, und Eco sagte: »Das Lächeln der Mona Lisa könnte nicht gütiger sein.«

»Woher wissen Sie, dass ich gelächelt habe?«

»Es war doch recht offensichtlich, will ich meinen. Ich habe Ihnen ein Kompliment gemacht, auf das Sie nichts erwiderten. Entweder ich habe Sie gekränkt, was ich kategorisch ausschließe, oder aber Sie fühlten sich durch meine Worte geschmeichelt. Meine Frau Renate lächelte auch immer, wenn ich nett zu ihr war. Ich hoffe, es geht ihr gut, und sie hat auch ohne mich allen Grund zu lächeln.«

»Das hoffe ich auch.«

Despina musste aufpassen, nicht Umbertos Charme zu erliegen.

Er schaffte es ohne weiteres, so interessant zu erzählen, dass sie ihm stundenlang zuhören konnte. Daher fiel sie sogleich mit der Tür ins Haus: »Ich benötige Ihre Hilfe, Signor Eco.«

»Womit Sie mir wiederum schmeicheln. Ein alter toter Mann, wie ich es bin, wird nicht oft von einer jungen Frau, die vor Lebenskraft nur so strotzt, um Hilfe gebeten. Was kann ich also für Sie tun, Ms Jones?«

»Es geht um eine alte Handschrift aus dem Mittelalter.«

»Natürlich. Worum auch sonst? Bei etwas anderem könnte ich Sie thematisch doch nur schwer unterstützen. Um welches Manuskript geht es denn?«

»Die sogenannte *Cruciforma.* Sie wurde meinem Onkel entwendet, der – wie Sie wissen – eine Bibliothek leitet. Doch nicht nur das, wurde mein Onkel selbst auch noch entführt.«

»Das klingt nach einem spannenden Stoff für einen Roman. Dabei ist die *Cruciforma* kaum bekannt. Zu meinen Lebzeiten gab es nur drei Exemplare. Alle von unschätzbarem Wert. Es hieß, wer alle drei Exemplare sein Eigen nennt, könne damit den Teufel beschwören.«

»Und? Ist an dieser Legende etwas dran?«

»Ich weiß es nicht. Schon immer hat es Werke gegeben, von denen behauptet wurde, man könne damit den Teufel beschwören oder andere Dämonen – doch ergeben sich mir daraus zwei Fragen. Die erste ist: Warum sollte jemand dergleichen tun? Und die zweite lautet: Wenn es je jemand getan hätte, wieso gibt es dann keine glaubhaften Berichte darüber?«

»Worauf wollen Sie hinaus?«

»Ich glaube, dass mit Beschwörungen dieser Art noch nie jemand erfolgreich war. Dennoch könnte es natürlich sein, dass jemand versucht, alle drei Exemplare zur Durchführung einer solchen Beschwörung zusammenzutragen. Dass man dabei auch über Leichen geht beziehungsweise vor einer Entführung keinen Halt macht, ist in dem Fall nicht im Entferntesten abwegig.«

»Doch gerade die Entführung ist es, die ich nicht nachvollziehen kann.«

»Besitzt Ihr Onkel denn irgendwelche besonderen Fähigkeiten hinsichtlich des Buches?«

»Nun, in gewisser Hinsicht bestimmt. Er ist Restaurator, Bibliothekar und ein schlauer, sehr belesener Mann. Sie beide würden sich gut verstehen.«

»Davon gehe ich aus.« Er machte eine kurze Pause, bevor er weitersprach: »Natürlich mag es sein, dass Ihr Onkel für den Entführer von Wert ist. Sei es als Übersetzer oder Interpretator. Das weiß letztlich nur der Entführer selbst. Sollte derjenige jedoch wahrhaftig alle drei Exemplare der *Cruciforma* beisammenhaben, so geht es ihm augenscheinlich nicht um Geld, denn dann müsste er die drei Bücher nur für eine gute Millionen verkaufen. Nein, ihm geht es um Macht. Von daher ist Ihre Vermutung, was die geplante Beschwörung des Teufels angeht, gar nicht mal so abwegig – unabhängig davon, ob dergleichen überhaupt möglich ist oder nicht.«

Despina nickte nachdenklich. »Was können Sie mir sonst noch über das Buch erzählen?«

»Oh, so viel ist das nicht, wie Sie sich wohl erhoffen, Ms Jones. Das Problem ist doch dies, dass ich hier im Totenreich keinerlei Zugriff auf meine weit über 50.000-bändige Privatbibliothek habe. Das ist es, was mich am meisten schmerzt. Ich vermisse meine Bücher so sehr, dass ich über jedes einzelne eine wahre Sintflut aus Tränen weinen könnte.«

»Aber Sie können im Totenreich mit den Verfassern jener Werke kommunizieren.«

»Das ist so nicht richtig. So wie ich es hier wahrnehme, ist das alles nur eine Art Zwischenlager. Eine Auffangstation für die erste unbestimmte Zeit nach dem Ableben, die solange aufrechterhalten bleibt, bis auch der letzte Hinterbliebene aufhört, an einen zu denken. Und viele meiner mittelalterlichen Freunde wurden schon lange vergessen.«

»John Dee ist da sicherlich eine Ausnahme.«

»Sie kennen sich?«

»Natürlich. Ich werde ihm in Kürze einen Besuch abstatten, denn ich habe eine Frage, die nur er mir beantworten können wird.«

»Das wird den alten Alchemisten aber freuen. Sie genießen hier einen sehr guten Ruf, Ms Jones.«

»Ich weiß, Signor Eco. Und ich bin stets bemüht, diesem Ruf gerecht zu werden.«

»Das sehen wir Toten gerne. Da können Sie beruhigt sein.«

»Darf ich dennoch zurück auf die *Cruciforma* zu sprechen kommen?«

»Natürlich. Bitte verzeihen Sie. Wie der Titel des Werkes bereits vermuten lässt, wurde sich inhaltlich darin ausschließlich mit der Christuspassion auseinandergesetzt. Es gibt eine Legende, die besagt, dass der ursprüngliche, eigentliche Verfasser Zeuge der Kreuzigung Jesu gewesen sei. Mit einem Splitter des Kreuzes und dem Blut Jesu sei auf einem Pergamentstück ein Gemälde entstanden, das an Detailreichtum seinesgleichen suche. Man sagt, dass das Antlitz Jesu darauf klar erkennbar sei. Allerdings ist es so, dass in modernen Zeiten niemand dieses Bild in der *Cruciforma* gefunden hat. Zwar ist das Buch reich an Buchmalereien, doch keine passt zur soeben geschilderten Legende, die an dem Buch jedoch wie eine zweite Haut haftet.«

»Was würden Sie sagen, wenn ich behaupte, dass mein Onkel dieses Bild im Inneren der *Cruciforma* entdeckt hat?«

»Dann würde ich einerseits behaupten, dass das unmöglich ist und gleichermaßen in Euphorie verfallen, denn es käme einer Sensation gleich.«

»Dann ist es wohl tatsächlich so, dass mein Onkel deswegen entführt wurde.«

»Haben Sie das Stück Pergament mit dem Bildnis Jesu denn?«

»Ja. Aber die *Cruciforma* selbst ist fort.

»Das ist doch großartig.«

»Wieso? Was meinen Sie? Ich verstehe nicht.«

»Gehen wir mal davon aus, dass der Entführer zusammen mit Ihrem Onkel und dessen Exemplar des Buches alle drei Bücher sein Eigen nennt. Ihr Onkel hat das Geheimnis der *Cruciforma* gelüftet. Es ist anzunehmen, dass es in allen drei Exemplaren ähnlich beschaffen sein müsste. Dann fehlt dem Entführer nun ein wichtiges Puzzlestück zur Durchführung seines teuflischen Beschwörungsplanes.«

»Ich verstehe. Sie meinen …« Despinas Überlegungen überschlugen sich mit ihren waghalsigen Gedankenkonstrukten. »Auf dem Bild ist tatsächlich nur die Kreuzigungsszene abgebildet. Was meinen Sie, was auf den anderen beiden Bildern – sofern es denn welche sind – zu sehen ist?«

»Oberflächlich gesehen mutmaße ich etwas Ähnliches«, antwortete Umberto Eco, »Kreuzigungsszenen. Aber andere.«

»Andere? Ich dachte, es handle sich dabei um das Antlitz Jesu eines Zeit- und Augenzeugen.«

»Natürlich. Aber Jesus Christus war nicht der Einzige, der an jenem Tag hingerichtet wurde. Auf Golgota wurden noch zwei weitere Aufständische gekreuzigt.«

»Ein Triptychon.«

»Gemalt mit dem Blut Jesu. Wenn das mal nicht zur Beschwörung des Leibhaftigen ausreicht, dann soll mich der Teufel holen.«

»Signor Eco, Sie haben mir wieder einmal sehr geholfen.«

»Immer wieder gerne. Es ist mir eine Ehre, Ms Jones.«

»Ich muss nun los. Aber ich komme wieder.«

»Ich erwarte Sie. Passen Sie auf sich auf, und übersenden Sie Ihrem Onkel Grüße.«

Despina grinste. »Versprochen.« Dann beendete sie die Unterredung, indem sie das Buch zuschlug und zurück in das Regal stellte.

***

Das Licht ging an. Barbarossa schloss die Augen, da ihn die Helligkeit blendete. Blinzelnd versuchte er, etwas zu erkennen, doch die urplötzliche Beleuchtung schmerzte wie Messerstiche.

Dafür hörte er, wie sich ihm jemand näherte. Er musste eingenickt sein, denn zuvor war da nur die Monotonie des einzelnen Wassertropfens in weiter Ferne.

»Wer ist da?«, sagte er.

»Ich blende ihre Augen ganz bewusst, Mr North«, sagte eine männliche Stimme. »Nicht, um Sie zu ärgern, sondern um Ihre Sinne zu schärfen.«

»Wozu soll das gut sein?«

»Ich benötige Ihre Hilfe.«

»Meine Hilfe? Dass ich nicht lache. Haben Sie mich deshalb entführt und halten mich gegen meinen Willen fest? Weil Sie Hilfe wollen? Vergessen Sie es, egal, worum es geht.«

»Nicht so vorlaut, Mr North. Ich habe Ihre Nichte in meiner Hand.«

»Das glauben Sie doch selbst nicht.« Er blinzelte weiterhin, doch das Licht war einfach zu grell. Man musste einen Scheinwerfer direkt auf ihn gerichtet haben.

»Dann lassen Sie mich eine Wette mit Ihnen abschließen.«

»Ich wette nicht.«

»Verweigern Sie mir Ihre Hilfe, Mr North, werde ich Ihrer Nichte befehlen, sich selbst zu foltern – und ich kann Ihnen jetzt bereits versprechen, dass sie es tun wird.« Der Entführer kicherte grollend.

Barbarossa schüttelte den Kopf, sagte aber: »Geben Sie mir was zu trinken, bitte. Dann sagen Sie mir endlich, was Sie wollen!«

»Ein guter Deal. Mir scheint, Sie werden also doch vernünftig.«

Er hörte, wie der Deckel einer Flasche aufgedreht wurde und spürte, wie sich ihm jemand näherte. Man schob ihm einen Strohhalm in den Mund, und Barbarossa trank gierig. Es war Zitronenlimonade. Zwar konnte er Limonade nicht ausstehen, aber das war im Moment egal.

Als man ihm den Strohhalm wieder entzog, haftete der schale Nachgeschmack künstlichen Zitronenaromas auf seiner Zunge, doch der Zucker hatte ihm die fehlende Energie ein wenig zurückgeben können. Barbarossa war wieder klar bei Sinnen. »Wobei benötigen Sie Hilfe?«

»Ich befinde mich im Besitz aller drei Exemplare der *Cruciforma*, habe aber eine kleine Irritation, die Sie hoffentlich beseitigen können.«

»Demnach haben Sie mein Exemplar gestohlen.«

»Was leider nötig war. Es musste schnell gehen, und Sie hätten es mir zum gegenwärtigen Zeitpunkt nie verkauft.«

In Barbarossas Kopf arbeitete es fieberhaft. Die Vermutung lag nahe, dass es sich bei seinem Entführer um den Sammler okkulter Schriften handelte, der unter dem Pseudonym *Der Priester* bekannt und berüchtigt war.

»Ich glaube nicht, dass ich Ihnen da groß weiterhelfen kann. Ich kenne nur mein eigenes Exemplar und habe es selbst noch nicht ausreichend studiert, um aus dem Inhalt klar zu werden.«

»Nun, ich fürchte, wenn Sie Ihre Nichte retten wollen, werden Sie mir helfen müssen, werter Barbarossa North. Oder wie nennt Ihre Nichte Sie noch gleich? … Doc?« Er lachte spöttisch. »Wie liebevoll.«

»Anstatt polemische Reden zu schwingen, könnten Sie mich zunächst mal hier losbinden.«

»Ich bin mir nicht sicher, ob wir bereits so weit sind«, sagte der Entführer und trat das erste Mal vor die grellen Scheinwerfer, die auf sein Opfer gerichtet waren.

Barbarossa legte den Kopf schief und blinzelte, konnte aber immer noch nicht erkennen, wer der Mann war. Seine Konturen, die sich als schwarze Silhouette gegen das Licht abzeichneten, waren stämmig, zerfaserten am Rand aber wie bei der totalen Eklipse.

»Das Licht«, sagte Barbarossa daher. »Es schädigt meine Augen. Wenn ich Ihnen helfen soll, müssten Sie es bitte abdunkeln, so dass es mich nicht blendet.«

»Ich denke soeben über das Problem nach, denn ich habe wenig Interesse daran, von Ihnen erkannt zu werden.«

Nun war es Barbarossa, der in Spott und Hohn verfiel, indem er kichernd sagte: »Sie sind der unprofessionellste Entführer, der mir je untergekommen ist. Das darf doch nicht wahr sein!« Er lachte laut auf, da er es tatsächlich nicht fassen konnte, wie schlecht vorbereitet das gesamte Szenario war.

Der Entführer unterbrach ihn mit energischer Stimme: »So kommen wir nicht weiter!« Er verließ die Scheinwerferfront wieder; dabei hatten Barbarossas Augen soeben damit begonnen, sich den geänderten Lichtverhältnissen anzupassen.

Barbarossas wurde mitsamt Stuhl herumgerissen und in eine andere Richtung gedreht. Er spürte, dass das grelle Licht nun hinter ihm lag und begann wieder damit zu blinzeln. Noch sah er nichts als helle Lichtflecken vor seinen Augen tanzen.

Dann hörte er das Geräusch eines gespannten Pistolenabzugs und spürte den kalten Lauf einer Waffe in seinem Nacken. Barbarossa North erstarrte.

Die Stimme des Entführers befand sich mit einem Mal ganz nah an seinem Ohr. Barbarossa roch ein schales Aftershave und spürte kratzige Bartstoppeln, als der Mann zischte: »Nun hören Sie mir mal genau zu, Doc, denn ich werde es Ihnen nur ein einziges Mal erklären. Sie drehen sich nicht um. Haben Sie verstanden? Sie – drehen – sich – nicht – um! Was immer auch passieren mag, oder wie günstig die Situation dafür gerade ausschauen mag. Denn sobald Sie sich umdrehen, werde ich keine Scheu haben, mit meiner Waffe abzudrücken und Ihnen das Hirn aus dem Schädel zu pusten. Haben Sie das verstanden? Wenn ja, nicken Sie mit dem Kopf. Wenn nein, dürfen Sie Ihren Kopf schütteln, aber dann werde ich ebenfalls von meiner Waffe Gebrauch machen. Kapiert?«

Barbarossa nickte mit dem Kopf. Und ob er kapiert hatte. Klarer hätte der Mann sich nicht ausdrücken können. Er konnte ihm sein Drohgebaren nicht einmal verübeln, denn letztlich war es bekannt, dass man Unsicherheiten nur auf zweierlei Arten überspielen konnte: mit Humor, mit dem sein Entführer offenbar nur mittelmäßig ausgestattet war, oder aber mit aggressivem Verhalten.

»Gut«, sprach der Kerl nun weitaus entspannt klingender weiter. »Da Sie nun offenbar vernünftig geworden sind, können wir uns endlich Ihrer Aufgabe widmen. Und zwar der Entzifferung und Transkription einiger Passagen der *Cruciforma*-Trilogie.«

»Wie kommen Sie denn darauf, dass es sich um eine Trilogie handeln soll? Das ist doch völliger Quatsch.« Barbarossa starrte vor sich in das dort herrschende Zwielicht, da er nun selbst durch seinen eigenen Körper die Leuchten verdeckte. Dennoch erkannte er einen Tisch. Dann wurden die Strahler abgeschaltet.

An ihrer statt ging eine Tischleuchte an, woraufhin Barbarossa abermals blinzeln musste, doch die Blendung war diesmal nicht halb so intensiv. Nach einem relativ kurzen Moment hatten sich seine Augen an die neuen Lichtverhältnisse angepasst.

Vor ihm auf dem Tisch lagen die drei Bücher. Man erkannte, dass es sich um das gleiche Buch handelte, doch befanden sie sich in unterschiedlichen Zuständen. Barbarossa erkannte daher sein Exemplar sofort. Es war das am besten erhaltene.

»Dann wollen wir doch mal schauen, ob Sie das Geheimnis alleine lüften können, werter Mr North. Ich werde nun Ihre Arme losbinden. Ihre Beine aber bleiben an dem Stuhl gefesselt. Eine falsche Bewegung und ich verteile Ihren Schädel auf den drei Büchern. Dann wären Sie nicht nur tot, sondern hätten die wertvollen Bücher auch noch durch Ihren Kadaver beschädigt. Und dergleichen wollen wir doch nicht, oder?«

»Hören Sie!«, sagte Barbarossa bestimmend. »Ich bin selbst viel zu sehr interessiert daran, die drei Werke miteinander zu vergleichen, dessen können Sie sich sicher sein. Ich werde Ihnen keine Schwierigkeiten machen, wenn Sie mich losbinden. Aber ich hätte doch gerne noch etwas zu trinken. Nur bitte keine Limonade mehr.«

»Was schwebt Ihnen denn so vor?«

Barbarossa grinste, was der Mann hinter ihm nicht sehen konnte. »Ein guter Whisky wäre nicht schlecht.«

»Sie denken in Ihrer Situation an Genussmittel?«

»Natürlich. Zur besseren Konzentration und der Begutachtung gewisser Werke kann ein Ire nicht alt genug sein, wenn Sie verstehen.«

»Irischer Whisky auch noch«, grummelte der Mann. »Sonst noch Wünsche?«

»In der Tat, ja: Wie Sie selbst bereits richtig dargestellt haben, möchte ich die Bücher nur ungern verdrecken. Es gibt da diese speziellen Handschuhe, die ich zur Restaurierung stets trage. Wenn …«

»Unter der Tischplatte vor Ihnen befindet sich eine Schublade. Dort finden Sie alles, was Sie brauchen. Mit Ausnahme des Whiskys. Den werde ich erst besorgen müssen. Leider fehlt uns dafür die Zeit.«

»Wieso? Wieviel Zeit bleibt uns denn?«

»Vielleicht noch eine Stunde? Eineinhalb? Das Mädchen muss am Kreuz hängen, und dann kann man die aus drei Büchern zusammengesetzte Beschwörung rezitieren. Das Zeitlimit schwankt daher ein wenig, je nachdem, wie geschickt Ihre Nichte sich anstellt.«

»Sie wollen Despina kreuzigen?« Mit einem Mal schlug Barbarossas Herz bis zum Hals.

Der Entführer lachte auf. »Nein, Doc. Ich doch nicht.« Er schnalzte mit der Zunge. »Sie wird es selbst tun.«

»Das können Sie vergessen. So dumm ist sie nicht.« Dessen war er sich angesichts der überheblichen Stimme seines Entführers aber nicht so sicher.

»Ach, das habe ich Ihnen noch nicht erzählt, Doc: Sie wird es Ihnen zuliebe tun.«

»Mir zuliebe?«

»Na klar. Andernfalls werden Sie sterben. Aber bevor der nette Onkel ins Legat zu den anderen Urnen wandert, wird sie sich wohl opfern.«

***

»Uns läuft die Zeit davon, Pina.« Jean funkelte ihre Freundin genervt an.

»Ich weiß, deswegen müssen wir weiterhin getrennt arbeiten. Du und Tori müsst daher so schnell wie möglich zu *All Hallows by the Tower*, um den Kreuzigungsraum vorzubereiten.« Mit den Fingern zählte sie auf: »Ihr müsst das Kreuz vorbereiten und die Übertragungskameras aufstellen. Außerdem benötigt ihr noch …«

»Das Kreuz wird für uns bereits mit freundlicher Genehmigung New Scotland Yards aufgebaut«, sagte Tori, die nun ebenfalls zu ihnen in die Küche stieß.

»Ein Glück!«, atmete Jean aus, die kurz zuvor noch ihren Unmut über diesen aberwitzigen Auftrag kundgetan hatte. »Weder Tori noch ich können uns als ausgebildete Zimmerer bezeichnen.«

»Und was machst du schon wieder?«

»Ich muss noch mal mit John Dee reden. Da sind noch einige Fragen offen, die ich ihm gerne stellen würde. Ich glaube, wir haben etwas übersehen. Vor allem hinsichtlich der Kreuzigungsrituals an sich. Außerdem kann er unter Umständen etwas Aufschlussreiches über dieses *Cruciforma*-Buch sagen.«

»Und dann?«

»Ich stoße sobald als möglich zu euch.«

»Das hoffe ich, Schwesterchen. Der Fall ist in der Tat recht ungewöhnlich. Ich meine, wie oft kommt es vor, dass ich mit in den Außendienst muss? Ich bin der Operator. Ich bin ein Nerd. Ich bin Misanthrop und dort draußen sind Menschen. Echte Menschen. Mit sowas kenne ich mich doch gar nicht aus.«

Despina hatte keine Lust auf Toris besonderen Humor. »Es geht um Doc!«, fauchte sie daher. »Noch Fragen?«

»Nein.« Tori und Jean schüttelten betreten ihre Köpfe.

Despina seufzte wohlwollend. »Kommt her.« Sie nahm alle beide in den Arm, und zu dritt standen sie so eine Weile eng umschlungen da und schwiegen. Dann sagte Despina: »Wir schaffen das!«

Alle nickten.

Jean riss sich als Erste los. »Sag mal: Wie willst du eigentlich nach Mortlake kommen? Mit den Öffentlichen oder der Fähre über die Themse bist du je über 'ne Stunde unterwegs. Das Auto haben wir, und mit dem Taxi bist du auch abhängig von der Fahrdisziplin des Fahrers und der Verkehrslage.«

»Darüber habe ich bereits nachgedacht«, sagte Despina und grinste.

»Ich ahne nichts Gutes«, murrte Tori.

»Na, was denn nun? Schieß schon los!«

»Das Motorrad!«

Tori klappte der Unterkiefer runter. »Du willst tatsächlich mit dem Motorrad fahren?«

»Es ist die einzige, wirklich schnelle Methode. Mit allem anderen wird es zeitlich tatsächlich zu knapp.«

»Weißt du, wie kalt das ist?«

Despina zuckte mit den Schultern und zog den Reißverschluss ihrer Lederjacke bis ganz nach oben.

»Außerdem haben wir keinen Helm.«

Aus ihrer Jackentasche holte Despina eine gestrickte Wollmütze und setzte sie sich auf. »Das wird schon gehen.« Sie grinste, wobei sie die Nase rümpfte. »Jean, hilfst du mir, das Motorrad nach oben zu hieven?«

Jean nickte und klatschte in Toris Richtung motivierend in die Hände und rief: »Auf geht's! In 'ner knappen Stunde nagel ich mich sonst selbst ans Kreuz.«

»Na schön!«, sprach Tori und begann, die restlichen Sachen ihres Materials in einem Rucksack zu verstauen: Stative, Kameras, Kabel und dergleichen. In einer anderen Tasche hatte sie mehrere Laptops geladen. Ein Gerät mit großem Touchdisplay hatte sie in der Hand und tippte nahezu gleichzeitig darauf herum.

Despina und Jean plagten sich derweilen mit der Maschine ab, die der Fahrer gestern Morgen erst unfreiwillig im Schaufenster geparkt hatte. Oben durchquerten sie den Verkaufsraum und sperrten die Tür auf. Draußen herrschte ein furchtbar kalter Wind. Der Geruch von Schnee hing in der Luft.

»Scheißwetter!«, grunzte Jean.

»Bis spätestens in 'ner Stunde.« Despina setzte sich aufs Motorrad. Der Schlüssel steckte noch immer. Sie startete die Maschine ohne Probleme.

»Wir bleiben über den Kommunikator in Kontakt!«, rief Tori ihr über den Lärm des Motors hinweg zu.

»Wie immer halt!«, antwortete Despina gleich durch den Kommunikator. Dann gab sie Gas und war kurz darauf bereits um die Ecke gebogen und außer Sichtweite der anderen.

Sie musste sich beeilen. Bis Mortlake war es schon ein gutes Stück. Glücklicherweise war der Verkehr in den Abendstunden nicht sonderlich dicht. Sie fuhr die A400 bis zum Duke of Wellington Place und heizte das Motorrad kräftig durch, als sie an der Statue, die den reitenden Duke of Wellington darstellte, vorbeifuhr und dabei einen Bus überholte. Von hier ging es auf die A4 in Richtung Hammersmith. Der Weg war frei – zumindest für ein Motorrad, und Despina gab ordentlich Gas. Ungebremst erreichte sie die Lower Richmond Road, womit sie sich bereits in Mortlake befand.

Sie hatte nur zwanzig Minuten gebraucht. Die Sorge ihrer Schwester hatte sich glücklicherweise als unbegründet erwiesen. Mit einem aber hatte Tori vor allem recht behalten: Es war verdammt noch mal scheißkalt!

Dees Grab befand sich nicht etwa, wie man hätte annehmen können, auf dem *Old Mortlake Burial Ground.* Dees Eiche befand sich nahe des Themse-Ufers inmitten der *Devecote Gardens* in unmittelbarer Nähe zur Mortlake High Street.

John Dee, der als berühmter Mathematiker, Astronom, Astrologe, Geograph und Mystiker – kurz als Alchemist – vor allem aber als astrologischer Berater Königin Elisabeths I. Bekanntheit erlangt hatte, litt zeitlebens unter dem von ihrer Vorgängerin, Königin Maria I., erhobenen Vorwurf, er sei als Schwarzmagier mit dem Teufel im Bunde. Nach dem Tod Elisabeths I. bestieg Jakob I. den englischen Thron, an den sich der völlig abgebrannte John Dee 1604 um Hilfe bittend wandte. Ein tragischer Fehler, denn der König, der ein begeisterter

Hexenverfolger war, ächtete Dee, der daraufhin untertauchen musste. Dies tat er in Mortlake, wo sich zu früheren Zeiten seine berühmte Privatbibliothek befand – die größte des Landes, wie man munkelte. Während seiner ausgedehnten Reisen mit dem eher zwielichtigen Alchemisten Edward Kelley wurde Dees Bibliothek nahezu völlig ausgeraubt und somit vernichtet. 1609 starb er arm und einsam in Mortlake, das damals noch der Grafschaft Surrey zugerechnet wurde, nunmehr aber Londoner Stadtteil war.

Dees Grabstein ging im Laufe der Geschichte verloren, ebenso wie das Sterberegister, so dass nicht nachvollziehbar war, wo sich Dees Grab befand. Despina hatte Dee auch eher durch einen obskuren Zufall kennengelernt: Vor einigen Jahren hatte Tori es mal wieder gut mit ihr gemeint und ein Date mit einem Kerl ausgemacht, der zumindest rein optisch auf Despinas Linie lag und der sie just nach Mortlake in ein nettes Restaurant ausgeführt hatte. Sie hatte sich mit Peter – so hieß er – gut verstanden, und im späteren Verlauf des Abends hatte er sie zu einem romantischen Spaziergang am Ufer der Themse überreden können. Händchenhaltend waren sie ein Stück der Uferpromenade entlanggelaufen und hatten die Spiegelungen der Lichter auf dem Wasser bewundert. Auf Höhe der *Jubilee Gardens*, wie man die *Devecote Gardens* auch nannte, hatte Peter sie auf das Parkareal geführt, weil er ihr einen besonders schönen Baum zeigen wollte. Hier hatte er sie verführen wollen und es zunächst auch geschafft. Sie hatten sich geküsst, und Despina hatte es zugelassen, dass er an ihren Po fasste. Einen kurzen Moment lang keimte die Überlegung auf, ob so eine Parkanlage im Dunkel der Nacht oft von anderen Menschen aufgesucht wurde, und sie hatte sich verstohlen umgeblickt. Doch dann war sie wieder ganz bei ihm gewesen und hatte sich von Peter gegen den Baum drängen lassen. Während er sie küsste und sich langsam und kompliziert vorantastete, um an Despinas intime Stellen zu gelangen, spürte sie … etwas anderes.

Es war der Baum, der mit ihr redete. Eine Stimme, die jener der Toten glich, mit denen sie sich ja schon seit Lebzeiten austauschte. Und je stürmischer Peter sich an ihr zu schaffen machte, desto mehr drifteten ihre Gedanken ab und lauschten dem, was der Baum ihr zu sagen hatte. Dinge wie: »Nicht schon wieder der!« und »Jedes Mal hat er 'ne andere!« oder »Kann er die Damen nicht mit zu sich nach Hause nehmen wie jeder andere auch?« Und Despina hatte kurzentschlossen gesagt: »Fickst du eigentlich jede an dieser Eiche?«

Peter hielt inne in seinem Tun, stockte und löste sich von Despinas Hals, was sie vor einem unangenehmen Knutschfleck bewahrte. »Was hast du gesagt?«

Eigentlich hatte sie nichts gegen One-Night-Stands. Auch nicht, wenn sie in einem Park stattfanden. Aber die Tatsache, dass sie die Zwiegespräche eines Toten wahrnahm, der sich über ihren One-Night-Stand-Partner beklagte, sorgte letztlich dafür, dass sie ihre Meinung über Peter änderte, woran auch ein Ortswechsel nichts änderte.

Und so sprach sie kurzerhand: »Ob du alle an diesem Baum hier durchnudelst? Ich meine«, Despina schob ihn von sich, »macht dich der Baum an? Oder der Park hier? Oder was genau ist es, das dich immer wieder an diesen Ort treibt?«

Trotz der Dunkelheit bemerkte sie, wie Peter rot wurde. Und während sie ihre Kleidung richtete und er fragwürdige Entschuldigungen vor sich her brabbelte, da er nicht wusste, was er sagen sollte, spürte sie die Präsenz des sprechenden Baumes, die lachte und lachte und lachte …

Peter hatte sich relativ rasch verdrückt, und sie hatte ihn glücklicherweise nie wiedergesehen. Aber sie hatte in das Lachen mit eingestimmt und statt Peter den Baum umarmt und ihm einen Kuss auf die harte Rinde gegeben, was den Baum wohlig erschauern ließ. Und dann hatten sie sich unterhalten, und Despina hatte erfahren, dass es mitnichten der Baum war, der da sprach, sondern der vor über 400 Jahren an dieser Stelle vergrabene John Dee, um dessen Knochen sich die Wurzeln der Eiche gerankt hatten, so dass Dee die Eiche war und diese wiederum die Gefühle und Wahrnehmungen auf Dees Seele im Totenreich übertrug.

Dadurch war John Dee sehr im Leben verhaftet, und der Baum selbst strotzte nur so vor Kraft und übermäßiger Gesundheit. Es mochte auch ein Stück an Dees magischer Bewandtnis liegen, von der vielleicht etwas auf den Baum übergegangen war. Der Baum war John Dees alchemistischer, aber anonymer Grabstein und wurde seit dem Erlebnis mit besagtem Peter von Despina in regelmäßiger Häufigkeit aufgesucht.

Oft lehnte sie nur an seinem Stamm und führte erhellende oder auch mal düstere Zwiegespräche, und manchmal lachten sie gemeinsam oder aber sie schwiegen einfach nur und spürten sich gegenseitig, Dee das Leben und Despina die Ewigkeit, die dem Leben folgte.

Als sie heute den Baum zur Begrüßung umarmte und küsste, spürte Dee daher sofort, dass Despina etwas bedrückte. »Was hast du auf dem Herzen?«

»Eine ganze Menge, John.«

»Das ist viel«, antwortete er und lauschte daraufhin Despinas Ausführungen über die aktuellen Geschehnisse und Schilderungen, wie es dazu gekommen war.

Als sie fertig war, sagte Dee: »Die *Cruciforma* kenne ich natürlich. Ein Exemplar besaß ich auch mal. Damals, bevor ich 1589 nach England zurückkehrte und meine Privatbibliothek zerstört und geplündert vorfand.«

»Was weißt du über das Buch? Kann man damit wirklich den Teufel beschwören?«

»Ich habe es nie versucht. Und selbst wenn, so wäre mir das auch unmöglich geglückt.«

»Warum?«

»Weil man dazu alle drei Exemplare benötigt.«

»Von drei Exemplaren hat Umberto auch schon gesprochen.«

»Mit Unterschieden, ja.«

»Worin liegen die Unterschiede genau?«

»Meine liebe Despina, das kann ich dir leider auch nicht so genau erklären, denn ich hatte ja nie alle drei. Aber ich bin davon überzeugt, dass die Beschwörung der Legende nach nur möglich ist, wenn man alle drei Exemplare und deren Unterschiede kennt. Wohlweislich verhält es sich so, dass ein Satz in einem Exemplar im nächsten anders fortgeführt wird und im dritten wiederum anders endet. Auf diese Weise kann man einen Text verschwörerisch gut codieren.«

»Wozu soll das aber gut sein?«

»Um etwas wirklich Gefährliches nur auserwählten oder initiierten Menschen weiterzuvermitteln, indem man es schützt vor Fremden, die das nichts angeht. Der Legende nach hat der Mönch, der die *Cruciforma* schrieb, mit zwei falschen Novizen gemeinsame Sache gemacht. Der eine setzte sich mit seinem Exemplar der *Cruciforma* in den Orient ab, der andere flüchtete mit seiner Variation des Buches in Richtung Ägypten. Der Mönch selbst blieb mit seinem Buch in Europa. Vermutlich wollte man bis zu einem vorherbestimmten Zeitpunkt warten, um die Bücher wieder zusammenzuführen, um besagte Beschwörung zu praktizieren. Das hätte zu Lebzeiten der drei sein können oder aber erst Generationen später, so dass das einstige Wissen zur Legende verkümmerte und die Bücher nie mehr vereint wurden – womöglich bis zum heutigen Tage.«

»Bis zum heutigen Tage? Du meinst, jemand hat …«

»Wenn man wegen eines Buches dazu bereit ist, schlimme Verbrechen zu begehen, und es sich bei besagtem Buch um die *Cruciforma* handelt, dann macht das aus Tätersicht nur Sinn, wenn man es sich zum Ziel gesetzt hat, alle drei Bücher in seinen Besitz zu bringen. Und dies wiederum hat man letztendlich nur vor, wenn man dem Geheimnis der Teufelsbeschwörung auf der Spur ist.«

»Mein Gott«, sagte Despina, die langsam klarer sah. »Demnach handelt es sich bei den Selbstmordkreuzigungen wahrscheinlich um einen Bestandteil jener Beschwörung. Ist das möglich?«

»Das ist sogar wahrscheinlich. Denn welchen Sinn sollte dergleichen sonst haben?«

»Ich weiß es nicht. Religiöser Fanatismus war bislang mein Gedanke dazu.«

Dee übermittelte Despina ein mentales Kopfschütteln. »Mitnichten. Sich selbst zu kasteien kann zwar in religiösem Wahn für den Gläubiger durchaus essentiell sein, aber dergleichen im Rahmen eines okkulten Beschwörungsrituals zur Anrufung des Leibhaftigen durchzuführen, erscheint mir weitaus effektiver und wahrscheinlicher.«

»Warum?«

»Bei vielen Ritualen wird ein Opfer dargebracht. Sich aber quasi selbst zu opfern, ist doch um Weiten gewichtiger, vor allem wenn es um die Beschwörung des Teufels geht. Ich stelle mir gerade vor, dass dergleichen mit den Nägeln der Kreuzigung Jesu Christi durchgeführt wird oder dass sonstige Reliquien Bestandteil eines solchen Selbstopferungsrituals sein könnten. Die energetische Macht steigert sich dadurch ins Unermessliche. Und Unermesslichkeiten sind es doch, mit denen man hantieren sollte, wenn man nicht an irgendeinem x-beliebigen Dämon interessiert ist, sondern an nichts anderem denn Satans Wiederkehr.«

»Moment«, sagte Despina. »Einen Moment, bitte. Ich muss kurz meine Gedanken ordnen.« Diese überschlugen sich bei ihr gerade regelrecht. John Dee hatte Assoziationsketten in ihr in Gang gesetzt, die so schnell waren, dass Despina Mühe hatte, ihnen zu folgen.

»Was du über Nägel und Reliquien gesagt hast, interessiert mich. Im Kirchturm von *All Hallows* haben wir eine Kiste mit Nägeln gefunden, die …«

»In welchem Kirchturm?«, unterbrach John Dee die Nekromantin.

»*All Hallows by the Tower*«, wiederholte sie.

»Dann ist die Sachlage einfach.«

»Ach ja?«

»Natürlich. Die Nägel sind das Geheimnis.«

»Was macht dich da so sicher?«

»Sie sind die Reliquie meiner Zeit gewesen. Die Leute pilgerten zu *All Hallows,* um die Nägel zu berühren, die durch Christi Hände geschlagen wurden. Man sagte sich, dass die Nägel einen Teil von Jesu Heilkraft in sich bargen, die er durch Handauflegen zuvor an Kranke und Alte verteilt hat.«

»Aber von solch einer Reliquie ist mir nichts bekannt. Ich befürchte, sie geriet im Laufe der Geschichte in Vergessenheit.«

»Das ist möglich und zugleich bedauerlich.«

»Es gab viele Kriege seit deinem Ableben. Vor allem welche mit religiösem Hintergrund. Raubzüge aufgrund irgendwelcher Reliquien fanden aber überwiegend in deiner Zeit statt, John.«

»Ach, so intensiv habe ich mich damit nicht auseinandergesetzt. Die Könige und Königinnen, denen ich mehr oder weniger diente, lebten allesamt in einer realitätsfernen Scheinwelt, die weit an den Interessen der gemeinen Bevölkerung vorbeiging.«

Despina lachte. »Das ist heute nicht anders, auch wenn wir von unserer Königin in dem Sinne nicht mehr regiert werden.«

»Das ist bedauerlich. Eine andere Staatsform als die Monarchie kann ich mir nicht vorstellen.«

»Wie in jeder Staatsform halten sich Vor- und Nachteile die Waage.« Despina wollte nicht vom Thema abkommen, weswegen sie unverzüglich umschwenkte: »Um noch mal auf die Reliquien von *All Hallows* zurückzukommen: Die Nägel, die zur Zeit Jesu auf dem Berg Golgota verwendet wurden, haben also ihren Weg nach London gefunden?«

»Sie wurden im Rahmen irgendeines Kreuzzugs erobert, hieß es. Geplündert, will ich meinen, aber das tut letztlich nichts zur Sache. Und selbstverständlich kann man die Echtheit der Nägel in Frage stellen. Im jüdischen Talmud gibt es gar einen Vers, der die Verwendung von Kreuzigungsnägeln als Reliquie untersagt. Und wenn ich so darüber nachdenke, war *All Hallows* nicht die einzige Kirche zu meiner Zeit, die Kreuzigungsnägel als Reliquie besaß. Wahrscheinlich hatte Jesus mehr als nur vier Gliedmaßen. Um die 40 herum oder mehr werden es ironisch gesprochen schon gewesen sein. Doch den Nägeln in *All Hallows* sagte man nach, sie hätten magische Kräfte.«

»Wie letztlich alle Reliquien.« Despina dachte an die Heilige Lanze, mit der man Jesus in die Flanke gestochen hatte und von der gesagt wurde, sie verhelfe seinem Besitzer zu Macht und Einfluss. Doch die Nägel, mit denen Jesus gekreuzigt wurde, müssten ihrem Verständnis nach noch tausendmal kräftiger in ihrer Wirkung und Legendenkraft sein als die Lanze des Hauptmanns Longinus.

»Das ist richtig. Allen Reliquien sagt man wundersame Wirkungen nach. Wenn ich mir aber vorstelle, dass mit den gleichen Nägeln, mit denen Jesus gekreuzigt wurde, abermals jemand gekreuzigt wird, so mag das durchaus zu den von dir beschriebenen Paradoxien beim ersten Opfer führen.«

»Du meinst, das könnte eine Erklärung dafür sein, dass er sich für Jesus hält?«

»Warum nicht?«

Despina runzelte die Stirn. Es gab ja noch einen weiteren Aspekt, den sie John Dee noch nicht berichtet hatte. »In der *Cruciforma* befand sich ein Bild.«

»Das Buch ist reichlich illustriert, soweit ich mich entsinne.«

»Das auch, aber – es gibt die Abbildung eines Gekreuzigten. Sein Antlitz gleicht dem meines Kreuzigungsopfers in jedem Detail.«

»Dann scheint die Zeit richtig. Es könnte zumindest ein Verweis darauf sein. Dass gewisse Personentypen wiederkehren, ist nur eine Bestätigung dessen. Aber dieses Bild: Dessen kann ich mich nicht entsinnen, Despina.«

»Es entstammt wohl auch einem Versteck innerhalb des Buches.«

»Dann wird es etwas Ähnliches in den anderen beiden Exemplaren auch geben, nehme ich an.«

»Drei Bücher, drei Verstecke, drei Kreuzigungsbildnisse«, resümierte Despina.

»Sagen wir mal so«, fuhr John Dee fort, »wenn ich dir recht folgen kann, dann komme ich zum logischen Schluss, dass es auch drei Menschen waren, die auf Golgota ihr Leben am Kreuz lassen mussten: Jesus und die beiden Schächer.«

»Du meinst, sie könnten auf den anderen Bildnissen dargestellt sein?«

»Möglich. Lass mich mal nachdenken. Es gibt das Johannesevangelium, wo es heißt: ›*Sie nahmen aber Jesum und führten ihn ab. Und er trug sein Kreuz und ging hinaus zur Stätte, die da heißt Schädelstätte, welche heißt auf hebräisch Golgatha. Allda kreuzigten sie ihn und mit ihm zwei andere zu beiden Seiten, Jesum aber mitteninne.‹* – das erscheint mir noch nicht aufschlussreich genug. Im Markusevangelium heißt es nur: ›*Und sie kreuzigten mit ihm zwei Mörder, einen zu seiner Rechten und einen zu seiner Linken‹* – was auch wenig Rückschlüsse auf die Identität der beiden Schächer gibt.«

»Ich bin nicht halb so bibelfest wie du, wie mir scheint.«

»Das musst du auch nicht. Entscheidend ist nämlich das Lukasevangelium. Hierin heißt es in aller Ausführlichkeit: *›Aber der Übeltäter einer, die da gehenkt waren, lästerte ihn und sprach: Bist du Christus, so hilf dir selber und uns! Da antwortete der andere, strafte ihn und sprach: Und du fürchtest dich auch nicht vor Gott, der du doch in gleicher Verdammnis bist? Und wir zwar sind billig darin, denn wir empfangen, was unsere Taten wert sind; dieser aber hat nichts Ungeschicktes getan. Und er sprach zu Jesu: HERR, gedenke an mich, wenn du in dein Reich kommst! Und Jesus sprach zu ihm: Wahrlich ich sage dir: Heute wirst du mit mir im Paradiese sein.‹* – was uns der Sache schon näherbringt.«

»Welcher Sache denn? Ich kann dir nicht mehr so recht folgen«, gestand Despina ein.

»Es geht doch darum herauszufinden, wer da gekreuzigt wurde. Es gibt bereits einige altlateinische Übersetzungen, in denen die Namen der Schächer erwähnt werden.«

»Was heißt das eigentlich?«

»Schächer? Das entstammt wohl dem mittelhochdeutschen Wort ›scháchære‹, was so viel wie Räuber oder Mörder heißt. Soweit ich im Bilde bin, benutzt man das Wort Schächer ausschließlich für die beiden Mitgekreuzigten.«

»Und wie heißen die beiden nun?«

»Es gibt Variationen. Geläufig sind mir Dismas und Gestas, Zoatham und Camma, Zoathan und Chammatha sowie Joathas und Maggatras. Das sind zwar allesamt eher abstruse Namen, aber …«

»Wie lauteten die letzten beiden?«

»Joathas und Maggatras?«

»Joathas …«, wiederholte Despina langsam und nachdenklich. »Der erste ist Jesus – und für den hält sich das erste Opfer aus der Krypta. Das zweite ist Maggatras, den ich im Leichenschauhaus gesprochen habe: Markus Rice – den Whitehead bereits in den Tod getrieben hatte. Und Nummer drei: Joathas …« Was folgte, war ein kurzer Moment der Stille, in dem die blattlosen Äste von John Dees Eiche knackten, als der Wind sie in Bewegung setzte.

Dann sagte Despina mit fassungsloser Stimme: »Joathas … mein Gott … Jean!«

***

Jean kauerte über der Kiste mit dem veralteten rostigen Werkzeug sowie besagter Pappschachtel, in der sich weitere Nägel jener Sorte befanden, die bei der Kreuzigung des ersten Opfers in der Krypta Verwendung gefunden hatten – jenes Mannes, der sich laut Despina für Jesus hielt.

Die Nägel waren alt, stumpf, vom Zahn der Zeit sichtbar angefressen. Wie unsauber abgenagte Hühnerknochen lagen sie da. Als Jean einen herausnahm, blätterte der poröse Rost ab wie große Stücke einer besonders schlimmen Schuppenflechte. Schließlich prüfte sie alle Nägel und entschied sich für die drei, die am besten erhalten waren.

Die Vorstellung, sich diese alten Dinger durch die Hände zu schlagen, bereitete ihr Übelkeit. So nahm sie also die WD-40-Sprühflasche, legte die Nägel in eine Schale und sprühte nahezu den gesamten Flascheninhalt hinein, bis die Nägel darin schwammen. Nachdenklich beobachtete Jean die chemische Reaktion, die die Nägel von Rost und Grünspan befreite.

Letztlich konnte sie selbst gar nicht glauben, was sie da gerade tat. Ihr war warm, und so zog sie den Pullover aus, so dass sie nun kein weiteres Oberteil mehr trug außer ihrer Trägertop-Variante eines *Bad-Religion*-Shirts, auf dem als Motiv das Kreuzsymbol wie bei einem Verkehrsschild durchgestrichen dargestellt war. *Wie passend*, dachte sie.

Als sie aufstand, knackten ihre Knochen. Normalerweise hätte sie das als Symptom fürs Älterwerden gedeutet. Heute gingen ihre Gedanken jedoch dahin, dass sie befürchten musste, nicht sonderlich alt zu werden. Mit dem Alter hatte Jean ein Problem, seit sie die Mitte des Lebens durch die große 40 vor sich aufragen sah. Sie schüttelte den Kopf, zuckte mit den Schultern und murmelte: »Jesus wurde auch nicht älter.«

»Hast du was gesagt?« Tori war in der Krypta noch immer damit beschäftigt, alles zu verkabeln und anzuschließen und weiß der Kuckuck was zu machen. Jean hatte nicht den geringsten Plan von Toris Technik und konnte darüber hinaus ihre Begeisterung und das vorhandene Verständnis dafür nicht im Geringsten nachvollziehen.

»Nichts«, rief sie. »Ich hab nur ein bisschen Schiss«, gestand sie sich und Tori ein. »Außerdem geht mir der Weihrauchgestank auf den Sack.«

»Du hast keinen Sack, vergiss das nicht«, maßregelte Tori sie.

»Willst du mal nachschauen?«

»Später. Hilf mir lieber mal, die Kamera dort oben zu befestigen. Mit dem Panzertape geht das nicht. Es hält auf dem Sandstein nicht. Das Ding ist mir nun schon zum dritten Mal runtergefallen.«

Jean sah sich die Sache an und dachte über eine Lösung nach. Sie sah sich im Raum um, und ihr Blick fiel wie automatisch auf das große Kreuz, das mit Hilfe der Polizisten hier aufgestellt worden war. Was noch fehlte, waren die Nägel. Ihr schauderte.

Dann entdeckte sie einen Kerzenständer, nahm ihn und stellte ihn auf die Sitzbank. Den Kerzenstumpen drehte sie um und darauf postierte sie wiederum eine Marienstatue. Sie fixierte den Turm mit Panzertape und drapierte die Kamera auf der Statue, die sie abermals festklebte.

»Passt es so?«, rief sie an Tori gewandt, doch als sie sich umblickte, stellte sie fest, dass sich Tori gar nicht mehr mit ihr in der Krypta befand. »Tori?«

»Ja, Moment!«, rief es von irgendwoher. »Ich überprüfe gerade die Bilddaten.«

Jean wandte sich von ihrem selbstkonstruierten Kamerastativ ab und ging wieder zu der Schale, in der die Nägel nun vom Rost befreit in einer braunen Suppe schmorten. Sie holte sie heraus und reinigte sie mit Weihwasser vom Taufstein, bevor sie die Nägel abtrocknete. Sie sahen nun schon besser aus und sollte sie tatsächlich gezwungen sein, sich die Nägel durch die Hände zu rammen, dann würde sie zumindest nicht an einer Blutvergiftung sterben.

Sie nahm den Hammer, erklomm den Schemel und begann damit, den ersten Nagel so von hinten durch den Querbalken des Kreuzes zu schlagen, dass er auf der anderen Seite wieder austrat. Die gleiche Prozedur vollführte sie an der markierten Stelle gegenüber. Die Beamten, die das mannshohe Kruzifix zusammengezimmert hatten, hatten die Markierungen anhand der Körpermaße vorgenommen, die Tori ihnen durchgegeben hatte.

Jean war dennoch nicht wohl bei der Sache. Überhaupt würde sie das gesamte Vorhaben am liebsten abblasen. Und wo zur Hölle war Despina? Wie sollte sie sich ohne sie verhalten, wenn Docs Entführer sich melden würde? Sollte sie wirklich all seinen An- und Aufforderungen nachkommen? Wie weit würde sie gehen, um Doc zu retten?

Plötzlich hörte sie Schritte.

»Tori?«, rief sie, erhielt aber keine Antwort.

Jean lief zum Ausgang der Krypta, hielt jedoch auf ihrem Weg inne, weil sie eine Bewegung im Augenwinkel wahrgenommen hatte. Ihre Hand krampfte sich fester um den Hammer, den sie noch immer festhielt. »Ist da wer?«

Wieder meinte sie, einen huschenden Schatten zu sehen. *Entweder du spinnst oder da ist jemand*, dachte sie.

Aufmerksam umkreiste sie das Kreuz. Sie blickte die Statue an, sah den kleinen Altar, auf dem ein weißes Laken lag, Kerzenlüster und eine Bibel. Die Besucherbänke waren ihrer Symmetrie beraubt worden, da Tori und Jean sie vor einer halben Stunde erst zur Seite geschoben hatten, um besser ihre Vorbereitungen treffen zu können.

Fast schon meinte Jean, sich bewegende Deckengemälde und zum Leben erwachende Symbole an den Wänden wahrzunehmen. Mit dem Hammer in der Hand würde sie es auch mit so etwas aufnehmen, dachte sie, doch als sie ihren Blick auf die Darstellungen fixierte, bewegte sich da gar nichts mehr.

Schließlich schob sie es auf die Nerven. Sie waren zum Zerreißen gespannt und spielten ihr einen Streich nach dem anderen. Sie brauchte dringend einen Schluck Wasser. Etwas zu essen wäre auch nicht verkehrt und Frischluft. Bloß keinen Weihrauch mehr. Der Geruch des Alters in der Krypta bereitete Jean Kopfweh.

»Und wohl auch noch Halluzinationen!«

Rasch verließ sie den Raum, stieg die Treppe hoch und rief nach Tori.

Diese fand sie im Erdgeschoss, wo sie im Vorraum zum Treppenabstieg einen Tisch von seinen Prospekten, Flyern und anderen Auslagen befreit hatte, um ihre Computerbildschirme, Laptops und weitere Geräte darauf aufbauen zu können. Etliche Kabel schlangen sich wie ein wahrer See aus Tentakeln über den Boden und verschwanden in unterschiedlichste Richtungen – nicht wenige davon hinab zur Krypta, von wo Jean gerade kam.

»Wie viel Zeit bleibt uns noch?«

»Eine knappe halbe Stunde«, sagte Tori. Ohne Energy-Dose und Chipstüte wirkte sie gestresst. »Bist du fertig?«

»Ich denke schon. Passt das Bild?«

»Klar und scharf und korrekt ausgerichtet«, bestätigte Tori.

Jean verfolgte Toris emsiges Tun, ohne nachvollziehen zu können, was sie da überhaupt machte. Unablässig tippte sie auf einer von drei Tastaturen herum und verglich Zahlenkolonnen des einen Bildschirms mit einem Diagramm auf einem anderen.

»Und was machst du da?«, fragte sie endlich.

Tori blickte auf und lächelte. »Ich versuche, via Satellit eine Verbindung ins Internet zu bekommen.«

»Gibt es in der Kirche kein WLAN?«

»In der Kirche direkt nicht, aber das von der Bar nebenan reicht bis hierher.«

»Und warum benutzt du es nicht?«

»Weil es zu stabil ist.«

»Soll es denn nicht stabil sein?«

»Ja und nein. Ich möchte, dass Whitehead die Bilder nur mit einer schlechten Übertragungsrate empfangen kann, gleichzeitig möchte ich ein gestochen scharfes Bild für Scotland Yard und alle weiteren Beteiligten. Letzteres sollte aber abgeschottet für Außenstehende sein, und das macht es eben etwas kompliziert.«

»Und wie willst du das machen?« Jean deutete auf Toris komplizierten Aufbau.

»Komm rüber, und ich zeig es dir.«

Jean stieg über Kabelstränge und kam auf Toris Seite des Tisches. Tori veränderte eine Einstellung, und man sah auf zwei Bildschirmen, was sich in der Krypta unten abspielte. »Das hier links ist das Bild, das über die sichere Verbindung läuft, und der rechte Bildschirm zeigt, was Whitehead sehen wird.«

»Ich bemerke keinen Unterschied.«

»Das Bild ist identisch – es wird erst aufgesplittet, wenn es dieses Pult hier verlässt. Hier können wir, indem man die Tasten-Kombi ›Strg+B‹ drückt, gezielte Störungen erzeugen.«

»Darf ich?«

»Klar.« Tori trat einen Schritt zur Seite.

Jean ließ sich das nicht zweimal sagen. Sie drückte die Tasten STRG und B gleichzeitig und beobachtete, wie das Bild zunächst durch weiße Störstreifen verzerrt wurde und – als sie länger draufdrückte – in Ameisenrauschen überging. »Cool!«

»Ich weiß«, sagte Tori stolz. »Habe ich ja auch selbst erfunden!«

Kurz darauf schellte Toris Handy. Es war Inspektor Johnson. Tori stellte auf Lautsprecher, so dass sie die Hände freihatte.

»Wir wären so weit«, sagte Johnson. »30 Beamte sind um die Kirche herum positioniert und überwachen jeden Ein- und Ausgang. Die Kameraverbindung steht und sieht hervorragend aus.«

»Sehr gut«, sagte Tori. »Es müssen fünf Kameras sein: die Krypta, der Zugang zur Krypta, das Hauptschiff aus Sicht der Kanzel, und noch mal mit Blick zum Altar und der Eingangsbereich.«

»Alles funktioniert tadellos«, antwortete Johnson. »Wir haben noch 25 Minuten. Ich muss noch mal in die Gerichtsmedizin. Ab jetzt bleiben wir online. Meine Kollegen überwachen hier alles. Ich mache so schnell, wie es geht. Alles ist unter Kontrolle.«

»Ich kämpfe noch ein wenig mit der Möglichkeit einer Empfängerabfrage. Das ist via Satellit nicht einfach und wird durch meine gewollt eingebauten Störungen nicht besser.«

»Sie schaffen das!«

»Natürlich, Inspektor.«

»Ab jetzt übernehmen meine Kollegen über den von Ihnen uns zugewiesenen Kanal«, sagte er. »Ich muss jetzt los.«

»Bis dann!«, sagte Tori.

»Ach, Inspektor ...«, rief Jean, doch Johnson hatte bereits aufgelegt.

»Was wolltest du denn noch?« Tori guckte irritiert.

»Ich wollte wissen, ob er was von Pina gehört hat.«

»Die hängt wahrscheinlich noch in Mortlake fest«, meinte Tori und verdrehte die Augen.

»Funk sie doch mal über den Kommunikator an. Sie soll sich endlich beeilen. Mir ist nicht wohl bei dem ganzen Vorhaben. Mein Bauchgefühl sagt mir, sie sollte hier sein.«

Tori nickte. »Mir geht es ähnlich.« Wieder tippte sie etwas in den Laptop und schon baute sich eine Verbindung zu Despina auf.

Diese meldete sich prompt. »Operator?«

»Wo bleibst du, Pina? Wir haben nicht mehr viel Zeit!«

Despina seufzte. »Ich weiß. Ich bin auch schon auf dem Rückweg, aber ich weiß nicht, ob es gut ist, in *All Hallows* dazuzustoßen.«

»Warum?«

»Whitehead hat mich kontaktiert.«

»Wie?«

»Über mein Handy. Er hält mich für Jean und hat mich gewarnt, ich solle mich aus der Sache komplett raushalten. Anderweitig würde nicht nur Doc sterben, sondern auch Despina – also Jean.«

»Warum hast du ihm nicht einfach gesagt, dass eine Verwechslung vorliegt?«

»Weil ich glaube, dass gar keine Verwechslung vorliegt.« Despina hob den Kommunikator vor ihr Gesicht und linste schief hinein.

»Also jetzt verstehe ich gar nichts mehr«, sagte Jean und drängte sich vor Toris Laptop.

»Wenn ich John Dees Worten glaube, dann erfüllt Whitehead eine alte Prophezeiung, um Kontakt zum Teufel herzustellen und ihm mittels der *Cruciforma* einen Weg in unsere Welt zu ebnen.«

»Seit wann glaubst du an Gott und Teufel?«, fragten Tori und Jean gleichzeitig. Beide kannten sie Despinas Einstellung zu dem Thema allgemein und zur Religion im Besonderen.

»Ich nicht«, antwortete sie. »Aber George Whitehead tut es. Und das macht ihn so gefährlich.«

»Was hat die Prophezeiung nun mit der Verwechslungsgeschichte zu tun?«

»Na ja, laut der Prophezeiung muss Whitehead Jean dazu bringen, sich selbst am Kreuz zu opfern.«

»Dann könnte er es doch auch so formulieren«, mutmaßte Jean.

»Ja, aber er will uns ja auf eine falsche Fährte locken. Er weiß nicht, dass ich sein Verwirrspiel bereits durchschaut habe. Also rate ich uns allen dazu, dieses Spiel vorerst mitzuspielen.«

»Solange wir Doc nicht befreit wissen, bleibt uns eh nichts anderes übrig«, sagte Tori.

»So ist es leider«, stimmte Jean den beiden Halbschwestern zu. »Wir haben gar keine andere Wahl.«

Es entstand eine etwas längere Pause. Ein jeder hing seinen Gedanken nach. Schließlich sagte Despina: »Na schön, Mädels.

Ich werde jetzt mit dem Motorrad zum Yard düsen. Vielleicht kann ich von dort etwas ausrichten.«

»Sag uns wenigstens, was du sonst noch von Dee erfahren hast.«

»Ach, so viel war das gar nicht. Außer vielleicht: Jean, hast du die Nägel verwendet?«

»Klar.«

»Es ist möglich, dass Whitehead der Meinung ist, es bei den Nägeln mit einer heiligen Reliquie zu tun zu haben. Demnach wären es die gleichen Nägel, mit denen Jesus vor rund 2.000 Jahren gekreuzigt wurde.«

»Das glaubst du doch selbst nicht.«

»Nicht mal Dee ist davon überzeugt. Aber rein theoretisch wäre es möglich. Wenn dem so ist, dann sei dir dessen bewusst, Jean, dass der Geist Jesu dich überfällt. Du wirst danach einen Exorzisten brauchen.« Sie lachte.

Jean grinste und schüttelte den Kopf. »Unmöglich, Pina. Ich habe die Nägel in WD-40 eingelegt. Als geheiligte Wunderwaffe taugen die definitiv nichts mehr!«

Nun lachten sie alle. Das Lachen hatte eine befreiende Wirkung auf das Team und lockerte ihre allgemeine Anspannung ein wenig.

»Wo ist eigentlich der Priester von *All Hallows*? Pater Victor?«

»Gute Frage. Vielleicht im Yard bei Inspektor Johnson?«

»Wenn er da ist, werde ich ihn nach den heiligen Nägeln befragen. Er müsste ja eigentlich wissen, über welche Reliquien sein Gotteshaus verfügt.«

Sie wünschten sich gegenseitig Glück und beendeten das Gespräch. Jean und Tori blickten sich mit sorgenvoller Miene an.

»Ich bin also Bestandteil einer Prophezeiung?«, meinte Jean und runzelte die Stirn.

»Schaut so aus.« Tori öffnete eine weitere Tasche und holte daraus eine Dose Energy-Drink heraus. »Willst du auch eine?«

Jean schüttelte den Kopf. »Ein Beruhigungstee wäre mir momentan lieber.« Sie blickte auf die Uhr. Eine Viertelstunde noch.

***

Auch Trevor Farkas befand sich in *All Hallows by the Tower*, jedoch nicht in einem öffentlich zugänglichen Bereich und auch nicht in einem Raum, der in irgendwelchen Grundrissplänen verzeichnet war. Nicht einmal der Zugang, durch den er die Kirche betreten hatte, war kartographisch erfasst: eine alte Römerstraße, die unterirdisch über mehrere Ebenen von einer Öffnung der Londoner Kanalisation aus zu erreichen war. Die Instruktionen des Priesters waren wie stets detailliert gewesen.

Der unterirdische Gebäudeteil bestand aus zwei Kammern und schloss direkt an die Krypta an. In der einen Kammer befand sich Trevor. Er hatte es sich auf einer Art Schemel bequem gemacht. Das alte Jagdgewehr seines Vaters ruhte auf seinem Schoß. Um den Auftrag des Priesters befolgen zu können, war es mit sechs Schuss geladen. Er hatte bereits überprüft, dass er den Lauf durch das kleine Loch in der Wand schieben konnte und es darüber hinaus groß genug war, um über Kimme und Korn sein Ziel anvisieren zu können: das Zentrum des in der Krypta aufgestellten Kruzifixes.

Der Priester beabsichtigte, Despina dazu zu bringen, sich selbst daran zu kreuzigen. Sollte sie Widerstand leisten oder der Priester aus anderweitigen Gründen den Befehl geben zu schießen, würde Trevor es tun. Das war er seinem okkulten Mentor schuldig. Ihm und seinem eigenen Leben, das ansonsten gefährdet war.

Über einen kleinen In-Ear-Kopfhörer, der sich in Trevors linkem Ohr befand, konnte der Priester jederzeit den Schießbefehl erteilen.

Mit seinem rechten Ohr konzentrierte sich Trevor auf die Geräusche seiner Umgebung. Gedämpft drangen Stimmen zu ihm. Aus der Krypta wohl, aber aus einem Bereich, den er durch die Schießscharte der Wand nicht einsehen konnte.

Manchmal aber meinte er, die Stimmen drangen von jenseits der anderen Mauer zu ihm. Doch er mochte sich auch irren.

Und dann hörte er noch dieses konstante Geräusch eines einzelnen Wassertropfens. Endlos, langsam und monoton. Das Tropfgeräusch rührte von der anderen Seite her. Denn das Wasser der Kanalisation staute sich dort in einem Flutungsraum.

Der Priester hatte ihm mitgeteilt, dass es noch einen weiteren Befehl gab, als jenen zu schießen. Trevor blickte auf den Hebel, den er im Fall der Fälle umlegen musste. Eine Vorrichtung, die dazu diente, die Krypta zu fluten. Es hieß, sie wurde im Rahmen revolutionärer Aufstände installiert. Der Priester hatte ihm etwas von Schmugglerbanden erzählt und von Rebellen, die sich zu früheren Zeiten Londons in den Kellern *All Hallows'* versteckt gehalten hatten.

Ansonsten war die Kammer dunkel. Er durfte kein Licht machen, da man den Raum sonst entdecken könnte. Und das war alles, was er an Instruktionen erhalten hatte: unentdeckt hierher gelangen, sich positionieren und auf einen der drei möglichen Befehle warten: schießen, fluten, verschwinden.

Trevor gähnte, und er musste ein Niesen unterdrücken. Zwar hatte er seine nassen Sachen gewechselt, doch er spürte bereits, wie sich die Erkältung in seinem Körper ausbreitete. Und hier in dieser unterirdischen Kammer war es nicht gerade wohlig warm. Eher im Gegenteil. Der Raum war kühl und feucht. Zu seinen Füßen spürte er einen konstanten kalten

Luftzug, der ihm gesundheitlich den Rest geben würde, wenn er hier noch lange sitzen und auf Befehle warten würde.

Sollte er jedoch alles zur Zufriedenheit des Priesters ausführen, dann würde er in dessen Gunst aufsteigen, was bedeuten würde, dass Trevor in die höheren Kreise seiner okkulten Gesellschaft eintreten durfte. Er würde initiiert werden, vielleicht gar selbst zum Priester werden. Ein Aufstieg innerhalb der okkulten Loge bedeutete Macht und Einfluss. Trevor würde selbst zum Lehrmeister werden und könnte seine nekromantischen Fähigkeiten weiter spezialisieren. Zudem könnte er Macht und Einfluss der Loge nutzen, um sich deutlich besser als bisher auf dem Buchmarkt zu etablieren.

Dennoch war Trevors Laune am Boden. Wenn es nach ihm und seinen Bedürfnissen gehen würde, dann wäre er weder hier unten noch hätte er sich auf irgendeine andere Weise um die Belange des Priesters gekümmert. Im Gegenteil. Er war sogar mächtig sauer auf den Kerl, hatte er Trevor doch am Telefon gesagt, die Software manipuliert zu haben und darüber hinaus die Kontrolle über Trevors Handy genommen zu haben. Auf diese Weise hatte er Trevor gleich doppelt in der Hand. Dem Priester war es nämlich möglich, die Daten seines Handys zu löschen – oder aber viel schlimmere Dateien darauf zu speichern. Dateien, die Trevor unverzüglich ins Gefängnis wandern lassen würden.

Einmal mehr lief alles auf Erpressung raus. Trevor hatte keine Chance. Der Priester hatte ihn in der Hand und nutzte Trevor als Spielstein für ein Spiel, dessen Regeln Trevor noch immer nicht völlig begriffen hatte. Weder kannte er das Ziel des Spiels noch wusste er, wer der Gegner war. Er wusste nur eins: In jedem Spiel war es möglich zu manipulieren. Und je länger er sich in dieser unterirdischen Grabkammer befand, desto konkreter wurde sein Plan. Es gab nur einen Haken: Die

Sache könnte nach hinten losgehen und sein Vorhaben somit sein Todesurteil bedeuten.

Doch er würde mit den Konsequenzen umgehen können. Davon war er überzeugt.

Plötzlich wurde sein Gedankenkarussell durch statisches Rauschen und Knacken in seinem linken Ohr unterbrochen. Die Stimme des Priesters. So nah, dass es ihm eine Gänsehaut verursachte.

»Machen Sie sich bereit, Trevor. Gehen Sie in Position, wie wir es besprochen haben. Das Spiel wird in wenigen Minuten beginnen. Warten Sie auf meine Befehle!«

Das Rauschen in seinem linken Ohr erstarb. Rechts der stete Tropfen, der den Stein höhlt. Unablässig, unaufhörlich und in konstanter, monotoner Geschwindigkeit. Ein gemächliches Tempo, das die Zeit hier unten zu verlangsamen schien.

Trevor stand auf und lud das Gewehr durch. Dann trat er an das Loch, schob den Lauf hinein und zielte über Kimme und Korn, beobachtete so das Geschehen in der Krypta.

Er sah das Kreuz und etliche Kerzen, die das Gewölbe erhellten. Er sah den Altar hinten an der Wand. Doch keine Menschenseele trat in sein Blickfeld.

Dann, nach etlichen Minuten weiteren Wartens, Minuten, die ihm wie Stunden vorkamen, geschah etwas. Jemand betrat den Raum.

Eine Frau, mit deren Erscheinen er am allerwenigsten gerechnet hätte. Trevor erschrak, denn er kannte sie: Es war Jeanette Dark, Despina Jones' Freundin.

Er legte an und zielte. Sie zu erschießen würde zumindest rein technisch kein Problem für ihn darstellen.

Doch moralisch lag er nun deutlich in der Zwickmühle. Diesen Mord würde ihm Despina nie verzeihen.

Niemals.

Und dann hörte er wieder diese Stimmen. Diesmal war sich Trevor ganz sicher, dass sie nicht aus der Krypta stammten, denn dort befand sich nur Jeanette Dark und sie redete in diesem Augenblick definitiv nicht.

Nein, es waren zwei männliche Stimmen.

Von der Wand rechts konnten sie auch nicht kommen, denn dahinter befand sich der Flutungsraum, mit dem Wasser aus der Kanalisation.

Also befand sich linker Seite noch eine weitere Kammer.

Trevor war nicht wohl in seiner Haut. Die Sache stank zum Himmel.

Dann traf er eine Entscheidung: egal, wie der Befehl des Priesters lauten würde, Trevor wusste, wie er handeln würde. Es war an der Zeit, das Richtige zu tun.

Trevor zielte auf Jeanette Dark, die sich vor dem Kreuz in Position stellte.

9. Kapitel

Barbarossa tropfte der Schweiß aus allen Poren. Ihm war nur allzu bewusst, dass sein Entführer es ernst meinte.

Mit einer Waffe im Nacken studierte er nun schon seit gut einer Stunde die drei Exemplare der *Cruciforma* auf der Suche nach inhaltlichen sowie gestalterischen Unterschieden. Wie es der Entführer prophezeit hatte, fand er beides, und damit einhergehend fand er alsbald heraus, warum der Mann seine Mithilfe erzwang: Er wusste nicht, auf welche Dinge er achten musste, worauf es ankam, wie die Unterschiede zu deuten waren.

Das war mindestens ebenso erbärmlich wie bemitleidenswert, doch Barbarossa war bald selbst so infiziert von seinem Forschungsauftrag, dass er es schaffte, die Waffe in seinem Rücken zu ignorieren, um sich fortan völlig auf seine Aufgabe zu konzentrieren.

Er hatte nach Stift und Papier verlangt – und statt Whisky immerhin einen Tee erhalten – und war gegenwärtig damit beschäftigt, die entsprechenden Textstellen darauf zu übertragen. Das Schwierigste stellte für ihn die richtige Zusammenstellung der einzelnen Textbausteine dar, denn es gab immer mehrere Möglichkeiten, und auch Barbarossa wusste nicht, welche davon korrekt war.

»Um das herauszufinden, müsste man den richtigen Schlüsselcode haben, doch ich fürchte, der ist Ihnen auch nicht bekannt, nicht wahr?« Fast hätte sich Barbarossa umgedreht, doch in letzter Sekunde hatte er daran gedacht, in wessen Auftrag er hier saß und handelte.

»Ich weiß nichts von Schlüsselcodes«, sagte die gereizte Stimme des Entführers.

»Ich will Ihnen mal das Problem anhand eines Beispiels erläutern«, begann Barbarossa und schob seine Aufzeichnungen vor sich auf dem Tisch hin und her. »*Des Teufels Antlitz weise ihm zu / durch dreimaliges Kreiseln des Zeichens / der Dolch zur Kruziform wird.*« Er verschob die Blätter wieder. »Oder: *Durch dreimaliges Kreiseln des Zeichens / des Teufels Antlitz weise ihm zu / der Dolch zur Kruziform wird.*« Abermals verschob er die Anordnung seiner Papiere. »*Der Dolch zur Kruziform wird / des Teufels Antlitz weise ihm zu / durch dreimaliges Kreiseln des Zeichens.*«

»Ich verstehe erstens kein Wort und zweitens erkenne ich keinerlei Unterschied«, gestand der Entführer.

»Also, ein klein wenig sollten Sie sich schon mit der Materie beschäftigt haben, bevor Sie den Teufel anrufen«, witzelte Barbarossa, der langsam aber sicher den Eindruck bekam, dass der Entführer nicht aus eigenem Interesse handelte. »Durch die verschiedenen Anordnungen sind unterschiedliche Interpretationen möglich«, erklärte Barbarossa dennoch.

»Welche Anordnung favorisieren Sie denn?«, wollte der Entführer wissen.

»Ich würde die Syntax der drei Sätze ändern, wodurch sich folgender Sinnspruch ergeben würde: ›*Zur Kruziform wird des Teufels Antlitz – weise ihm zu durch dreimaliges Kreiseln des Zeichens: der Dolch.*‹ Ob das einen größeren Sinn ergibt, weiß ich nicht, aber es klingt zumindest ein wenig verständlicher. Finden Sie nicht?«

»Mir ist nicht klar, was die Reihenfolge für einen Unterschied machen soll.«

Barbarossa verdrehte die Augen. »Sprechen Sie bei der Beschwörung die Satzbausteine in der falschen Reihenfolge, so könnte Ihr Vorhaben im harmlosesten Fall scheitern – im schlimmsten Falle aber …«

»Was passiert im schlimmsten Fall?«, keuchte der Mann.

»Das weiß ich doch nicht«, sagte er. »Vielleicht tut sich der Boden auf, und etwas zieht sie auf direktem Wege in die Hölle.«

Der Entführer lachte. »Wollen Sie mich eigentlich verarschen?«

»Hören Sie.« Barbarossa legte eine behutsam erklärende Note in seine Stimme. »Seien wir doch mal ehrlich: Sie haben doch selbst keine Ahnung von dem, was ich hier mache. Das können Sie jetzt abstreiten, aber verbergen können Sie es dennoch nicht. Sagen Sie mir also lieber, in wessen Auftrag Sie handeln. Ich muss mit jemandem sprechen, der sich damit auskennt, jemand mit dem notwendigen okkulten Niveau, der weiß, worauf das Ganze hinauslaufen soll. Ich meine, es ist doch recht sinnlos, hier einfach irgendwelche selbst zusammengestöpselten Beschwörungsvariationen zu rezitieren und ernsthaft der Meinung zu sein, der Teufel käme herbei. Nicht nur, dass mir das wie eine alberne satanische Messe einer lächerlichen Studentenbruderschaft vorkommt, sondern – und das muss man ja mal zu Ende denken – man mit solch einer Beschwörung ein konkretes Ziel verfolgt. Sie aber haben kein Ziel. Sie erledigen hier einen Job. Habe ich recht?«

»Geben Sie endlich Ruhe und arbeiten Sie weiter!«

»Aber ...«

»Haben Sie nicht gehört?« Der Mann brüllte jetzt und drückte ihm den Lauf seiner Waffe wieder in den Nacken.

»Ist ja gut«, sagte Barbarossa und fügte sich augenblicklich seinem Schicksal. Immerhin wusste er jetzt, dass er mit seiner Vermutung richtig lag. Wer auch immer ihn hinter seinem Rücken terrorisierte, war weder der Priester noch jemand anderes auf vergleichbarem okkultem Niveau. Sein Entführer war ein Angestellter. Nicht mehr und nicht weniger. Wenn auch ein gut instruierter.

Barbarossa seufzte laut, murmelte etwas Unverständliches und machte sich wieder an die Arbeit. Bislang hatte er es vermieden, in den anderen beiden Exemplaren der *Cruciforma* nach den geheimen Papiertaschen zu sehen. Der Kerl beobachtete ohnehin nicht, was er im Detail tat, weswegen Barbarossa beschloss, der Sache mit den versteckten Bildern nachzugehen. Denn, dass es auch in den anderen beiden Büchern leichte Erhebungen gab, hatte er bereits überprüft.

Es wäre nur folgerichtig, die beiden noch verschlossenen Papiertaschen aufzutrennen, so wie er es bei seinem eigenen Exemplar schon einmal getan hatte, um den Inhalt miteinander zu vergleichen. Es gab nur zwei Probleme: Das Bild seiner *Cruciforma* lag noch in der Bibliothek; und um die anderen Taschen zu öffnen, benötigte er ein Skalpell, was ihm nicht zur Verfügung stand, woran sich angesichts seiner prekären Situation auch nichts ändern würde – egal, wie sehr er seinen Entführer darum bitten würde – denn immerhin bestünde ja die Gefahr, das Skalpell als Waffe einzusetzen.

Zunächst versuchte er es mit der Kante seines Daumennagels, doch Tori hatte ihm erst vor ein paar Tagen die Fingernägel mit einer Nagelfeile bearbeitet, so dass der Versuch kläglich scheiterte. Als Nächstes unternahm er Anstalten, mit der Spitze des Bleistiftes ein Loch hineinzubohren, doch das Einzige, was er bewirkte, war das Abbrechen der Mine.

Er guckte auf dem Tisch herum und suchte in der Schublade, von der es hieß, sie beherberge alles, was er für seine Aufgabe benötige. Dann blieb sein Blick auf seiner Tasse haften, in der sich der Tee befand, den der Entführer ihm kredenzt hatte. Die Tasse war aus Glas. Der Teebeutel darin klebte am Innenrand der Tasse, die er zur Hälfte leer getrunken hatte.

Glas …

Barbarossa setzte es an seine Lippen und trank den zwischenzeitlich bitter gewordenen Tee leer, bevor er die Tasse mit Absicht und zu viel Schwung abstellte. Genauer gesagt haute er die Tasse so auf die Tischplatte, dass sie augenblicklich in tausend Scherben zersprang.

»Was machen Sie denn, um Himmels Willen?«, brüllte der Entführer und kam herbeigeeilt.

Rasch verbarg Barbarossa eine der Glasscherben in seinem Hemdsärmel. »Das war ein Versehen. Ich hatte wohl zu viel Schwung.«

»Das habe ich gemerkt.« Der Mann sammelte die Scherben auf. Als Barbarossa Anstalten machte, ihm zu helfen, herrschte er ihn an: »Fassen Sie ja nichts an. Sonst schneiden Sie sich noch und bluten die Bücher voll.«

Also hielt sich der Bibliothekar zurück und beobachtete seinen Entführer dabei, wie er die Scherben einsammelte. Dass er sich nur in seinem Rücken aufhalten wollte, damit Barbarossa ihn nicht erkennen konnte, hatte er in seinem Eifer scheinbar völlig vergessen.

Und so staunte das Entführungsopfer nicht schlecht, als er in dem Mann Pater Victor erkannte, dessen Bild er auf Toris Computer gesehen hatte, der amtierende Pfarrer der Gemeinde *All Hallows by the Tower*… Die Stimme des Mannes war ihm die ganze Zeit über bereits bekannt vorgekommen, doch nun, nach der Enthüllung seines Gesichtes, bestand kein Zweifel mehr.

Barbarossa war darüber nicht nur irritiert, sondern auf höchste Weise besorgt. Immerhin war Pater Victor derjenige, der überhaupt erst der Bibliothek für okkulte Fälle den Auftrag gegeben hatte. Die ganze Sache gefiel ihm immer weniger. Zu sehr vermischten sich hier zwei unterschiedliche Geschichten, von denen er bislang nicht im Ansatz vermutet hätte, dass es da einen Zusammenhang geben mochte.

Interessanterweise schien der Gottesmann nicht zu bemerken, dass er seine Immunität verloren hatte. Sorgsam schaufelte er sämtliche Scherben in einen kleinen Eimer und sagte dann mit ernster Stimme: »Damit das klar ist! Noch mal gibt es nichts zu trinken!«, und blickte dabei Barbarossa direkt in die Augen.

Ob er es ihm sagen sollte? Besser nicht, dachte er, weswegen er wortlos nickte und so tat, als sei der Blickkontakt nicht geschehen. Stattdessen beugte er sich wieder über die drei antiquarischenen Bände und fuhr kommentarlos mit seiner Arbeit fort.

Er wartete, bis Pater Victor aus seinem Blickfeld verschwunden war, hörte, wie er die Scherben entsorgte und dabei leise fluchte. Dann klingelte ein Handy. Barbarossa hörte, wie Pater Victor in seinem Gewand nach dem Telefon kramte und den Anruf annahm: »Ja … Nein, bisher noch nicht … Alles klar, ich verstehe … Gut, ich weiß Bescheid.« Dann war das Gespräch vorbei. Das Handy wurde weggesteckt und etwas anderes hervorgeholt. Etwas, dessen Mündung kalt wie gefrorener Stahl war, als Pater Victor es in Barbarossas Nacken drückte.

»Hören Sie zu!«, knurrte der Pastor. »Ich weiß, dass Sie soeben mein Gesicht gesehen haben. Natürlich haben Sie recht, und es ist meiner Unachtsamkeit zuzuschreiben, dass Sie mich enttarnt haben. Das ist jedoch nicht weiter schlimm. Es ändert nichts an den Tatsachen, nur an den Spielregeln.«

»Wie darf ich das verstehen?«

»Das werden Sie schon noch früh genug merken! Bis es jedoch so weit ist, erwarte ich von Ihnen, dass Sie die Arbeit, wegen der Sie hier sind, fortführen. Sie werden das Geheimnis der *Cruciforma* entschlüsseln und alles dafür tun, dass das Ritual von Erfolg gekrönt sein wird.«

»Mit wem haben Sie da gerade telefoniert?«, wollte Barbarossa wissen.

Als Antwort erhielt er einen Hieb mit der Waffe auf den Kopf. Nicht so stark, dass er ernsthaft verletzt worden wäre, aber doch fest genug, dass es ordentlich schmerzte. »Sie haben hier keinerlei Fragen, Forderungen oder Bedingungen zu stellen. Ist das klar?«

Barbarossa nickte.

»Gut. Und jetzt weiter im Programm. Arbeiten Sie gründlich. Ich werde derweil Vorkehrungen treffen, damit auch Sie ein wenig Spaß am heutigen Abend haben werden.« Mit diesen Worten ließ er endlich von ihm ab.

Zwar hatte Barbarossa nicht die geringste Ahnung, von welcher Art Spaß Pater Victor gesprochen hatte, doch war er sich darüber im Klaren, dass es unmöglich seinem Sinn für Spaßempfindungen entsprechen konnte. Das Beste wäre es wohl, er konzentrierte sich wirklich weiter auf seine Aufgabe, auch wenn sie ihm nicht schmeckte.

Während sein Aufpasser hinter ihm mit irgendetwas beschäftigt war, das klang, als würde er ein Möbelstück über den Boden schleifen, angelte Barbarossa das Stück Scherbe aus seinem Hemdsärmel hervor.

Es war nicht größer als ein USB-Stick und besaß auch in etwa die Form eines solchen, wenn auch ungemein flacher und – und das war das Wichtigste – an einer Seite recht scharfkantig. Hoffentlich reicht es, dachte er und schlug die Seite auf, an der sich die geheime Papiertasche befand.

Behutsam setzte er sein improvisiertes Schneidewerkzeug an und ritzte sich vorsichtig an der Linie entlang, die als Tarnung für die richtige Stelle diente. Er machte es genau so wie bereits zuvor mit seinem eigenen Exemplar. Aus diesem hatte er das authentische Bild eines Kreuzigungsopfers entnommen – wie er meinte: Jesus Christus. Angesichts der Unterschiede, sowohl illustratorische als auch vom textlichen Inhalt her, konnte sich Barbarossa North nicht vorstellen, dass es sich um das gleiche Motiv handeln würde.

Umso erstaunter war er, als er es tatsächlich schaffte, dass das Loch groß genug war und er ein weiteres Kreuzigungsbildnis herausholte. Wieder war es überzeugend authentisch und in höchstem Maße filigran gezeichnet worden. Auch hier war das Kreuzigungsopfer ein Mann, aber er hing in einer anderen Pose am Kreuz, und das Kreuz selbst war auch ein wenig anders. Die berühmte Inschrift oberhalb des Kopfes fehlte. Hier stand weder »INRI« noch sonst etwas.

Beim dritten Exemplar ging das Aufritzen der entsprechenden Buchseite schneller vonstatten, was vor allem daran lag, dass Barbarossa aus Versehen mit der Scherbe in der Hand abrutschte und einen hässlichen Schnitt quer durch das Papier jagte, was ihm als bibliophilen Bibliothekar das Herz bluten ließ. Immerhin kam er so leichter und bequemer an das zusammengefaltete Bildnis heran.

Wieder war es eine Kreuzigungsszene, aber erneut ein anderes Kreuz mit einem anderen Kreuzigungsopfer. Es war eine Frau. Und die Ähnlichkeiten zu Jeanette Dark waren kaum von der Hand zu weisen.

Und wie er regelrecht bestürzt und fassungslos darüber nachgrübelte, wie dergleichen überhaupt möglich sein konnte, trat Pater Victor wieder ins Zentrum seiner Aufmerksamkeit.

»Sehen Sie hier«, sagte er und zwang Barbarossa dadurch vom Abbild von Jeans mittelalterlicher Vorgängerin aufzublicken. Der Priester trat zur Seite und präsentierte stolz ein Fernsehgerät, das auf dem Boden stand und dem Betrachter sein stetes Ameisenlaufen präsentierte.

»Was soll das?«, fragte Barbarossa barsch, der überhaupt keinen Nerv für Spielchen dieser Art hatte. Die Sache mit Jean nahm ihn gedanklich völlig in Beschlag. Pater Victor sagte irgendetwas, Barbarossa hörte jedoch gar nicht zu.

Doch dann blickte er wieder auf, da das Ameisenflimmern stoppte und ein Bild relativ scharf zu sehen war.

»Ah, es geht los!«, sagte Pater Victor und klatschte in die Hände. »Was Sie hier sehen, ist die Krypta meiner Kirche.«

Barbarossa erkannte die Krypta wieder. Tori hatte ihm die Bilder vom Tatort gezeigt. Es war der gleiche Raum, nur dass man nun direkt vor dem Altar ein raumhohes Kreuz aufgestellt hatte.

Dann hörte man Schritte, und eine Gestalt trat ins Bild. Barbarossa starrte fassungslos auf den Bildschirm.

»Also – hier bin ich. Was soll ich tun?«, sagte sie, deren Abbild er soeben aus einem über tausendjährigen Pergament geschält hatte. Rasch verglich er beide Personen miteinander – die auf dem Kreuzigungsbild und diejenige, die sich im Fernsehgerät vor einem Kreuz präsentierte.

Bei beiden bestand keinerlei Zweifel: Es war Jean!

***

Nach dem Anruf von George Whitehead stieg Despinas Verzweiflung. Was konnte sie jetzt noch groß ausrichten? Ihren ursprünglichen Plan, auf direktem Wege nach *All Hallows* zu fahren, konnte sie in den Wind schlagen. Whitehead hatte ihr unmissverständlich klargemacht, dass sowohl Jean als auch ihr Onkel sterben würden, sobald sie dort auftauchen würde.

Kurzerhand änderte sie ihren Kurs und steuerte New Scotland Yard an. Das Gespräch mit John Dee klang in ihr nach, und ihre Gedanken kreisten um seelenfressende Nägel und die drei Exemplare der *Cruciforma*; drei Nägel – drei Bücher – drei Gekreuzigte auf dem Berg Golgatha. Interessant war vor allem, dass sich die Namen so sehr ähnelten.

Dennoch hatte Despina so ihre Zweifel daran, ob die vorherrschenden Zufälligkeiten tatsächlich die Erfüllung einer Prophezeiung darstellten, oder ob nicht doch etwas anderes dahintersteckte. Ihrer Meinung nach mochte es durchaus sein, dass all das auf eine perfekt geplante Inszenierung Whiteheads zurückzuführen war. Sie hatte zwar nicht die geringste Vorstellung, wie

Whitehead vorgegangen war, aber es schien ihr weitaus logischer als die banale Erklärung des Zufalls.

Als sie das Motorrad nahe dem Haupteingang vom Yard abstellte und das Gebäude betrat, war sie froh, endlich im Warmen zu sein. Alleine mit ihrer Lederjacke und der Wollmütze war die Motorradfahrt ein eiskalter Irrwitz, dem sie sich selbst ausgeliefert hatte. Sie trat gerade an den Empfang, um sich anzumelden, als sich die Aufzugtüren öffneten und das vertraute Antlitz des Inspektors der chromfarbenen Kabine entstieg. »Ms Jones? Gerade mit Ihnen hätte ich nun nicht hier gerechnet.«

»Ich wusste nicht, wohin ich sonst hätte gehen sollen«, sagte Despina und erzählte von Whiteheads Anruf.

»Kommen Sie«, sagte der Inspektor kurzerhand. »Ich bin soeben auf dem Weg zur Gerichtsmedizin. Doktor Timothy hat etwas Interessantes herausgefunden. Danach werden wir gemeinsam zu *All Hallows* fahren, denn ich möchte vor Ort sein, wenn meine Mitarbeiter die Kirche stürmen.«

»Sie glauben doch nicht ernsthaft, dass sich Whitehead in der Kirche aufhält beziehungsweise dass er selbst dorthin kommen wird?«

»Das weiß man natürlich nicht. Aber selbst wenn es nur seine Mittelsmänner sind, die wir schnappen werden, dann ist das immerhin ein Anfang. Außerdem hat Ihre Schwester so eine Art Fangschaltung installiert, die mit etwas Glück den oder die Empfänger der Liveübertragung lokalisieren kann. Wobei ich sagen muss, dass ihre Äußerung – es sei nicht sicher, ob das System zuverlässig funktioniere – meine Hoffnungen nicht gerade in Höhenflüge versetzen konnte.«

Während der Inspektor redete, begleitete Despina ihn zu seinem Wagen. Sobald sie darin Platz genommen hatten und der Fahrer losfuhr, fragte sie: »Wo ist eigentlich Pater Victor?«

»Ist er denn nicht in der Kirche?«

»Laut meiner Schwester müsste er bei Ihnen im Yard sein.«

Inspektor Johnson schüttelte den Kopf. »Definitiv nicht.« Er seufzte und legte die Stirn in Falten. »Meinen Sie, er steckt in der Sache mit drin?«

»Ich weiß es nicht. Unmöglich scheint mir bei diesem Fall nichts«, gestand sie und dachte dabei an die seltsame Aneinanderreihung skurriler Zufälle, sagte davon aber kein Wort. »Ich muss gestehen, dass es mit das erste Mal ist, dass mir ein Fall zu nahe geht. Jean soll sich selbst kreuzigen, und mein Onkel ist entführt worden … Ich wüsste nicht, wie es mit der Bibliothek weitergehen sollte, käme nur einer meiner Familie zu Schaden.«

»An so etwas dürfen Sie jetzt nicht denken, Ms Jones.«

»Ich weiß, ich weiß. Dennoch tue ich es.«

»Was aus Ihrer Position beileibe normal sein dürfte. Machen Sie sich da mal keine Vorwürfe. Sie müssen nur schauen, dass Sie weiterhin mit logischem Sachverstand auf die Fakten blicken und sich nicht auf Whiteheads Verwirrspiel einlassen. Mir scheint, dass er genau weiß, wen er da vor sich hat, wenn er mit Ihnen oder eben Jean spricht.«

»Das ist auch meine Theorie. Nur wissen tun wir es nicht.«

»Nein, natürlich nicht. Doch frei nach Sherlock Holmes: Solange wir es nicht ausschließen können, sollten wir es in Betracht ziehen.«

Eine Weile herrschte Schweigen im Wagen. Inspektor Johnson blickte mit sorgenvoller Miene nach außen, und Despina hing ihren eigenen düsteren Gedanken nach. Die Welt außerhalb des Polizeiwagens war finster. Straßenlampen und Schaufenster leuchteten, aber es war kein heimeliges Licht, das die Leute lockte wie Motten. London wirkte in dieser Nacht schroff und kalt und menschenfeindlich.

Immer wieder taumelten vereinzelte Schneeflocken vom Himmel. Despina hoffte auf besseres Wetter, denn Kälte und

Schnee gingen ihr mittlerweile gehörig auf den Nerv, entsprach dergleichen doch ihrem gegenwärtigen Gemüt.

Inspektor Johnsons Handy meldete sich mit zwei schrill piepsenden Signaltönen. Er holte es heraus und las eine Nachricht. »Nachricht von Tori: Wir sind bereits fünf Minuten über der Zeit – bislang kein Kontakt«, las er vor, um sogleich eine Antwort zu schreiben. »Die Bahn verspätet sich auch immerzu. Habe gesagt, sie sollen warten.«

Despina wollte etwas sagen, als Tori sich über den Kommunikator meldete.

»Hey, Pina. Wo bist du?«

»Bei Johnson im Auto. Wir fahren zu Doktor Timothy, der mit seiner Obduktion fertig ist.«

»Wir sind auch fertig. Alles steht bereit, und jeder ist auf seinem Posten. Jean wartet seit zehn Minuten vor dem Kreuz in der Krypta auf Whiteheads Anweisungen. Doch der lässt auf sich warten.«

»Er wird sich melden.«

»Ja, das befürchte ich auch.«

»Sagt, ist Pater Victor bei euch oder irgendwo sonst in der Kirche?«

»Nicht, dass ich wüsste. Ich dachte, er wäre im Yard.«

»Nein, hier ist er nicht.«

»Das ist seltsam. Vielleicht hat er …« Tori unterbrach sich kurz, bevor sie sprach: »Ich muss Schluss machen, Pina. Der Erpresser meldet sich.«

Dann erstarb der Kommunikator an Despinas Armgelenk.

»Das Spiel geht also los«, knurrte Johnson, und auch Despinas Anspannung wuchs sogleich ins Unerträgliche.

Um sich ein wenig abzulenken und um das Thema zu wechseln, sagte sie: »Um auf Pater Victor zurückzukommen, was halten Sie von ihm?«

»Richtig, da waren wir stehengeblieben. Nun, ich habe ein wenig über Pater Victor recherchiert, da auch mir sein seltsames Verhalten nicht entgangen ist. Alleine das Vergraben eines Gekreuzigten mutet mir zu skurril an, auch wenn ich aktuell nicht das Geringste gegen ihn in der Hand habe.«

»Was haben Sie über ihn herausgefunden?«

»Victor wurde regelrecht sadistisch zum Glauben herangezogen. Es gibt eine Akte des Jugendamtes. Sein Vater sei Anhänger einer Sekte gewesen, die der uns wohlbekannte George Whitehead führte.«

»Sie machen Scherze!«

Johnson schüttelte den Kopf. »Leider nein.«

»Und warum erzählen Sie mir das erst jetzt?«

»Da kommt noch mehr: Sein Vater, der gottgläubige Sadomasochist, ist vor einigen Tagen nach einem Arztbesuch nicht mehr wiedergekommen und wurde von seiner Haushälterin als vermisst gemeldet. Sie hat die Sache nur zur Anzeige gebracht, da er ihr noch Geld schuldet. Auf jeden Fall habe ich recherchiert und vom behandelnden Arzt erfahren, dass bei dem Mann Magenkrebs festgestellt wurde. Die Lymphknoten sind wohl bereits befallen, und es sieht nicht gut aus. Eine Weiterbehandlung lehnte er ab. Die Spur verliert sich am Bahnhof, wo er einen Zug nach London bestiegen hat, wo sein Sohnemann Priester einer Kirche ist.«

»Sie meinen, er wollte reinen Tisch machen? Um die Vergebung seiner Sünden bitten?«

»Zumindest wäre es ein passendes Motiv für Pater Victor. Stellen Sie sich doch mal vor: Der eigene Vater prügelt einen von Geburt an bis hin zum Priesterseminar. Da kann man durchaus Mordgedanken hegen. Und wenn Victor Senior so gottgläubig ist wie unser Freund George Whitehead, dann wäre eine Rache in Form einer Kreuzigung doch naheliegend – selbst für einen Priester der von Nächstenliebe und Friede auf Erden predigt.«

»Das schon, ja. Aber wissen wir denn, ob der Gekreuzigte Victors Vater ist?«

»Zumindest legt das Obduktionsergebnis diesen Schluss von Doktor Timothy nahe: Magenkrebs und befallene Lymphknoten. Es passt zusammen. Ihr Jesus ist der Vater von Pater Victor.«

***

Jean war bereit.

Sie hatte sich gedanklich darauf vorbereitet, wenn auch beileibe nicht zur Genüge. Aber ihr war klar, dass ihr eine Zeit der Schmerzen bevorstand. Dabei stellte sie sich vor, dass die Sache ähnlich einem Besuch beim Zahnarzt sei. Es würde verdammt ungemütlich werden, aber nach einer überschaubaren Zeit wäre alles vorbei und wenn es keiner Folgebehandlung bedurfte, sogar endgültig.

Doch die Angst blieb bestehen. Sie konnte sie nicht leugnen oder achtlos von sich schütteln. Whitehead würde von ihr fordern, sich selbst zu quälen, und Jean würde es tun. Während sie in der Krypta stand und auf ihre Instruktionen wartete, wusste sie nicht, wie weit sie gehen würde; aber sie hatte sich vorgenommen, alles zu tun, was notwendig war, um Doc zu retten und weiteren Schaden von Tori und Pina abzuwenden.

Sie spürte das Kreuz hinter sich im Rücken. Es war massiv, und die Nägel, die ihren Körper tragen sollten, hatte sie selbst eingeschlagen. Sie hatte die Nägel danach noch einmal desinfiziert, und sie sorgte sich nicht um mögliche Entzündungen oder Blutvergiftung. Ihre Sorge galt dem Schmerz, den es sie kosten würde, wenn sie den grausamen Forderungen Whiteheads nachkommen würde. Ein Schmerz, von dessen Intensität sie letzten Endes keinerlei Vorstellung hatte. Dies, so musste sie sich eingestehen, bereitete ihr die meiste Angst.

Vor sich sah sie die zur Seite gerückten Sitzbänke, auf denen niemand saß, und dennoch wusste sie, dass es für ihre in Kürze startende Horrorshow ein Publikum gab. Mehrere Kameras erzählten von der Anonymität der Gäste des heutigen Abends. Zu den auf Stativen stehenden Kameras gesellten sich zwei Scheinwerfer, die Jean so anstrahlten, dass das Publikum auch keinen Tropfen ihres Blutes verpassen würde. Jean stellte sich dunkle Vampire vor, die vor ihren Bildschirmen saßen und gierig nach jedem Tropfen lechzten. Wie Drogensüchtige auf ihren Schuss warteten sie darauf, dass Jean sich selbst verletzte.

Sie blickte auf den Lautsprecher, aus dem sie jeden Moment die Stimme George Whiteheads erwartete, die sie mit absurden Aufträgen peinigen würde. Das lange Warten bereitete ihr Leid und Kummer, versetzte sie in Gram, und sie musste sich zurückhalten, nicht zu jammern und ihr Leid zu klagen. Doch der Seelenschmerz, der die schier endlos erscheinende Warterei in ihr auslöste, war die wahre Pein, die sie erdulden musste.

Wann begann das Spiel der Marter?

Wo blieb die Stimme des Foltermeisters?

Wie würde sich ihre blutige Tortur gestalten?

Würde das, was man von ihr erwartete, tatsächlich dem Martyrium Jesu Christi gleichen?

So viele Fragen, auf die es keine Antwort gab, solange der Lautsprecher still blieb.

»Komm schon«, murmelte sie leise aber energisch vor sich hin. Auf das, was kommen würde, könnte sie getrost verzichten, doch sie wusste, dass es keinen Ausweg gab. Also sollte es nun anfangen, damit sie es endlich hinter sich bringen konnte.

Ihr Blick haftete zum gefühlt hundertsten Mal an der Kiste fest, die vor ihr auf der Bank stand. Die Kiste war auf Anweisung Whiteheads in die Krypta gebracht worden. Darin befand sich ein weißer Lendenschurz, eine Dornenkrone und – und das war in Jeans Vorstellung überhaupt das Schlimmste – eine Karbatsche: ein Holzstock mit einem dreigeteilten Lederriemen, in dessen Striemen Angelhaken unterschiedlicher Größe, Länge und Dicke eingearbeitet waren. So ein Folterinstrument hatte nur einen Zweck: jemandem oder gar sich selbst grausamste Schmerzen zuzuführen.

Wieder sah sie zum Lautsprecher, als könne sie es kaum erwarten, mit ihrer bevorstehenden Selbstgeißelung und der weiteren Befolgung Whiteheads grausamer Ideen zu beginnen. Dabei wollte sie dergleichen nicht. Jean durchlebte ein einziges Gefühlschaos.

»Tori!«, rief sie urplötzlich. »Sind wir eigentlich schon auf Sendung?«

Tori meldete sich prompt. »Seit zehn Minuten!«

»Worauf wartet das Arschloch dann noch?«

»Wir müssen warten. Deine Freundin ist der gleichen Ansicht. Uns bleibt nichts anderes übrig, als die Verzögerung in Kauf zu nehmen, Pina.«

Jean wollte schon protestieren, doch rechtzeitig fiel ihr ein, dass sie und Despina ja die Rollen getauscht hatten, da dieser Whitehead offenkundig zu blöd für eine korrekte Recherche war. Andererseits war Jean sogar froh darüber, dass sie hier in der Krypta auf die Folterbefehle warten musste und nicht Despina. Nicht nur, weil sie Despina für einzigartig hielt, allein ihres Talentes wegen – sondern weil sie ihre Freundin wirklich und aufrichtig und bedingungslos liebte. Müsste sie von außen zuschauen, wie Despina sich selbst einer Folter unterzog, sie hätte es nicht ertragen.

So wie es war, war es gut und nur gerecht. Jean war es egal, ob Despina ihre Liebe erwiderte oder aber Jean nur gern hatte, wie man eben seine beste Freundin mochte. Aber Jeans Liebe zu ihr war aufrichtig. Und daran würde sich auch nicht das Geringste ändern, wie auch immer die Geschichte des heutigen Abends ausgehen würde.

Die Temperatur in der Krypta belief sich auf konstante zehn Grad Celsius über null. Das war zwar nicht direkt warm zu nennen, aber Jean schwitzte, als befände sie sich nicht im Gewölbekeller eines Gotteshauses, sondern in einer Sauna. Ihr ärmelloses *Bad-Religion*-Shirt war vollgesogen von ihrem Angstschweiß – sie hätte es auswringen können. Ihre khakifarbene Hose im Army-Style erwies sich dagegen als nicht halb so luftdurchlässig, wie es ihr der Verkäufer in dem Modegeschäft angepriesen hatte. Die Hose hatte ausladende Taschen und Trägerbänder, die Jean lose baumeln ließ. Weiße, klobige Markenturnschuhe vervollständigten ihren Look, der typisch für sie war, auch wenn Tori letztens gemeint hatte, Jean käme langsam in ein Alter, in dem es besser sei, die Hip-Hop-Optik gegen etwas Gediegeneres auszutauschen. Jean hatte sie daraufhin angeschnauzt, dass sie keine Modeberatung von einem – wie sie sich emotional ausdrückte – ›Energy-Drinks saufenden Computernerd‹ nötig habe. Es war zum Streit gekommen, den kein Geringerer als Doc hatte schlichten können, was wiederum dazu geführt hatte, dass sie sich eine halbe Stunde später in den Armen lagen und sich gegenseitig um Verzeihung baten. Sie waren essen gegangen und hatten einen hübschen Abend verbracht, wie ihn nur gute Freundinnen miteinander verbringen konnten. Alles war gut, und Jean froh darüber, dass nichts zwischen ihnen stand.

»Süße?«, meldete sich Tori unvermittelt durch den Lautsprecher.

Jean zuckte erschrocken zusammen. »Ja?«

»Es geht los.« Das Zittern in Toris Stimme konnte man trotz des blechernen Lautsprecherklangs hören. »Ich stelle George Whitehead jetzt durch.«

»Okay.« Jean pustete Luft durch aufgeblähte Backen wie eine Sportlerin vor dem Wettkampf.

»Und, Liebes?«

»Ja?«

»Du entscheidest! Du musst hier nichts tun, was der Kerl von dir verlangt, und du musst niemandem etwas beweisen! Klar?«

Jean nickte nur. Abermals pumpte sie Luft wie ein Pferd durch die Nüstern. Sie spürte Adrenalin in sich aufwallen.

Jetzt erst war Jean wirklich bereit.

Dann sprach Whitehead: »Werte Ms Jones!« Jean meinte, aus der Begrüßung die brüchige Stimme eines alten Mannes herauszuhören.

Schnaubend erwiderte sie den Gruß: »Hallo Arschloch!«

»Aber Ms Jones, wer wird denn gleich so aggressiv reagieren? Wir wollen uns doch zunächst ein wenig unterhalten.«

»Worüber denn? Über Kreuzigungen? Über den Glauben an sich? Ist das Ihre Form, Gott zu dienen?«

»Zunächst einmal finde ich es bemerkenswert, dass die Wunder der Technik so glorreich funktionieren. Wir sprechen hier miteinander, und ich sehe Sie vor mir, als würden wir uns gegenüberstehen. Dabei bin ich recht weit von Ihnen entfernt.«

»Ach ja? Wo sind Sie denn?«

Whitehead lachte. »So naiv bin ich nicht. Ich weiß natürlich, dass die Polizei diesem Kanal zugeschaltet ist und alles mitbekommt. Da werde ich selbstredend nicht meinen Aufenthaltsort kundtun.«

Jean seufzte. Einen Versuch war es zumindest wert gewesen. Nun blieb ihr nur, auf Toris Fangschaltung zu vertrauen und Whitehead so lange wie möglich hinzuhalten. »Also schön«, sagte sie. »Dann erzählen Sie zunächst mal, wie Sie sich die Sache hier vorstellen, alleine der groben Übersicht wegen. Auch ich möchte wissen, woran ich bin.«

»Aber das wissen Sie doch längst, Ms Jones.«

»Ich kann es zumindest erahnen. Ihren Bestimmungen zufolge habe ich das Kreuz aufstellen lassen und habe sämtliche Vorkehrungen getroffen, damit Sie sich an meinem Antlitz ergötzen können. Alles entspricht bis ins kleinste Detail Ihrem Wunsch. Was also muss ich tun, damit Sie meinen Onkel gehen lassen?«

»Zunächst einmal üben Sie sich bitte in Geduld!«, bellte Whitehead durch den Lautsprecher. »Ihr vorlautes Gebaren ist hier unangebracht, Ms Jones!«

Jean raufte sich die Haare. Das lief nicht gerade so, wie sie es sich erhofft hatte. Whitehead wollte partout die Kontrolle behalten. Offenbar lief es entweder nach seinem Fahrplan oder gar nicht.

»Na schön«, sagte sie nach einer Pause und nickte. »Sie haben das Wort.«

Durch den Lautsprecher hörte man etwas, das wie Klatschen klang. »Wunderbar«, raunte Whitehead. »Despina Jones kommt endlich zur Vernunft.«

»Wie man es nimmt«, wisperte Jean, die die Verwechslung noch immer nicht nachvollziehen konnte.

»Also, sprechen wir Klartext«, sprach Whitehead. »Warum das alles? Kurz: Es geht um eine Beschwörung.«

»Was habe ich damit zu tun?«

»Da sind wir genau auch schon beim wichtigsten Punkt: alles!«

»Das verstehe ich nicht.«

»Passen Sie auf: Es gibt ein altes Buch, das sich *Cruciforma* nennt. Genauer gesagt gibt es derer drei Exemplare. Alle drei unterscheiden sich in gewissen Punkten, Motiven und Inhalten dergestalt voneinander, dass, wenn man die richtigen Stellen zusammenfügt, eine funktionierende Beschwörungsformel herauskommt, um den Lichtbringer herbeizurufen.«

»Sie meinen den Teufel?«

»Ich meine gar nichts, und ich bin auch nicht an einem gottesfürchtigen Diskurs mit Ihnen interessiert, ob es Luzifer nun gibt oder nicht, und dergleichen. Sparen wir uns das alles.«

»Okay. Kürzen wir also ab. Sie wollen den Teufel beschwören mittels dreier Bücher.«

»Vereinfacht gesagt, ja. Doch so einfach ist es natürlich nicht. Den korrekten Code aus den Büchern herauszufiltern, ist eine wahre Kunst, weswegen ich Ihren Onkel, Barbarossa North, entführt habe. Er kann Sie übrigens in diesem Moment ebenso sehen wie ich. Und glauben Sie mir, es wird ihn nicht unerheblich motivieren, seine eigene Nichte leiden zu sehen.«

Noch leide ich keine bisschen, du Bastard, dachte Jean, behielt den Gedanken aber für sich.

»Soweit alles verstanden?«

Jean nickte schweigend.

»Gut. Aktuell sieht es so aus, dass Ihr Onkel nahezu fertig ist mit seiner Aufgabe. Zum Glück verfüge ich über ein gewisses Grundwissen und konnte mich darüber hinaus im Vorfeld bereits mit zwei Ausgaben der *Cruciforma* ausgiebig beschäftigen. Von daher und anhand einiger weiterer Studien weiß ich um eine Prophezeiung – und hier kommen Sie ins Spiel, Ms Jones.«

»Ich?«

»Drei Kreuzigungen fanden auf Golgatha statt. Jesus Christus und zwei Schächer waren dazu verurteilt worden. Sie kennen die Geschichte sicherlich. Nun ist es so, dass der erste Schächer bereits gekreuzigt und wieder abgehängt wurde, Jesus

Christus müsste in Kürze wieder auferstehen – und Sie wissen, wen ich damit meine – und dann wären da noch Sie selbst, Ms Jones, denn es gibt zwar nicht bestätigte aber doch zuverlässige Quellen, die bescheinigen, dass zumindest einer der drei Gekreuzigten auf Golgatha eine Frau war.«

Jean lachte auf. »Mein Gott. Wo haben Sie denn recherchiert? Das scheint mir alles andere als authentisch.«

»Natürlich widerspricht es dem christlichen Glauben. Tatsächlich aber gibt es ein Buntglasfenster in der Kirche des Couvent des Cordeliers in Châteauroux, das aus dem Jahre 1250 nach Christus stammt, und den Gekreuzigten Heiland mit beachtlicher Oberweite zeigt. Zwar trägt er Bart, aber die Brüste sind kein Zufall. Ebenso in einem Deckenfresko der Kapelle des Château de Pimpéan in Grézillé aus dem Jahre 1465 nach Christus. Der beziehungsweise die hier dargestellte Gekreuzigte ist meinem Empfinden nach regelrecht sexy.«

»Worauf wollen Sie denn eigentlich hinaus?«, stieg Jean nun in Whiteheads Ausführungen mit ein. »Dass Jesus eine Frau war? Geht es Ihnen darum? Wollen Sie das etwa beweisen?«

»Nichts will ich beweisen. Außerdem habe ich dergleichen nie behauptet. Einzig und allein, dass ein Kreuz auf Golgatha eine Frau statt eines Mannes trug, das halte ich für erwiesen!«

»Das ist nicht gerade eine Meinung, die man als kirchenkonform einstufen kann«, sagte Jean.

»Das ist richtig, verwundert aber wie so oft auch nicht. Führen Sie sich nur dieses Bild vor Augen: einladend ausgebreitete, weit geöffnete Arme, die schutzlos machen. Gleichsam züchtig geschlossene Beine, die das Geschlecht dem Zugriff des Betrachters entziehen. Eine erotische Aufladung des Kruzifixes wäre somit unumgänglich, jedoch mitnichten im Sinne der Kirche.« Whitehead lachte auf. »Kein Wunder, dass die konservative Kirche dergleichen stets zu unterbinden wusste.«

»Na schön, das kann ja alles sein. Aber was hat das nun mit Ihrem komischen Buch und dieser absurden Veranstaltung hier in der Krypta zu tun?«

»Um das Ritual gewinnbringend durchzuführen, muss sich das Szenario möglichst exakt wiederholen!«

»Und deswegen soll ich mich nun an diesem Kreuz aufhängen?«

»So weit sind wir noch nicht, werte Ms Jones.«

»Ach nein? Wie weit sind wir denn?« Jean bemerkte, dass sie sich schon wieder zusammenreißen musste, lief sie doch Gefahr, allzu forsch zu werden.

»Zunächst einmal möchte ich, dass Sie sich vollständig entkleiden und den Lendenschurz anziehen, den ich Ihnen zu diesem Anlass habe zukommen lassen.«

»Moment mal: Ich soll mich ausziehen? Hier? Vor Ihnen? Vor offener Kamera?«

»Zieren Sie sich nicht, Ms Jones.«

»Aber kann ich mich nicht außerhalb der Kamera umziehen?«

»Wenn Sie möchten, dass Ihr Onkel stirbt, dürfen Sie das gerne tun. Die Entscheidung überlasse ich Ihnen.«

»Und worin liegt der Unterschied, ob ich mich vor der Kamera oder außerhalb des Aufnahmefokus umkleide?«

»Der Unterschied liegt darin, dass ich Sie genau im Blick habe und Sie mich nicht bescheißen können. So einfach ist das. Und jetzt ziehen Sie sich gefälligst aus, oder ich werde Ihren Onkel umbringen!«

Jean fasste es nicht. Sie schloss die Augen, schnaufte einmal durch und begann schließlich damit, ihr *Bad-Religion*-Shirt auszuziehen. Einen BH trug sie ohnehin nicht. Sie hasste die Teile. Dann knöpfte sie ihre Hose auf und ließ sie nach unten gleiten. Wahrscheinlich hatte Whitehead bereits einen mächtigen Ständer und rubbelte sich einen ab, dachte sie, während sie sich die Hose mitsamt den Schuhen von den Knöcheln abstreifte.

In String und Socken stand sie da und bedeckte ihre Blöße mit den Händen.

»Nur weiter, Ms Jones. Die Socken und das Höschen runter, aber dalli!«

Es war eh schon egal, dachte sie. Außerdem ging es hier mitnichten um sie, sondern um Docs Überleben. Es ging um den Fortbestand der gesamten Bibliothek. Also zog sie die Socken aus und auch ihren Slip hinunter.

Sie breitete die Arme aus. »Und jetzt, alter Mann? Willst du wichsen, oder was?« Provokant wie immer, dachte sie, dabei wollte sie sich doch eigentlich zusammenreißen. Aber angesichts der Situation schaffte sie es nur schwer, sich zurückzuhalten.

»Jetzt möchte ich, dass Sie den Lendenschurz anziehen.«

»Wie ein kleines Kind mit Windeln sehe ich darin aus«, sagte Jean, als sie dem Auftrag Whiteheads folgegeleistet hatte. »Sind Sie auch noch pädophil veranlagt oder was?«

»Zügeln Sie Ihre Zunge, Ms Jones, und schonen Sie Ihren Atem. Ergreifen Sie stattdessen lieber die Züchtigungsrute und beginnen Sie mit der Selbstgeißelung.«

»Mit der *was*? Ich dachte, Sie wollen mich am Kreuz hängen sehen.«

»Ich will Sie vor allen Dingen ordentlich bluten sehen. Daher bestehe ich jetzt darauf, dass Sie die Karbatsche zur Hand nehmen und sich im Wechsel über die linke und die rechte Schulter selbstgeißeln, bis ich befinde, dass es genug ist.«

Zögernd nahm Jean die Geißel mit den Lederriemen und den darin eingearbeiteten Angelhaken zur Hand. »Meinen Sie dieses Ding hier?«

»Die Mitglieder der Glaubensgemeinschaft um Opus Dei benutzen dergleichen, sobald sie unzüchtige Gedanken hatten.

Nun, ich glaube, das passt in Ihrem Falle ganz gut, finden Sie nicht?«

»Ich finde, dass Sie ein perverses Schwein sind, Whitehead! Sie ergötzen sich am Leid, das ich mir nun zufügen soll, und Ihnen geht dabei mächtig einer ab, wie mir scheint.«

»Sie tun dergleichen nur um Ihren Onkel zu schützen!«, sagte Whitehead. »Es liegt an Ihnen. Die Kehle habe ich ihm gleich durchtrennt.«

Jean zitterte. Das Folterding mit den schaurigen Haken wog schwer in ihrer rechten Hand. Vielleicht schaffte sie es ja, nicht zu fest zuzuschlagen.

»Und schlagen Sie ordentlich zu«, rief Whitehead in diesem Moment, so als hätte er ihre Gedanken erraten. »Ich möchte Blut fließen sehen!«

Ihr wurde schlecht.

Speiübel war ihr und schwindelig.

Jean schloss die Augen. »Es ist für Doc«, sagte sie. »Und für Pina … und Tori.« Sie schluckte hart. »Ich liebe euch!« Dann holte sie aus.

Zögerte.

Schrie.

Spannte ihre Muskeln an.

Brüllte markerschütternd all ihre Wut heraus und sich selbst Mut zu.

Besiegte so ihre Angst … und …

schlug zu.

* * *

Jesus hing nicht mehr am Kreuz. Er lag nun auf dem Seziertisch der Pathologie, bis zum Brustansatz mit einem weißen Laken bedeckt. Despina befand, dass er so gänzlich anders wirkte als vor zwei Tagen, als sie ihn in der Krypta so dramatisch in Szene gesetzt vorgefunden hatte.

»Todeszeitpunkt ist die Nacht von Sonntag auf Montag«, sagte Doktor Timothy. »Mitternacht, plus minus eine Stunde. Genauer lässt es sich nicht präzisieren. Aber angesichts seines Krebsleidens hätte er keine Woche mehr gehabt – vielleicht zwei, wenn es gut gelaufen wäre. Sein Magen war mit Schmerzmitteln vollgepumpt, die einen Elefanten zum Schlafen gebracht hätten. *Diazepam* wird gewöhnlich bei Epilepsie angewendet und ähnelt von der Wirkungsweise *Valium.* Außerdem macht es rasch abhängig. Obendrein fanden sich beachtliche Mengen gewisser Opiate, die gewöhnlich bei der Behandlung von Tumorschmerzen ihre Verwendung finden: *Fentanyl* und *Morphin.* Die Mischung wird vor allem dann interessant, wenn wir uns vor Augen halten, dass die Wechselwirkungen der Medikamente untereinander starke Halluzinationen hervorrufen können. Junkies stehen da ziemlich drauf, und zu Beginn dachte ich tatsächlich, es mit einem zu tun zu haben, bis ich die Lymphknoten untersuchte. Sein tumorbelasteter Körper erklärt seinen Mageninhalt, und man hat Verständnis für den Patienten, der unter höllischen Schmerzen gelitten haben muss. Auf der anderen Seite kann ich mir nicht erklären, wie er es überhaupt geschafft hat, sich unter dem Einfluss der ganzen Opiate fortzubewegen.«

»Unserer Recherchen nach ist er mit dem Zug nach London gekommen«, erklärte Inspektor Johnson. »Vom Bahnhof aus muss er direkt zu *All Hallows* gegangen sein, entweder mit dem Taxi oder Bus und U-Bahn – das ist alles nicht mehr nachvollziehbar. Er muss gegen elf Uhr abends bei der Kirche eingetroffen sein. Es hat geschneit, das weiß ich selbst noch, und es war ekelhaft kalt.«

»Seine Wahrnehmung muss angesichts des Schneefalls in Verbindung mit seinen Medikamenten schier durchgedreht sein.

Ich mag mir das gar nicht vorstellen. Und dann noch ein schlitternder Gang über schneebedeckte Straßen. Furchtbar.« Doktor Timothy schüttelte sich.

»Er hat die Kirche betreten«, fuhr Johnson fort. »Traf dort auf den Priester, der wohlweislich sein Sohn war, wenn der Mann hier tatsächlich der verschollene Mr Edward Victor, genannt Eddie, ist. Die Spurensicherung hat herausgefunden, dass er die Treppen des Glockenturms emporgestiegen sein muss. Bis ganz nach oben.«

»Er muss aber einige Stufen gestürzt sein. Diverse Hämatome lassen darauf schließen.« Doktor Timothy hob das Laken an und deutete auf dunkle Blutergüsse an den Schienbeinen und Oberschenkeln des Toten. »Außerdem habe ich in der rechten Handinnenfläche hier einen Spreißel ziehen können, den er sich bei dem Sturz eingefangen haben muss.«

Johnson nickte. »Tja, und das Nächste, was wir wissen, ist, dass er in der Krypta an der Wand gekreuzigt wurde.« Er blickte Despina an. »Wir müssen nur noch herausfinden, von wem und, … wenn wir schon dabei sind, warum.«

Despina schürzte die Lippen und blickte abwechselnd zwischen dem Inspektor und dem Pathologen hin und her. »Nun, Sie wissen ja, meine Vorgehensweise. Ich wäre gerne eine gewisse Zeit mit dem Toten alleine.«

Johnson nickte. Nur Doktor Timothy machte einmal mehr Anstalten, diese doch recht unorthodoxe Vorgehensweise in Frage zu stellen: »Halten Sie es nicht für unangebracht, sich hier alleine mit dem Opfer eines Gewaltverbrechens unbeaufsichtigt aufzuhalten? Ich meine, ich weiß ja nicht, was Sie machen, Ms Jones. Ich kenne Ihre Verfahren und Mittel zur Verbrechensaufklärung nicht, aber mir ist bekannt, dass Sie irgendetwas mit den Toten machen. Doch bedenken Sie, dass Sie das letzte Mal ohnmächtig wurden, als Sie hier bei den Toten blieben.«

»Vielleicht wäre es an der Zeit, dass Inspektor Johnson Sie über ein paar Dinge aufklärt, Doktor Timothy.«

»Das mache ich doch gerne«, fiel Johnson dem Gerichtsmediziner ins Wort, der soeben protestieren wollte. »Aber bitte nicht hier. Gehen wir doch in Ihr Büro, Doktor. Ihre Sekretärin macht doch immer so guten Kaffee.«

»Da werden wir um diese Uhrzeit kein Glück mehr haben. Mrs Kearns hat schon lange Feierabend.«

»Vielleicht haben Sie ja auch etwas anderes in einer geheimen Schreibtischschublade?«

»Falls Sie einen Whiskey meinen, Inspektor – so geheim ist es nicht, dass ich eine kleine Auswahl in meinem Büro habe.«

»Na also. Lassen wir die bezaubernde Ms Jones hier mal ihre Arbeit tun und begeben uns nach oben.«

Despina bekam schon gar nicht mehr mit, wie die beiden Männer die Leichenhalle verließen. Längst hatte sie mit dem Toten Kontakt aufgenommen, indem sie ihre Hand auf die kalte Stirn des Mannes gelegt hatte. Dabei hatte sie die Augen geschlossen und murmelte ihre Begrüßung mehr, als dass sie laut mit dem Leichnam sprach.

»Du bist nicht Jesus«, sagte sie, als Bilder des Heilands vor ihrem geistigen Auge auftauchten – es waren Bilder, die der Tote ihr übermittelte. Seine imaginäre Kraft war überraschend stark.

»Ich bin die Wiedergeburt des Jesu von Nazareth. Wie er starb ich am Kreuz und bereite mich nun auf die Auferstehung vor.«

»Nein. Dein Name ist Edward Victor. Freunde nannten dich zu Lebzeiten Eddie. Dein Sohn ist Priester in der Kirche *All Hallows by the Tower*, und du warst schwer an Krebs erkrankt, bevor man dich in besagter Kirche mit dem Kreuz richtete. Mein Name ist Despina Jones. Ich kann mit den Toten sprechen und helfe der Polizei mit meiner Gabe bei der Verbrechensbekämpfung. Ich muss herausfinden, wer dich gekreuzigt hat und warum.«

Ein Moment der Stille herrschte, so als ob der Tote Despinas Worte zunächst verarbeiten müsse.

»Ich bin tot!«, kam Eddies Stimme wieder aus den Grabestiefen der zeitlosen Ewigkeit, gefolgt von einem markerschütternden Seufzen.

»Ja, du bist tot. Wenn du die geistigen Fühler deiner Seele ausstreckst, spürst du die Gegenwart der anderen Toten.« Es waren erklärende Worte, die Despina von ihren toten Freunden übernommen hatte, als diese ihr zu verdeutlichen suchten, wie die Existenz im Totenreich am besten zu beschreiben sei. »Es sind unzählbar viele Seelen mit dir im Reich des Todes. Nicht alle. Diejenigen, die von den Hinterbliebenen komplett vergessen wurden, sind auch für mich nicht mehr zu erreichen, ebenso wenig jene, deren Seele in den nächsten Zustand übergetreten ist.«

»Der nächste Zustand?«, fragte Eddie. »Himmel oder Hölle?«

»Weder noch. Doch genau erklären kann man es nicht. Man kann es nur erfahren. Gut zu wissen ist die Zeitlosigkeit deines jetzigen Seelenzustandes. Du hast alle Zeit der Welt, und doch wirst du sie nicht spüren. Es gibt keinen Schmerz, weder Wut noch Trauer. Einzig die Sehnsucht bleibt. Die unstillbare Sehnsucht nach der Liebe, den Hinterbliebenen und dem, was man nicht mehr hat zu Ende führen können.«

»Es stimmt. Der Schmerz ist fort. Dieser verdammte Krebs. Diese schlimmen Tabletten. Oh, Gott im Himmel, er hat sich meiner erbarmt.«

Despina wog ihren Kopf hin und her. »Das kann man so jetzt nicht gerade behaupten. Es war wohl eher jemand anderes, der sich deiner angenommen hat, um dein Leben zu beenden. Bitte sag mir, wer. Was ist geschehen? Wie und durch wen hat dein irdisches Leben sein Ende gefunden?«

Und endlich erzählte Edward Victor die Geschichte seines Ablebens. Despina lauschte gespannt und voll steigendem Entsetzen.

***

»Ich war kein guter Mensch. Diese Erkenntnis traf mich, als ich meine Diagnose bekam: unheilbar, nur noch wenige Monate, vielleicht auch nur Wochen; kein halbes Jahr mehr, aber Zeit genug, meine Angelegenheiten zu regeln und – wie man so schön sagt – mit allen ins Reine zu kommen.

Nachdem die erste Welle aus Wut und Hass über mein Schicksal verebbten und einer Woge aus Trauer wichen, begann ich damit, mir Gedanken zu machen. Rosetta, meine Frau, war Alkoholikerin und ist daran gestorben.

Nein. Das ist eine Lüge.

Selbst im Tod verbreite ich Lügen über andere. Die Wahrheit ist, sie trank wegen mir. Ich war der Grund für ihre Sucht. Ich war die Ursache ihrer Realitätsflucht. Ich war das wahre Monster, wegen dem sie zu einem wurde.

Doch ich wollte es nicht sehen. Viel mehr wollte ich, dass Rosetta mich so akzeptierte, wie ich eben war, und konnte ihren trunkenen Zustand wiederum nicht ertragen, genauso wenig, wie ich ihn mir eingestehen wollte. Also stritten wir, wenn wir uns nicht aus dem Weg gingen. Und ein Streit mit mir endete nicht selten in körperlicher Gewalt.

Ja, ich habe sie oft geschlagen, und es stimmt auch, dass sie deswegen die Stufen hinabstürzte und fortan querschnittgelähmt war, womit ich noch weniger klarkam. Also sorgte ich dafür, dass Rosetta in ein Heim kam, das für mich die Pflege übernahm. Wie sie mit ihrer Trunksucht klarkamen, kümmerte mich nicht. Überhaupt kümmerte mich Rosettas Schicksal nicht weiter. Meine Besuche in der Pflegeeinrichtung waren nur Anstandsbesuche. Ich holte Rosetta ab und schob sie mit dem Rollstuhl in eine Kirche, wo ich eine Stunde neben ihr kniete und betete. Danach schob ich sie wieder zurück, und das Pflegepersonal glaubte mir die Geschichte des trauernden Ehemannes, der mit seiner verunglückten Frau, die seit dem Unfall auch nicht mehr sprechen konnte, ein Café besucht habe.

Nein, dergleichen hätte ich gar nicht ausgehalten. Ich hätte sie füttern müssen – die alleinige Vorstellung davon erfüllte mich mit Ekel.

Ich weiß, dass unser Sohn anders mit ihr verfuhr. Doch als amtierender Priester hatte er selbstverständlich nicht die Zeit, sie zu sich zu holen, um sie selbst zu pflegen.

Ich muss zugeben, dass ich eine Zeitlang recht stolz auf meinen Sohn war, denn ich war es letztlich, der ihn zu dem gemacht hatte, was er war: zu einem Hochwürden von Priester, einem vorbildlichen Diener Gottes, einer der dazu geboren und auserkoren war, mir die Sünden zu vergeben, die ich nicht einmal als solche erkannte.

Auch gegen ihn richtete sich mein Sündenregister. Schon als Kind musste er die Bibel auswendig können. Wenn er etwas angestellt hatte, ließ ich ihn auf einem kantigen Holzscheit knien und seitenweise den Katechismus abschreiben. Ich schlug ihn mit einer Reitgerte auf den Rücken und wusch seine wunden Striemen mit Essigessenz, damit er das Leid und das Martyrium unseres Herrn und Jesu Christi besser nachempfinden konnte.

Für mich war das lediglich eine gewisse Form der Strenge, die ich in Teilen selbst als Kind und Jugendlicher von meinem Vater erfahren hatte. Körperliche Züchtigung gehörte zu unserem Alltag. Doch aus mir ist ein getreuer Diener Gottes geworden. Ein rechtschaffener Mann, und so war es nur richtig, wie mein Vater mich großgezogen hatte. Es war für mich ganz normal, meinem Sohn durch das gleiche Maß an Züchtigung den absoluten Gehorsam und Gottesfurcht einzutrichtern, so dass er begriff: Es ist Gottes Wille, ihn zu strafen, bis er rechtschaffen genug war!

Ich lernte Whitehead erst kennen, da hatte mein Sohn bereits damit begonnen, das Priesteramt zu studieren. Die Selbstkasteiung gehörte zu seinen täglichen Disziplinen, und die Keuschheit war ein Gelöbnis, das ich ihm einmal mehr einzutrichtern gezwungen war, als ich in seinem Studierzimmer ein Schmuddelheft vorfand.

Dass er mein Strafmaß als unverhältnismäßig, grausam und gemein empfand, kann ich in Teilen nachvollziehen. Doch mich als fanatisch und sadistisch, ja gar als pädophil zu bezeichnen, das ging mir dann doch zu weit. Damals zumindest, als ich ihm ein letztes Mal klarmachte, wozu man eine stramme Rute gebraucht und wohin man sein Übermaß an lustvoller Sünde zu pumpen hat.

Keine zwei Stunden später hatte er seine Sachen gepackt und war in ein Studentenwohnheim gezogen. Ich hatte ihn seitdem nicht wiedergesehen und stürzte mich stattdessen erst recht in Whiteheads Glaubenslehre, die mir Halt, Kraft und Zuversicht gab, in meiner Einsamkeit, an der ich sonst zugrunde gegangen wäre.

Vielleicht war meine Diagnose demzufolge auch nur gerecht. Gott wird schon seinen Sinn darin erkennen, mich jenem Schicksal auszuliefern, das mich zum Nachdenken brachte und zur Reue und vielleicht so weit brachte, dass ich beschloss, meinen Sohn um Vergebung zu bitten. Er war Priester, und wer, wenn nicht er, könnte mir die Sünden abnehmen?

Sobald ich all meine Angelegenheiten geregelt hatte, kündigte ich meinen Besuch bei ihm an. Es musste schnell gehen, denn ich fühlte mich nicht gut und nahm entsprechende Medikamente zu mir, um über die Runden zu kommen beziehungsweise überhaupt nach London, wo mein Sohn als Priester die Geschicke der Kirchengemeinde *All Hallows by the Tower* betreibt.

Am Tag meines Todes muss ich es mit den Schmerzmedikamenten ein wenig übertrieben haben, denn meine Erinnerung daran ist recht verschwommen und reich an Lücken. Dennoch weiß ich, dass ich die Kirche in den Abendstunden erreichte. Es schneite, und es war kalt. Ich kann mich nicht daran entsinnen, das Gotteshaus betreten zu haben, aber ich weiß noch, dass ich im Mittelgang des Kirchenschiffes vor dem Altar und dem mächtigen Kruzifix zum Beten niederkniete, denn mein Sohn war noch nicht da.

Doch dann hörte ich die Orgel spielen und suchte den Zugang zur Orgel. Irgendwie aber musste ich in den Glockenturm gelangt sein, und ich stieg die Stufen empor, wobei ich alsbald bemerkte, dass mir jemand folgte. Mein Sohn? Doch nein, es war kein Geringerer als Jesus Christus, der sein Kreuz über der Schulter trug und mich damit hinauftrieb bis hin zur Kirchturmglocke, die sich ächzend in Bewegung setzte und die mitternächtliche Stunde schlug. Das Ganze war so laut, dass es mir beinahe die Besinnung raubte. Und dann stürzte sich dieser Jesus, der kein anderer war als der Teufel, auf mich und prügelte mich die Stufen wieder hinunter und zwar ganz hinunter bis in die Krypta. Dort wurde ich vom Jesusteufel ans Kreuz geschlagen. Doch ich spürte nichts, denn die Schmerzmittel verfehlten ihre Wirkung nicht.

Und Jesus lachte.«

***

»Aber Eddie«, sprach die fassungslose Despina, als er mit seiner Geschichte zum Ende gekommen war. »Wer war der Jesusteufel, der dich ans Kreuz schlug?«

»Wer es war?« Despina nahm das verbitterte Lachen eines Irren wahr. »Mein Sohn natürlich. Er hat auf diese Weise Rache an mir genommen.«

»Aber natürlich«, rief Despina aus. »Pater Victor. Dass ich darauf nicht gleich gekommen bin. Doch die anderen Kreuzigungsopfer und Selbstkreuzigungstoten haben mich vom naheliegenden Verdacht abgelenkt.«

»Aber – wollen Sie ihn wirklich der Polizei übergeben?«

»Er ist ein Mörder.«

»Ja, aber wer kann es ihm denn verübeln? Ich selbst habe ihm angesichts meiner eigenen Taten doch bereits vergeben.«

»Das wird ein Gericht sicherlich anders beurteilen, obgleich sich die Vorgeschichte strafmildernd auswirken dürfte.«

»Verstehe.«

»Eine Frage habe ich noch, Eddie, bevor ich die Verbindung zu dir unterbrechen werde: dein Verhältnis zu Whitehead und seiner Sekte. Kannst du mir noch Informationen geben, die Whitehead überführen können?«

Despina spürte das mentale Kopfschütteln Eddies. »Hierzu kann ich leider keine Aussage machen.«

»Eddie. Wenn nur ein wenig Barmherzigkeit in dir vorhanden ist, dann musst du mir nun verraten, wo wir Whitehead finden können, um das nächste Morden zu verhindern.«

»Aber Whitehead kann nicht enttarnt werden. Es gibt nur Mittelsmänner. Auch da muss man sich vielleicht besser an meinen Sohn wenden.«

»An Pater Victor?«

»Auch er hat sich auf Whitehead eingelassen.«

»Aber warum?«

»Um seine Rache an mir besser zu planen. Whitehead hat ihn bestimmt dabei unterstützt – und somit hat er ihn in der Hand. Es würde mich nicht wundern, wenn er einen ganz schrecklichen Dienst für Whitehead erbringen muss, denn das war seit jeher Whiteheads Masche: die Leute auf erpresserische Weise an sich zu binden. Mehr kann ich dazu leider nicht sagen.«

»Ich danke dir für deine Aufrichtigkeit, Eddie.«

»Ihre Unschuld wird die Aufrechten leiten; aber ihre Falschheit wird die Verächter verderben.« Mit diesen Worten ließ Despina Edward Victor in seiner Totenruhe allein.

Sie legte das Laken über den vom Kreuz Genommenen und war erleichtert, dass er nicht mehr auferstehen würde, wie er es vor kurzem noch vorgehabt hatte. Dann schob sie den Toten zurück in seine Kühllade und verschloss die Klappe sorgfältig, bevor sie die Leichenhalle der pathologischen Gerichtsmedizin verließ, wo das Raunen der unzähligen Toten immerzu wie ein leises aber aufdringliches Flüstern sie begleitete.

Eiligen Schrittes machte sie sich daher auf den Weg zu Inspektor Johnson, den sie bei Doktor Timothy in dessen Büro antraf, wo beide über die Vorzüge torfig schmeckender Whiskysorten diskutierten. »Ich möchte ja nur ungern stören«, begann sie und erzählte in groben Zügen, was sie durch das Gespräch mit Edward Victor hatte in Erfahrung bringen können.

Inspektor Johnson sprang auf. »Wir sollten schleunigst nach *All Hallows*, um uns den Priester vorzuknöpfen.«

»Ja, und wir müssen Jean retten. Ich hoffe, sie hängt noch nicht am Kreuz.« Um die benötigte Eile zu verdeutlichen, deutete Despina auf ihr Armgelenk mit dem Kommunikator. Nie würde sie es sich verzeihen, sollte Jean etwas zustoßen.

»Soll ich mitkommen?«, bot Doktor Timothy seine Hilfe an.

»Nein, danke, Doktor«, wandte Johnson ein. »Ich hoffe, wir sind in diesem Fall nicht mehr auf Ihre Mitarbeit angewiesen.«

Doktor Timothy nickte zufrieden und schenkte sich Whisky nach. »Je seltener man mich ruft, desto friedlicher ist die Welt dort draußen.«

***

Trevor hatte sich stets als abgebrüht und skrupellos bezeichnet, doch das, was er die letzten Minuten gezwungen war mitanzusehen, übertraf all seine bisherigen Erfahrungen an Grausamkeiten und Perversion bei weitem. Und je furchtbarer die Geschehnisse in der Krypta fortschritten, desto höher stieg sein Respekt vor Jeanette Dark, die irgendwie anstelle Despina handelte und den Anweisungen des Priesters folgeleistete.

Soweit Trevor es richtig kapiert hatte, befand sich auch der alte Bibliothekar in der Hand des Priesters. Aber wo zur Hölle war Despina, wenn man sie mal brauchte? Und warum ließ Tori das alles zu und handelte nicht? Weshalb war keine Polizei vor Ort?

Und je länger er der brutalen Show von Jean d'Arc zusehen musste, desto mehr beschlich ihn das Gefühl, nur Spielball einer höheren Macht zu sein. Wie immer die Schlacht hier unten ausgehen würde, um ihn selbst ging es dabei schon lange nicht mehr.

Als er mit ansah, wie Jean unter brüllenden Schmerzen damit fortfuhr, den Weisungen des Priesters nachzukommen, wandte er endgültig den Blick ab. Noch hing Jean nicht am Kreuz, aber sie hatte endlich die Karbatsche von sich geschleudert, die zähflüssige Fäden nahezu schwarzen Blutes nach sich zog. Die Krypta war voll damit, und Jean benötigte dringend medizinische Betreuung. Aber soweit Trevor es mitbekam, sollte Jean nun dazu übergehen, sich selbst an das Kreuz zu nageln.

Keuchend und fassungslos saß er mit dem Rücken zur Wand, hinter der sich das unmenschliche Martyrium abspielte. Das peinigende Schluchzen Jeans war zu einer trauten Geräuschkulisse geworden. Trevor überlegte, ob er kurzen Prozess machen und Jean mit dem Gewehr erlösen sollte. Doch noch hatte sie nichts als einen zerschundenen Rücken mit weit klaffenden Wunden, die sicherlich heilen würden, wenn auch Narben blieben.

Wenn sie erstmal am Kreuz hinge, so beschloss er, wäre er nicht gewillt, ihr Leiden länger als nur wenige Augenblicke zu ertragen. Er würde sie erschießen und zwar durch einen treffsicheren Schuss zwischen die Augen.

Oder konnte er sie anderweitig retten? Welche Alternativen gab es denn schon? Würde er so handeln, wie er es sich gerade ausgemalt hatte, dann käme dies seinem eigenen Todesurteil gleich.

Und warum überhaupt war er plötzlich so mitleiderfüllt? Weshalb tat Jean ihm leid? Das war doch gar nicht seine Art.

Wieder schallte ein markerschütternder Schrei der Qual aus der Krypta zu ihm hinüber und weckte ihn aus seiner Schockstarre.

Trevor stand auf. Er musste etwas tun. Irgendetwas. Nur was?

Sein Blick heftete sich an den Hebelmechanismus, der die vergessenen Schleusen des Flutungsraumes öffnen würde, um die Krypta unter Wasser zu setzen.

Mal von der Überlegung abgesehen, ob das uralte Ding überhaupt funktionierte, so mochte es doch sein, dass die Flutung Jean zur Flucht motivieren könnte beziehungsweise andere zur Rettung animieren mochte. Es war riskant, und würde Jean die Flutung zu spät bemerken, und sich starrsinnig weiter an den Ablauf der Kreuzigung halten, würden ihre Chancen auf ein Überleben drastisch sinken, aber Trevor glaubte nicht daran.

Einmal mehr zwang er sich dazu, einen prüfenden Blick durch das Loch zu werfen, nachdem er das Gewehr wieder herausgezogen hatte.

Noch hing Jean nicht am Kreuz. Sie hantierte gerade mit einem Seil und versuchte umständlich, eine Schlinge zu formen, die ihr dabei helfen sollte, die Selbstkreuzigung überhaupt durchführen zu können.

Gerade noch rechtzeitig also.

Trevor fackelte nicht lange. Er legte das Gewehr beiseite, trat an den Hebel, umfasste ihn mit beiden Händen und wuchtete ihn herum.

Unmittelbar wandelte sich das hohle Geräusch des einzelnen Wassertropfens in ein zunächst sanftes, sich alsbald aber konstant verstärkendes Rauschen.

Das Wasser lief!

Er nahm wahr, dass man auch innerhalb der Krypta das Wasser bemerkte. Jean sagte etwas, das er von seiner Position und aufgrund des Wasserrauschens zwar nicht genau hören konnte, aber die Stimmlage hatte etwas Irritiertes, und er glaubte, zumindest zweimal das Wort »Wasser« vernommen zu haben.

Dann meldete sich die Stimme des Priesters in seinem Ohr: »Sie Idiot! Was haben Sie getan? Sie machen alles zunichte!«

Da das In-Ear-Gerät so konzipiert war, dass er selbst nicht mit dem Priester sprechen konnte, sondern ausschließlich dieser mit ihm, beschloss Trevor kurzerhand, dass ihn dessen Gequassel nur behindern würde. Er nahm das Teil aus seinem Ohr und warf es in eine Ecke.

Dann schnappte er sich sein Gewehr und machte sich von dannen.

Doch kaum hatte er seinen geheimen unterirdischen Aufenthaltsraum neben dem Flutungsraum verlassen, hielt er aufgrund eines weiteren Geräusches inne, und so wandte er sich nicht nach links, sondern nach rechts, wo sich eine weitere Tür befand.

Er öffnete sie und entdeckte darin einen Mann im Priestergewand und einen anderen, der gefesselt auf einem Stuhl vor einer Reihe Büchern saß, während ein Fernsehgerät im Hintergrund die Geschehnisse aus der Krypta übertrug.

»Wer zur Hölle sind Sie, und was machen Sie hier?«, fragte der Mann im Kostüm des Geistlichen und trat energisch auf Trevor zu.

Der hob sein Gewehr und zielte auf den Gottesmann. »Ich warne Sie! Keinen Schritt näher!«

Der Andere auf dem Stuhl wandte sich kompliziert um. Trevor erkannte in ihm den Bibliothekar aus der Bibliothek für okkulte Fälle: Barbarossa North.

Im Hintergrund zeigte der Bildschirm eine verzweifelt und schmerzerfüllt dreinblickende Jeanette Dark, die sich mit dem Seil am Kreuz verheddert zu haben schien. Auf jeden Fall kam sie nicht los davon, und sie schrie unentwegt um Hilfe, da das Wasser rasch stieg.

»Waffe runter!«, brüllte der Padre und hatte nun selbst eine in der Hand.

Und Barbarossa rief: »Retten Sie nicht mich, retten Sie Jean!«

Trevor nickte und wandte sich um, als habe er einen Befehl erhalten. Aber als er loslief, spürte er mit einem Mal einen stechenden Schmerz in der linken Schulter, der ihn taumeln ließ, so dass er zusammensackte.

Erst dann hörte er den Schuss.

***

Der Wagen bremste und drehte sich dabei um 180 Grad, sodass er direkt entgegen der Fahrtrichtung vor dem Kirchenportal zum Stehen kam. Den Verkehr behinderte das nicht, denn die Tower Hill Road war von der Londoner Polizei mit Straßensperren vorübergehend für das gemeine Verkehrswesen gesperrt worden.

Ein Uniformierter eilte herbei und wollte soeben die Tür öffnen, doch die wurde bereits von innen aufgestoßen, sodass der Beamte nur zur Seite treten konnte, um Inspektor Johnson und Despina Jones Platz zu machen.

Johnson trat an ihn heran und bellte Befehle, während Despina sich nicht weiter darum scherte, sondern unverzüglich auf den Eingang der Kirche zusteuerte. Wie auch immer die Lage war, endlich hatte sie den Mut und auch den Rückhalt aller Beteiligten zu handeln und war nicht mehr von der Sorge überschattet, ihrem Team dadurch unfreiwillig Schaden zuzufügen.

Das alles zählte angesichts des Todes nicht mehr! Weder wusste sie, wie es Doc erging – noch immer war unbekannt, wohin der Entführer ihn verschleppt hatte – noch ob Jean es mit ihrer Selbstzüchtigung nicht übertrieben hatte. Immerhin war sie am Leben. Das ging aus den verschwommenen Bildern hervor, die sie über das Smartphone des Inspektors während der Herfahrt gesehen hatte. Seitdem war aber schon wieder etwas Zeit vergangen. Wertvolle Lebenszeit, die entscheidend sein konnte.

Sie fand Tori hinter einer Reihe von Bildschirmen im Kirchenschiff. Sie blickte auf, als Despina sich ihr näherte und sich rufend nach dem Stand der Dinge erkundigte. Sie erkannte sofort, dass irgendetwas nicht stimmte, denn Tori saß mitnichten entspannt mit Chips und Energydrink-Dose vor den Computern, sondern sie stand und raufte sich die Haare und quiekte schrill, als sie Despina endlich wahrnahm und den Blick von den Bildschirmen löste.

»Du musst in die Krypta, schnell! Das Wasser! Alles ist voller Wasser!«

Despina verstand kein Wort, hatte aber verstanden, dass keine Zeit für Erklärungen blieb. Sie stürmte an Tori vorbei und hetzte die Treppe zur Krypta hinunter. Als sie die untersten Stufen erreichte, stellte sie fest, dass alles knietief unter Wasser stand. Außerdem stank es wie in einer Kloake.

»Jean!«, rief sie, erhielt aber keine Antwort.

Sie watete durch die überschwemmte Krypta und sah, dass Jean kopfüber im Wasser lag. »Mein Gott, Jean!«, rief sie wieder und versuchte, schneller zu ihr zu gelangen, doch sie hatte das Gefühl, sie nicht schnell genug erreichen zu können. Als halte das Wasser sie gewaltsam zurück.

Außerdem bemerkte sie, dass der Wasserpegel stieg. Irritiert blickte sie sich um, konnte aber die Quelle des stinkenden Wasserzulaufs nirgends ausmachen. Es war zu dunkel. Etliche Kerzen waren bereits erloschen, und es grenzte an ein Wunder, dass Toris Verkabelungen zu den Kameras und Scheinwerfern noch keinen Kurzschluss erhalten hatten.

Oder doch? Der eine Scheinwerfer war aus. Vielleicht war ein elektrischer Schlag der Grund für Jeans Zusammenbruch? Oder hatten die Schmerzen ihrer Selbstgeißelung sie übermannt?

Endlich war sie bei ihr und hob ihren Kopf aus dem Wasser. »Jean!«, rief sie, schriller als erwartet und voller Angst, dass ihre Freundin tot sei. Sie legte ihr die Hand auf die Stirn, doch auf der sprachlichen Metaebene, auf der sie mit den Toten kommunizierte, erhielt sie bei Jean keinen Kontakt. Sie lebte!

Vor lauter Verzweiflung schlug sie ihrer Freundin ins Gesicht, gab ihr jeweils links und rechts ein paar Ohrfeigen, doch auch das ließ Jean nicht wieder zur Besinnung kommen.

»Wie auch immer«, murmelte sie. »Du musst hier raus!« Sie packte Jean unter den Achseln und zerrte sie mit sich, stellte aber fest, dass sie von irgendetwas gehalten wurde. Auf der Suche danach tastete sie Jeans Körper entlang und bemerkte voll Entsetzen die blutenden Wunden an ihrem Rücken.

»Mein Gott!«

Dann fand sie das Seil an ihrer Hüfte, suchte nach einem Knoten und fand eine Schlaufe, die viel zu locker war. Nie und nimmer hätte diese Jean am Kreuz halten können. Sie löste das Seil und watete nun mit ihrer Freundin, die sie wie ein Rettungsschwimmer im Schleppgriff hinter sich herzog, durch die Krypta. Das Wasser ging ihr nun schon bis zum Bauchansatz.

Als sie die Treppe erreichte, rief sie nach ihrer Schwester, doch stattdessen kamen ihr ein paar Polizeibeamte entgegen. Gemeinsam schafften sie es, Jean aus dem Wasser und die schmale Treppe hinauf ins Kirchenschiff zu ziehen. Dort hatte jemand bereits eine Decke ausgebreitet, auf die man die bis auf den Lendenschurz nackte und an tausend Stellen blutende Jean legte.

»Wir brauchen einen Arzt!«, rief irgendjemand, und jemand anderes bestätigte, dass ein Krankenwagen unterwegs sei.

Jean wurde in die stabile Seitenlage gebracht und trotz der Wunden mit der Decke eingewickelt. Despina bettete Jeans Kopf auf ihren Schoß und streichelte ihr das nasse Haar aus dem Gesicht.

Irgendwann waren tatsächlich ein Arzt und Sanitäter da. Tori führte Despina zur Seite, und sie beobachtete nur, wie man ihre Freundin versorgte, auf eine Bahre hievte und abtransportierte.

Das Nächste, was Despina wahrnahm, war Toris Umarmung, und erst da bemerkte sie, dass sie weinte.

Das schrille Läuten eines Telefons schreckte sie aus ihrer Lethargie fließender Tränen. Irritiert blickte Despina auf.

»Alles gut?«, fragte Tori und sah ihr in die Augen.

»Das Telefon«, sagte sie. »Der Entführer?«

Tori reichte ihr ein Smartphone. »Unbekannter Anrufer«, sagte sie. »Das ist er.«

Despina blickte auf. Sie sah Feuerwehrmänner mit Schläuchen und Pumpen hantieren und stellte fest, dass der Absatz ihrer Stiefel in einer Pfütze stand. Die Krypta musste demnach komplett mit Wasser vollgelaufen sein.

Wieder klingelte das Mobiltelefon in ihrer zitternden Hand.

Polizisten, Sanitäter, Blaulicht, das Vibrieren des Telefons, Tori und plötzlich Inspektor Johnson, der neben ihr stand, ihr das Gerät aus der Hand nahm und das Gespräch annahm.

»Hier Inspektor Johnson!«, sagte er. »Sind Sie das, Mr Whitehead?«

***

Barbarossa traute seinen Augen nicht. Zwar hatte er schon bei unterschiedlichen Gelegenheiten Raufereien beigewohnt und war in jungen Jahren gar selbst einmal in eine verwickelt gewesen, doch dass zwei erwachsene Männer mit einer so unverhältnismäßigen Aggression aufeinander losgingen, schockierte ihn regelrecht. Vielleicht war seine Fassungslosigkeit aber auch der Tatsache zuzuschreiben, dass der eine von ihnen ein gottesfürchtiger Priester war, wohingegen der andere offenkundig mit der Gegenseite im Bunde stand. Zumindest behaupteten die beiden Rivalen dergleichen im Rahmen ihres brutalen Handgemenges, bei dem Blut und Zähne flogen, Knochen knirschten und zumindest einer der beiden eine Schussverletzung hatte.

Es war ein Kampf um Leben und Tod, und Barbarossa konnte nur mit Mühe und Not nicht ständig hinschauen. Er selbst kam leider nicht vom Fleck, auch wenn er versuchte, mit der Glasscherbe die Fesseln an seinen Füßen zu durchtrennen. Doch vergeblich. Das Seil war zu dick oder die Scherbe zu stumpf.

Die beiden Männer, die sich keine sechs Meter von ihm entfernt auf dem Fußboden wälzten, Blut spuckten und fluchten, während sie sich die Zähne ausschlugen und ihre Gedärme gegenseitig zu Brei zertrampelten, nahmen keinerlei Notiz von ihm. Also nahm er den Stuhl, auf dem er saß, mit den Händen und versuchte, sich alleine mit Kraft seiner Fußgelenke so weit vom Boden abzustoßen, dass er sich ein wenig fortbewegen konnte. Doch auf diese Weise kam er nur wenige Zentimeter am Stück vorwärts und musste zudem Sorge tragen, dabei nicht mitsamt dem Stuhl auf den Boden zu stürzen. Nie mehr hätte er sich wieder aufrichten können.

Folgerichtig musste er sich eingestehen, dass er die Ablenkung der beiden Männer mitnichten für einen Fluchtversuch nutzen konnte. Denn selbst wenn es ihm gelänge, sich auf die eine oder andere Weise schnell genug mitsamt des Stuhls vorwärtszubewegen, so würde er es doch nicht schaffen, an den beiden Männern vorbei durch die Tür zu gelangen, da sie sich unmittelbar davor oder dazwischen versuchten, die Köpfe einzuschlagen. Nun, mit etwas Glück erledigte sich dieses Problem ja in Kürze selbst, dachte er. Spätestens wenn sie beide mit eingedroschenen Schädeln ihr Leben aushauchen würden, könnte er einen weiteren Versuch starten, von hier zu fliehen.

Er wandte sich wieder um und musste zu seinem Entsetzen feststellen, dass die Kamera ausgefallen war, die wenige Augenblicke zuvor noch Jeanette Dark bei ihrer Selbstgeißelung gezeigt hatte. Er hatte gesehen, wie sie sich selbst malträtiert hatte, alles nur, um ihn zu retten. Dann war das Wasser gestiegen und hatte vermutlich die Kamera außer Gefecht gesetzt.

Barbarossa wusste, dass seine Mädels zu unglaublichen Höchstleistungen fähig waren, aber diese Aufopferung hätte es sicherlich nicht gebraucht. Manche Sachen erledigten sich ganz von alleine, wie man an den keuchenden Gegnern hier im Raum bald sehen würde. Er blickte wieder hin und sah, dass sie nun dazu übergegangen waren, sich gegenseitig zu würgen.

Dann sah er noch etwas: die Waffe des Priesters, mit der er dem anderen in den Rücken geschossen hatte. Der hatte zwar ein Gewehr gehabt, doch das lag außerhalb seiner Reichweite. Die Pistole jedoch nicht.

Abermals und von ein wenig Hoffnung beseelt, begann Barbarossa mit seiner hüpfenden Stuhl-Reise in Richtung der Schusswaffe. Auch wenn er sich dem Objekt seiner Begierde nur peu à peu näherte, so geschah dies doch zielgerichtet und mit dem expliziten Vorhaben, die Pistole an sich zu nehmen, um sich seine verdiente Freiheit mit Waffengewalt zu erkämpfen.

Während er sich auf diese recht ungewöhnliche Weise fortbewegte – die Waffe nicht aus den Augen lassend – versuchte er vergeblich, die Kulisse aus schmerzerfülltem Keuchen gepaart mit dem Geruch nach Eisen und Schweiß auszublenden, die die unterirdische Kammer nahezu völlig einnahm.

Als er der Pistole am Boden schon ganz nahe war, flackerte das Licht und erstarb alsbald ganz. Völlige Dunkelheit senkte sich urplötzlich wie ein Leichentuch über die gesamte Szenerie. Im gleichen Moment brach eines der Stuhlbeine entzwei, und Barbarossa North kippte zur Seite weg und landete unsanft auf dem harten Steinboden.

***

»Mein lieber Inspektor«, sagte Whitehead. Tori hatte eine Lautsprecherfunktion eingeschaltet, sodass alle beteiligten mithören konnten. »Ich muss Ihnen gratulieren. Mir scheint, Sie gehen aus diesem Wettstreit als Sieger hervor.«

»Sie bezeichnen das alles als harmlosen Wettstreit?« Inspektor Johnson war fassungslos.

»Das mit dem ›harmlos‹ haben Sie gesagt. Aber natürlich ist mir klar, dass Sie das anders sehen, und ich verüble es Ihnen und Ihren Leuten nicht.«

»Was wollen Sie?«

»Ich muss mir eingestehen, dass mein Vorhaben nicht ausreichend durchdacht war. Letztlich habe ich mich auf die falschen Leute verlassen. Wenn ich Ihnen einen Tipp geben darf, Inspektor: Vertrauen Sie niemals einem Nekromanten.«

»Was wollen Sie damit sagen?«

»Sie werden es verstehen, wenn Sie Ihre Männer über den Kanalisationszugang der Themse in die Katakomben Londons und unter die Kirche schicken. Die Krypta wurde mit Abwasser eines Flutungsraumes gefüllt, wenn Sie verstehen. In unmittelbarer Nähe finden Sie einen Nekromanten, einen Priester und einen Bibliothekar.«

Inspektor Johnson blickte seine Männer an, die unverzüglich handelten, in Funkgeräte und Handys sprachen und selbst ausschwärmten.

»Und nun empfehle ich mich«, sagte Whitehead. »Ich wünsche einen schönen Abend. Richten Sie Trevor Farkas meine Empfehlung aus, wenn Sie ihn festnehmen.« Damit war die Telefonverbindung beendet.

Zeitgleich gingen die Lichter in der Kirche sowie Toris Computer aus.

»Stromausfall!«, brüllte jemand.

»Vermutlich ein Kurzschluss wegen des Wassers«, sagte jemand anderes.

Johnson fluchte, doch Tori sagte aufmunternd: »Macht nix.«

»Was?«

»Ich habe ihn!«, sagte sie.

»Was soll das heißen? Sie haben ihn?«

»Ich habe durch das Rückverfolgungssystem seinen Standort lokalisieren können.«

»Sehr gut!«, bellte Johnson. »Wo?«

Betroffen blickte Tori im Schein einiger Taschenlampen zu Despina, die kreidebleich wurde, als Tori weitersprach: »Der Anruf konnte nach Tegucigalpa zurückverfolgt werden.«

»Wo zur Hölle ist das denn?«

»Das ist die Hauptstadt von Honduras«, antwortete Despina an Toris Stelle. »Die Heimatstadt meines Vaters.«

»Nein, nein, Liebes!«, sagte Tori. »Darüber darfst du jetzt nicht nachdenken. Nicht jetzt, hörst du?«

»Aber …«

»Schlag dir das aus dem Kopf. Whitehead hat nichts – absolut gar nichts – mit deinem Vater zu tun.«

»Und wenn doch?«

»Nein, Pina! Honduras ist nur ein dummer Zufall.«

»Oder aber«, schaltete sich Inspektor Johnson ein, »die Ortung wurde durch Whitehead ganz bewusst dorthin geleitet, um Sie emotional zu treffen, Ms Jones.«

»Wieso sollte er das tun?«

»Das weiß ich natürlich nicht. Aber wenn es so ist, dann weiß dieser George Whitehead mehr über Sie, als gesund für Sie ist.«

***

Der Sturz stieß ihm die Luft aus den Lungen. Sein Aufprall kam ihm unverhältnismäßig laut vor, da die anderen beiden Gegner in ihrem Kampf innehielten – wohl irritiert aufgrund der plötzlichen Finsternis.

Barbarossa dachte an das Wasser in der Krypta, an Kabel und veraltete Sicherungskästen.

Und dann hörte er neue Geräusche, die er eindeutig als sich nähernde Schritte ausmachen konnte. Zwar konnte er nicht orten, aus welcher Richtung die Schritte kamen, aber das war ihm einerlei. Viel wichtiger war die Frage, wer da kam.

Eigentlich egal, dachte er, solange es nicht der Priester war, der ihm den ganzen Schlamassel überhaupt erst eingebrockt hatte.

Mit den Händen tastete er um sich und versuchte, sich mit Hilfe des angeknacksten Stuhlbeines zu befreien. Dies gelang ihm zwar nicht, doch dafür bekam er unverhofft die Waffe zu fassen.

Mit pumpendem Herzen tastete sich Barbarossa an der Pistole entlang und lehnte sich ein wenig entspannter zurück, nachdem er sich sicher war, sie richtig herum in der Hand zu halten. Jetzt mochte da kommen, wer da wolle. Barbarossa war endlich in der Lage, sich adäquat zu verteidigen.

Dem Klang nach hatten die anderen beiden Männer endlich voneinander abgelassen. Während sie husteten und spuckten und stöhnten, lauschte er weiterhin den sich nähernden Schritten. Bald meinte er, den Strahl einer Taschenlampe auszumachen. Barbarossa hob die Waffe und zielte in die Dunkelheit in Richtung der sich nähernden Geräusche.

Die beiden Männer keuchten erschöpft, doch er ignorierte Pater Victor und den anderen geflissentlich.

Ein weiterer Taschenlampenstrahl fuchtelte durch das Dunkel. Die Waffe in der Hand, wartete Barbarossa mit angehaltenem Atem.

Dann plötzlich flackerte das Licht, und es wurde wieder hell in der Kammer.

Vom Licht stark geblendet breitete sich Panik in ihm aus, da er nicht mehr wusste, wohin er mit der Pistole in der Hand zielen sollte. Hastig fuhr er mit der Waffe herum, suchte die

Quelle seiner Angst, doch die bedrohlichen Geräusche waren plötzlich überall.

Irgendjemand rief: »Er hat eine Waffe!«

Barbarossa hörte hastige Schritte. Stiefel. Geschrei. Befehle.

Irgendwer packte ihn und entriss ihm die Pistole. »Gesichert!«, brüllte jemand unmittelbar in seiner Nähe, während sein Kopf zu Boden gedrückt wurde. Er spürte ein Knie in seinem Rücken.

Nach wiederholtem Blinzeln konnte er langsam wieder etwas sehen. Den Stiefeln nach, die sich direkt neben seinem Kopf befanden, war es eine bewaffnete Polizeieinheit, die den Raum gestürmt hatte.

Er hob den Kopf und blickte sich um.

Tatsächlich: Etliche schwarzgekleidete mit Sicherheitswesten und Helmen ausgestattete Männer eines Sondereinsatzkommandos hatten den Raum erobert. Barbarossa atmete erleichtert auf.

Dann eine ihm vertraute Stimme: »Lassen Sie den Mann los.«

Augenblicklich entfernte sich das Knie von seinem Rücken. Man band ihm die Fesseln los, und er entkam endlich dem furchtbaren Stuhl, auf dem er die letzten Stunden zugebracht hatte.

Jemand half ihm auf. »Wie geht es Ihnen, Mr North?«

Barbarossa blickte den Mann an, der ihm vage vertraut vorkam. »Inspektor Johnson?«

Johnson nickte und übte sich in einem qualvollen Lächeln. »Sie sind in Sicherheit.«

Doch das interessierte Barbarossa nicht. »Wie geht es Jean?«

Inspektor Johnson seufzte. »Man hat sie in ein Krankenhaus gebracht.«

»Schwebt sie in Lebensgefahr? Wie geht es ihr?«

»Ihre Verletzungen sind umfassend, aber nicht lebensgefährlich, wurde mir gesagt.«

»Gott sei Dank!«, sagte Barbarossa sichtlich erleichtert. Alles andere war unwichtig, dachte er.

»Kommen Sie!« Johnson half ihm auf die Beine.

Barbarossas Gelenke knackten, und sein linker Fuß war eingeschlafen. Dennoch war er froh, wieder aufrecht stehen zu können und seine Glieder zu strecken. »Wo bin ich hier eigentlich?«

»In einem Raum direkt neben der Krypta der Kirche *All Hallows*. Aber kommen Sie. Wir haben nicht allzu viel Zeit. Es ist nämlich so, dass die Krypta geflutet wurde und völlig unter Wasser steht. Das Wasser hat sich bereits bis ins Erdgeschoss hin ausgebreitet. Zwar pumpt die Feuerwehr das Kirchenhaus leer, aber wer weiß, wie lange diese maroden Wände und Decken dem Wasserdruck standhalten.«

»Nichts lieber als das«, sagte Barbarossa. »Ich war ohnehin viel zu lange hier.« Er deutete auf den Tisch mit den drei Exemplaren der *Cruciforma*. »Die Bücher dort.«

»Sind das Ihre?«

Barbarossa nickte einfach. »Alles, was sich auf dem Tisch befindet. Sollten Sie es zur Beweisaufnahme benötigen, bitte ich Sie dringend, es mit dem nötigen historischen Respekt zu behandeln. Die Werke sind über tausend Jahre alt und die einzigen ihrer Art.«

»War es das, worum es hier ging? Galt das ganze Theater diesen Büchern?«

Barbarossa schüttelte den Kopf. »Nein. Die Bücher waren nur Mittel zum Zweck. Das sind Bücher letztlich immer.«

»Zu welchem Zweck denn?«

»In dem Fall ging es darum, den Teufel zu beschwören.«

Inspektor Johnson schnaubte. »Und? Ist es dem Entführer geglückt?«

»Nein«, antwortete Barbarossa wahrheitsgemäß. »Der Teufel ist eine Erfindung des Menschen, genau wie Gott. Das heißt nicht, dass es nicht etwas weit jenseits unseres Vorstellungshorizontes gibt, denn das Jenseits existiert, wie wir beide aus sicherer Quelle wissen.« Er zwinkerte dem Inspektor zu. »Nur hat es mit Religion nicht das Geringste zu tun.«

Johnson schürzte die Lippen. Er deutete auf die beiden anderen Männer, die sich gegenseitig krankenhausreif geschlagen hatten. Der eine in der schwarzen Gewandung eines Pastors, der andere nicht weniger schwarz gekleidet, jedoch bekannterweise praktizierender Okkultist. »Die beiden könnten sich ähnlicher nicht sein, obgleich sie meinen, verschiedenster, ja konträrer Glaubensformen anzugehören.«

»Mit Verlaub«, sagte einer der Polizeibeamten. »Die beiden Männer gehören in ein Krankenhaus.«

Johnson nickte. »Sie haben recht.« Und laut und an alle gewandt sagte er: »Den Raum räumen, ehe hier alles zusammenstürzt. Wir sind hier fertig!«

Wie auf Stichwort bröckelte ein Stück Mauerwerk von eben jener Wand, hinter der sich die Krypta befand. Ein schmales Wasserrinnsal troff von der Stelle herab und bildete eine schal stinkende Lache auf dem Boden, der mit dem Blut der beiden Männer besprenkelt war.

Barbarossa dachte an die *Cruciforma* und an die Bildnisse der Gekreuzigten, deren Ebenbilder den Toten aus der Krypta und die hoffentlich überlebende Jean darstellten. Und dann dachte er an den dritten Gekreuzigten und überlegte, ob der nicht gewisse Ähnlichkeiten mit Inspektor Johnson hatte – doch da mochte er sich auch irren. Das Licht hier unten, unterhalb der ältesten Kirche Londons, war einfach zu dunkel.

Dunkel wie die Seele des okkulten Sammlers, der sich selbst nur *Der Priester* nannte; und von dem Barbarossa erst später erfahren sollte, dass dessen richtiger Name George Whitehead lautete.

Epilog

»George Whitehead war ein Klassenkamerad von mir.« Barbarossa North saß in seinem Stuhl im Operationssaal und schenkte eine neue Runde Whiskey nach, den Inspektor Johnson traditionell nach jedem erfolgreichen Fallabschluss der Bibliothek spendete.

»Ihr kennt euch?« Tori guckte regelrecht fassungslos drein. »Dass ich das nicht rausgefunden hab …«

»Na ja, was heißt kennen?«, sagte er und schraubte die Flasche wieder zu. »Ich erinnere mich an ihn, wie man sich eben an ein Mitglied seiner Grundschulklasse entsinnt, das man das letzte Mal eben dort gesehen hat. Das ist fünfzig Jahre her. Wenn nicht mehr.«

Despina nahm ihr Glas entgegen. »Aber gibt es nicht irgendetwas über ihn, an das du dich erinnerst, wenn du an deine Schulzeit zurückdenkst?«

»Ja. Natürlich. Sogar ein recht einschneidendes Erlebnis ist mir im Gedächtnis geblieben, als wäre es gestern gewesen.«

»Schieß los«, sagte Jean, die erst heute wieder aus dem Krankenhaus entlassen worden war.

Doc trank mit geschlossenen Augen von seinem Whiskey, und Despina grinste, da sie bemerkte, wie sehr er die Aufmerksamkeit seiner Mädels – wie er sich ausdrücken würde – genoss. Die Augen noch immer geschlossen haltend ließ er das Getränk lange im Mund kreisen, bevor er schluckte, den Nachgang schmeckte und urplötzlich zufrieden in die Runde blickte.

»Es mag in der dritten oder vierten Klasse gewesen sein. George Whitehead saß zwei Reihen schräg vor mir, und wir hatten Religionsunterricht, der vom Pastor gehalten wurde. Pathway hieß der Mann. Eigentlich ein netter Kerl, der bei

Gemeindefesten dafür bekannt war, gerne mal einen über den Durst zu trinken. Nun, an diesem Tag war er wohl recht verkatert. George plapperte ununterbrochen und provozierte Pathway aufs Ekelhafteste, und irgendwann platzte dem Priester schier der Kragen. Er scheuerte dem Jungen eine und zwar so gewaltig, dass man den Handabdruck noch zwei Tage später sehen konnte.«

»Das grenzt an Kindeswohlgefährdung«, sagte Tori.

Doc zuckte mit den Schultern. »Dergleichen gab es damals noch nicht. Entweder wir Kinder liefen in der Spur oder aber wir wurden in die Spur getrieben. Pathway musste keine Angst vor Eltern haben, die sich beschwerten, denn als George seinem Vater von dem Vorfall berichtete, holte der nur seinen Ledergürtel aus der Hose und bläute seinem Sohn ein, den lieben Herrn Pfarrer nicht mehr ins Wort zu reden.«

Despina blähte die Backen auf, und Jean meinte: »Daher also sein Faible für Lederriemen.« Ihre Wunden heilten gut. Neue Haut hatte sich gebildet, und das bisschen Haut, das man transplantiert hatte, wurde vom Körper gut angenommen. Jeden Tag musste ihr Rücken sowohl morgens als auch abends mit einer speziellen Salbe behandelt werden. Der Heilungsprozess würde auf diese Weise gut voranschreiten, aber noch einige Wochen benötigen. Es würden Narben bleiben, hatten die Ärzte zu ihr gesagt.

»Wobei ich beim Thema Lederriemen eher an unseren werten Pater Victor denken muss als an Whitehead«, lenkte Despina ein. »Sein Vater, Edward Victor, muss ihn regelmäßig hergenommen haben. Die Kindheit des Priesters war geprägt durch massive Gewalterfahrungen. Auch sexueller Missbrauch ist möglich. Eddie machte da so eine Andeutung, die ich jedoch nicht hinterfragen wollte. Auf jeden Fall hat Pater Victor zu seiner Verteidigung die Qualen und Misshandlungen seiner

Kindheit durch den Vater deutlich benannt. Durch seine Mittäterschaft habe er versucht, einen Draht zu Whitehead zu bekommen, um sich so an seinem eigenen Vater zu rächen.«

»Ein schlechter Plan«, meinte Doc.

Tori raunte: »Mir scheint, dass all die gottesfürchtigen Leute gewaltverherrlichende Monster sind.«

»Quatsch, Schwesterchen. Nur bei den gläubigen Fanatikern ist die Schwelle zur Gewalt deutlich schmaler als bei ›normalen‹ Gläubigen.«

»Für mich sind alle Religionen einfach nur Schwachsinn«, sagte Jean und exte ihren Whiskey, ohne das Gesicht zu verziehen.

»Normalerweise würde ich mich darüber aufregen, wie entwürdigend du mit so einem guten Whiskey umgehst«, sagte Doc. »Aber ich verzeihe dir.« Er holte umständlich etwas aus seiner Tasche hervor, die er mitgebracht hatte. »Was du für mich getan hast, Jean, werde ich dir für immer hoch anrechnen.«

»Lass stecken, Doc!«, sagte sie, doch man sah ihr an, dass sie sich über seine Worte freute.

»Nein, ich lasse es nicht stecken. Sich selbst zu verletzen, um mich zu retten – das war die blödste Idee, die du je hattest.«

»Eigentlich wäre es ja Despinas Job gewesen.«

»Nein, wäre es nicht«, sagte er und schob ihr das Buch zu, das er aus seiner Tasche geholt hatte: Ein Exemplar der *Cruciforma*. Ohne viele Worte zu verlieren, schlug er es auf.

Despina fand, dass das Buch modrig und nach Alter roch. Fast wie in einem Grab, dachte sie.

Die Seite, die Doc gewählt hatte, war jene, in der er die geheime Papiertasche gefunden hatte. »Das Geheimversteck gibt es in allen drei Exemplaren. Allerdings unterscheidet sich der Inhalt.«

Mit einer Pinzette holte er das Bild heraus, das man auseinanderfalten konnte. Er reichte Jean die Lupe, und sie betrachtete das Bild.

»Heilige Scheiße«, entfuhr es ihr.

»Das gibt es doch nicht«, meinte auch Tori, und Doc sagte: »Wie aus dem Gesicht geschnitten.«

Nun betrachtete auch Despina das Bild und erkannte in der darauf dargestellten gekreuzigten Person eindeutig Jean wieder.

Doc hatte die anderen beiden Bücher hervorgeholt und aus allen die kleinen Bilder genommen, die er nun nebeneinander legte und so aneinanderschob, dass sie zusammenpassten.

»Et voilà«, sagte er, »die Kreuzigungsszene, gezeichnet von einem Künstler, der dem Event beiwohnte.«

»Was macht dich da so sicher?«

»Gar nichts. Zwar habe ich recherchiert, und es wird in einschlägigen Kreisen behauptet, der Künstler sei authentisch, aber es gibt selbstverständlich keinerlei Beweise für diese These. Auch wenn das Papyrus nachweislich in die zeitliche Epoche zu datieren ist und die verwendete Tinte – mit Bestandteilen aus Blut einer noch nicht näher bestimmten Blutgruppe – ebenso. Alles passt, aber niemand weiß, wer der Künstler gewesen sein soll. Dennoch ist der Fund eine wissenschaftliche Sensation, gleichsam in der Bibelforschung als auch für die Abteilung der Kongregation der Glaubenslehre des Vatikans. Doch dort stört man sich noch daran, dass eines der Kreuzigungsopfer eine Frau ist.«

»Aber wie kommt es zu dieser Ähnlichkeit?«, wollte Despina wissen. »Ich meine, der eine ist tatsächlich unser Mordopfer Edward Victor, der sich für Jesus hielt. Die gekreuzigte Frau ist auf jeden Fall Jean. Und der dritte – da bin ich mir nicht sicher, aber er hat fast ein wenig Ähnlichkeit mit einem anderen Selbstkreuzigungstoten. Wie hieß er noch? Markus Rice.«

Doc nickte. »Mit dem und mit Inspektor Johnson.«

»Findest du?«

Nun war es Tori, die grinsend den Kopf schüttelte und den Mutmaßungen Einhalt gebot: »Leute, ich verstehe euch ja. Die optischen Ähnlichkeiten sind definitiv vorhanden, aber leider nichts anderes als Zufall. Der genetische Pool wiederholt sich nunmal, und es wird immer wieder optische Ähnlichkeiten mit historischen Persönlichkeiten der Vergangenheit geben. Es gibt auch eine ganze Bilderreihe auf einem Weblog, wo lebende Menschen vor berühmten Kunstwerken posieren, mit einer nicht zu leugnenden Ähnlichkeit. Das ist ganz normal und kein Wunder. Es hat absolut nichts zu bedeuten.«

»Und woher wusste George Whitehead, dass die dritte gekreuzigte Person wie Jean aussehen musste? Ich meine: Das Bild war ja die ganze Zeit über noch im Buch versteckt.«

Barbarossa zuckte die Schultern. »Vielleicht hat er uns alle getäuscht und hatte die Bücher bereits gesichtet und die geheimen Papiertaschen entdeckt. Es mag sein, dass sie besonders geschickt wieder verschlossen, zugeklebt oder anderweitig versiegelt wurden.«

»Das hättest du doch merken müssen.«

»Nicht gefesselt auf einem Stuhl in einer unterirdischen Kammer, während im Fernsehen Jeans Folter live übertragen wird!«

»Na schön, vielleicht habt ihr ja alle recht, und es ist nur Zufall – wenn schon auch ein extrem zufälliger Zufall, wie ich finde.« Jean schenkte sich Whiskey nach. »Und dennoch kapiere ich nicht, warum Whitehead mich mit Pina verwechseln konnte.«

»Wahrscheinlich wegen Pinas Profilbild auf der *Lovehunter*-Webseite.«

»Auf was für einer Webseite?«, fragte Jean irritiert.

»*Lovehunter*. Das ist so 'ne Single-Kontaktbörse im Netz, bei der man …«

»Du hast ein Profil bei irgendwelchen Kontaktbörsen?«, unterbrach Jean und blickte Despina an, die wiederum ihre Schwester mit einem wahrhaft tödlichen Blick strafte.

Tori verzog reumütig die Mundwinkel. »Ich fürchte schon.«

»Ich verstehe gar nichts mehr«, sagte Doc.

Despina seufzte und begann mit ihrer Erklärung. »Ich dachte, du stehst eh auf Frauen und hättest doch nie etwas bemerkt. Ich habe mich nicht getraut mit einem eigenen Foto und … es tut mir leid.«

»Despina Jones – egal wie viele Geschichten du mir aufzählst … du schuldest mir was, ansonsten bin ich auf ewig sauer auf dich und spreche nie wieder ein Wort mit dir!«

»Ach komm schon, Jean. Das hättest du ohne diese ganze Geschichte doch nie bemerkt.«

»Mit ihr auch nicht. Ich meine, diese ganze Sache hätte mir fast das Leben gekostet.«

»Ja, aber …«

»Nichts aber, Pina! Das geht gar nicht! Mein Foto als Profilbild für 'ne Singlebörse – ich bitte dich! Möchte gar nicht wissen, was für ekelhafte Typen sich da melden!«

»Bitte verzeih mir, Jean.«

»Na, ich werde mir schon noch was ausdenken, womit du die Sache wiedergutmachen kannst.« Jean zwinkerte und hob ihr Whiskeyglas an.

Die anderen taten es ihr gleich.

»Cheers!«, rief das Team der okkulten Bibliothek im Chor.

Der gemeinsame Abend währte noch lange.

***

Nach mehreren Tagen Krankenhaus, jedoch unter Haftbedingungen, da er dem Untersuchungsrichter vorgestellt werden musste, war Trevor Farkas endlich wieder zu Hause. Man hatte ihm mit Ausnahme kleinerer Delikte nichts nachweisen können, zumal er seine handgreifliche Auseinandersetzung mit

Pater Victor als Versuch dargestellt hatte, Barbarossa North zu retten. Dies würde sich abermals strafmildernd auswirken, sollte es doch noch zu einem Prozess kommen, wurde ihm von seinem Anwalt gesagt. Doch vorerst war er wieder auf freiem Fuß.

Allerdings hatte irgendjemand seine Wohnung völlig auf den Kopf gestellt. Er wusste nicht, ob es die Polizei mit ihrem Durchsuchungsbefehl gewesen war, die auf der verzweifelten Suche nach Beweisen gegen ihn alles durcheinandergebracht hatten, ohne danach aufzuräumen, oder ob nicht doch noch jemand anderes sich das Chaos zunutze gemacht hatte, um hier drin zu wüten. Vor allem auf seine Bibliothek schien man es abgesehen zu haben, so als habe jemand ein ganz bestimmtes Buch gesucht und es nicht gefunden.

Trevor konnte sich schon denken, um welches Buch es sich dabei handeln mochte: ein Exemplar der *Cruciforma.* Doch er besaß es nicht. Er wusste, dass die drei Bücher entweder bei der Polizei als Beweismittel aufbewahrt wurden oder aber in den Bestand von Barbarossa North übergegangen waren.

Vielleicht sollte er besagtes Buch endlich in seine eigene Sammlung aufnehmen und danach seine sieben Sachen packen, die Londoner Wohnung auflösen und auf Reisen gehen. So wie Aleister Crowley und all die anderen Okkultisten, die es zu Ruhm und Ehre gebracht hatten und nur von der unwissenden Öffentlichkeit als Satanisten abgetan wurden.

Trevor beschloss, dass dergleichen ein guter Plan sei, als das Telefon klingelte.

Er hob ab, und es meldete sich Whiteheads sonore Stimme: »Mein lieber Mr Farkas. Sind Sie endlich wieder zu Hause?«

»Nein«, sagte Trevor. »Es ist ein Geist, mit dem Sie sprechen.«

Whitehead lachte auf. »Ich bitte Sie.«

»Nein«, sagte Trevor. »Ich bitte Sie: Lassen Sie mich ein für alle Mal in Ruhe. Wir sind fertig miteinander!«

»Ich sehe das anders. Meiner Wahrnehmung nach stehen Sie tief in meiner Schuld, denn Sie haben es gehörig vermasselt, mein lieber Trevor Farkas.«

»Ach ja? Vielleicht wollte ich das ja so!«

»Ich glaube ja, dass Sie …«

Doch Trevor unterbrach Whitehead, indem er energisch in den Telefonhörer zischte: »Rufen Sie nie wieder bei mir an!« Dann legte er auf.

Sein Herz pumpte so hart, dass es weh tat. Kalter Schweiß stand auf seiner Stirn, doch Trevor war sich absolut sicher, das Richtige getan zu haben.

Es war an der Zeit, sich zu entscheiden, um fortan Gutes zu tun. Trevor wollte die Seiten wechseln. Folglich tat er das Einzige, was ihm richtig erschien.

Er nahm den Telefonhörer wieder in die Hand und lauschte zunächst dem Freizeichen, so als wolle er abwarten, ob es ihn noch einmal umstimmen würde. Doch dem war natürlich nicht so.

Dann wählte er die Nummer.

Es tutete.

Einmal.

Zweimal.

Noch während des dritten Tutens wurde am anderen Ende der Leitung abgehoben und der Anruf in Toris computerisierter Stimme entgegengenommen: »Hier spricht der automatische Anrufbeantworter von der Bibliothek für okkulte Fälle. Möchten Sie mit der okkultistischen Buchhandlung verbunden werden, wählen Sie die Eins. Benötigen Sie Unterstützung in einem persönlichen okkulten Anliegen, wählen Sie die Zwei. Und wenn Sie nur anrufen, weil Sie uns irgend 'nen Quatsch verkaufen wollen, legen Sie einfach wieder auf und vergeuden nicht unsere wertvolle Zeit. Das Leben ist zu kurz dafür.«

Trevor wählte die 2 und wartete.

Wieder Toris Stimme, die sich meldete, diesmal aber in Natura: »Die Bibliothek für okkulte Fälle, Tori Jones am Apparat. Was kann ich für Sie tun?«

»Ja, hier Trevor Farkas. Ich …«

»Despina ist nicht zu sprechen!«, fuhr ihm Tori ins Wort.

»Das macht nichts. Ich rufe nicht wegen ihr an. Also, nicht direkt. Ich wollte … nun … wegen der *Cruciforma* und der ganzen Sache in *All Hallows by the Tower* … nun, also, ich …«

»Mein Gott, Trevor. Was stottern Sie denn so herum?«

»Ich würde mich gerne mit Ihnen aussprechen.«

»Wir sind hier nicht im Kindergarten!«

Trevor schüttelte den Kopf. »Dann hören Sie mir doch endlich mal zu.«

Eine kurze Pause entstand, während der Trevor meinte, ein Knacken in der Leitung zu vernehmen. Wohlweislich wurde das Gespräch aufgezeichnet, oder aber Tori hatte einen Lautsprecher eingeschaltet, damit das restliche Team mithören konnte.

»Dann sagen Sie schon, was Sie wollen«, bat Tori.

»Ich möchte Ihnen einen Vorschlag machen.«

»Da sind wir aber gespannt.«

»Ich, nun … ich … meinen Sie nicht, Sie könnten noch männliche Verstärkung in Ihrem Team gebrauchen?«

Mehrere Stimmen im Hintergrund, dann raschelndes Geklapper und plötzlich eine andere Stimme: »Trevor?«

»Ja?«, fragte er.

»Hier spricht Despina Jones. Wir wissen von Ihren Rettungstaten und sind dafür natürlich dankbar. Aber es ist unmöglich, jemandem zu vertrauen, der uns anfangs verraten hat. Eine Zusammenarbeit kommt daher niemals in Frage. Alles Gute, Trevor!« Es knackte in der Leitung. Die Verbindung war unterbrochen.

»Scheiße!«, fluchte Trevor.

Doch unmittelbar, bevor er damit beginnen konnte, seine nächsten Handlungsschritte zu überlegen, klingelte das Telefon abermals.

Rasch hob Trevor ab und sagte: »Despina, ich … es tut mir leid. Ich muss da einiges klarstellen. Können wir uns sehen? Uns persönlich treffen, meine ich? Schlagen Sie einen Ort vor, und ich erzähle Ihnen alles, was ich weiß. Alles über Whitehead und seine Organisation. Sie müssen mir glauben. Ich möchte aussteigen und die Seiten wechseln. Ich habe die Schnauze gestrichen voll von dem ganzen Kram und möchte mit Whiteheads Sekte nichts mehr zu schaffen haben. Hören Sie, Ms Jones?«

»Mein lieber Mr Farkas«, sagte da eine Stimme, die niemandem von der Bibliothek gehörte, sondern nur der Priester sein konnte: »Sie haben hier soeben endgültig Ihr Todesurteil unterschrieben.«

»Whitehead? Aber ich …«

»Machen Sie Ihr Testament, Mr Farkas, und nehmen Sie Abschied von der Welt, wie Sie sie kennen. Ihnen bleiben nur noch wenige Tage.«

Ein letztes Knacken in der Leitung, als die Verbindung erstarb. Wie überhaupt das gesamte Telefon. Trevor haute auf die Gabel. Die Leitung war tot.

So wie er selbst bald auch.

Doch er wusste ja, dass es danach weiterging.

Jedoch wusste er nicht so viel wie Despina Jones, denn sonst wäre ihm bewusst, dass die Toten mächtig sauer auf ihn waren.

Für Trevor Farkas würde der Tod mitnichten eine Erlösung sein. Im Gegenteil: Der Tod war nur der Anfang.

Doch dazu musste Whitehead ihn erstmal kriegen.

Der Autor

Tobias Bachmann wurde 1977 in Erlangen geboren und lebt seit 2009 mit seiner Familie in einer kleinen Ortschaft im Fränkischen Seenland. Seit 1998 veröffentlichte er weit über fünfzig Erzählungen und über zehn Romane, von denen einige mit Genrepreisen prämiert wurden.

Bachmann ist Mitglied in den Autorenvereinigungen PAN und DAS SYNDIKAT.

Ausführliche Informationen unter: www.tobias-bachmann.de

Weitere Titel im acabus Verlag

Torsten Weitze

Nebula Convicto. Grayson Steel und der Verhangene Rat von London

ISBN: 978-3-86282-525-7

408 Seiten

Paperback

„Mr. Steel, hören Sie mir jetzt gut zu. Das Wesen, das Sie angegriffen hat, war eine Banshee."

Detective Grayson Steel bearbeitet im modernen London die unbequemen Fälle des Scotland Yard. Als er den rätselhaften Tod einer jungen Frau untersucht, stößt er auf Geheimnisse, die normalen Menschen verborgen bleiben.

Er wird in eine Gesellschaft hineingezogen, die verborgen neben der menschlichen Welt existiert; die Nebula Convicto ist durchsetzt von geheimen Räten, magischen Attentaten und Wesen, die eigentlich nur in Fabeln und Mythen existieren sollten. In der magischen Gemeinschaft soll Steel die Rolle eines Sonderermittlers übernehmen und binnen kürzester Zeit ein entführtes Mädchen finden. Rettet er das Kind nicht, bevor ein neuer Anführer der Nebula Convicto gewählt wird, droht die gesamte Welt in einem zweiten Mittelalter zu versinken.

Nur mittels seiner Fähigkeiten als Ermittler und seiner neu entdeckten Kraft, Magie widerstehen zu können, kann sich Steel im Londoner Untergrund zwischen Ghulen, Vampiren und anderen magischen Wesen zurechtfinden.

Markus Walther

Buchland

ISBN: 978-3-86282-186-0
252 Seiten
Paperback

Dieses Antiquariat ist nicht wie andere Buchläden!

Das muss auch die gescheiterte Buchhändlerin Beatrice feststellen, als sie notgedrungen die Stelle im staubigen Antiquariat des ebenso verstaubt wirkenden Herrn Plana annimmt. Schnell merkt sie allerdings, dass dort so manches nicht mit rechten Dingen zugeht:

Wer verbirgt sich hinter den so antiquiert wirkenden Stammkunden „Eddie" und „Wolfgang"? Und welche Rolle spielt Herr Plana selbst, dessen Beziehung zu seinen Büchern scheinbar jede epische Distanz überwindet?

Doch noch ehe Beatrice all diese Geheimnisse lüften kann, gerät ihr Mann Ingo in große Gefahr und Beatrice setzt alles daran, ihn zu retten. Zusammen mit Herrn Plana begibt sie sich auf eine abenteuerliche Reise quer durch das mysteriöse Buchland. Dort treffen sie nicht nur blinde Buchbinder, griechische Göttinnen und die ein oder andere Leseratte, auch der Tod höchstpersönlich kreuzt ihren Weg.Und schon bald steht fest: Es geht um viel mehr, als bloß darum, Ingo zu retten. Vielmehr gilt es, die Literatur selbst vor ihrem Untergang zu bewahren!

Markus Walther, der Autor der Kurzgeschichtensammlungen „EspressoProsa" und „Kleine Scheißhausgeschichten", entführt den Leser nun mit seinem ersten Roman in die phantastische Welt des Buchlandes. Ein Muss für jeden Bibliophilen!